講談社文庫

架空取引

高任和夫

講談社

目次

単行本は一九九七年十一月　小社刊

第一章　着任

1

甲斐《かい》が八年余の地方勤務を終えて東京の本社に戻ったのは、ゴールデンウイークあけの五月の上旬だった。

この転勤話が持ちあがったとき、すっかり九州の気ままな単身生活になじんでいた甲斐は、いましばらく福岡に置いてもらえないだろうかとやんわり頼んだのだが、最初会社は真に受けなかった。しかし、甲斐の懇願が二度三度におよぶにつれて、どうやら本気らしいと察し、かつての上司である小島常務をたてて、あまり例のない説得にかかったのだった。

まだ四十八なのに、ずっと定年まで九州に置いておくわけにはいかないというのは、会社の勝手な理屈だったが、かつての上司である小島が弱々しい声で、甲斐の同期入社の神谷の突然死を持ちだし、そのあとを埋めてくれと説得してくると、いくらか古風なところの残っている甲斐としては、さすがに固辞しきれるものではなかった。大阪と福岡での約八年の暮らしのなかで、どうにか会社一辺倒の生活から脱却しかかっているというのに、また時計の針を逆に戻すのかと、甲斐は懇意になった女のところで嘆き、女はその何倍も嘆いた。

本社に着任する朝、地下鉄の階段をのぼると、まばゆいばかりの五月晴れだった。自宅のある千葉は薄曇りであっただけに、甲斐は早々に遠距離通勤を実感することになった。

薄緑色のプラタナスの街路樹や、赤や紫に咲き誇っているツツジは昔ながらだが、甲斐は、神田《かんだ》という町がいつの間にかビジネス街に変貌したことに気づかされた。つい数年前まで小さな商売をやっていた古い店やしもた屋は軒なみ取り払われて、真新しいオフィスビルがずらりと建ちならんでいる。そして、それらのビルの群れには、テナント募集の広告がいやに目立った。東京にはオフィスビルが足りないという神話を信じるふりをして、誰も彼もが気の遠くなりそうな巨額の資金をそそぎこんだ当然の結果だった。

さらに一歩路地にはいれば、地上げはしたものの、経済情勢の急変から途中でビルの建設を放棄した空地は申し訳程度の駐車場になっていて、その歯抜けのようなスペースは、この街をひどく荒涼としたものに見せていた。

扶桑綜合《ふそうそうごう》リースの本社は、もとは親会社の扶桑銀行に隣接した丸の内にあったのだが、数年前さる不動産開発会社への貸付金のかたに、靖国通りに面した新築ビルを取りあげ、それを機会に神田に移転したのだった。貸付金は、扶桑綜合リース独自のものと、扶桑銀行のものと二口あり、総額で数百億円になると甲斐は聞いている。

神田は丸の内にくらべれば、オフィス街としての格は落ちるものの、地の利は案外よかった。神田や御茶ノ水の駅に近いだけではなく、地下鉄が四本もはいりこんでいて、どこへ行くにも便利だった。もっとも甲斐は、本社がこちらに移転したときはもう地方に出ていて、このビルの中で働いたことはない。

ちょうどバブルの絶頂期に建てられた総ガラス張りのビルである。陽光にきらめき、青空に聳《そび》えていた。扶桑綜合リースみずからは、最上階の十三階から下の四つのフロアを使い、ほかはさまざまなテナントに貸している。扶桑綜合リース約五百名の社員の半数が、この本社で働いている。

十階にある広々としたロビーは、応接用のテーブルが木目の鮮やかなパネルの壁際に並び、受付カウンターには美貌の女性がふたり詰めている。業績のいい外資系の企業か、流行っている渉外関係の法律事務所に似た豪華さである。

ここを通るたびに甲斐が面映《おもは》ゆさと違和感を抱くのは、一度もこのビルで働いたことがないという慣れの問題だけではなく、扶桑綜合リースの中身が甲斐のいぬ間に大いに変化してしまったことを痛感させられるからである。

二十数年前、扶桑銀行が扶桑綜合リースを設立したのは、今後企業が設備投資に際して、資金を気前よく立て替えてくれるリース取引に大きく依存するようになり、その結果リース会社が膨大な資金を必要とするため、銀行の資金の貸付先としては、きわめて有望になると見こんだからである。

また、甲斐がふたりの同期の仲間と語らって、清水の舞台から飛びおりるような気持で、銀行から移籍した背景には、何よりも入社数年をへずして銀行の仕事に辟易《へきえき》したということもあったが、リース業が産業界の設備投資をささえる基幹産業にそだつであろうと予測してのことであった。

また、機械や設備を取得してリースする仕事ならば、いくぶんなりとも金ではなく物に関与でき、中小企業の役に立っていることを実感できるのではないかという思いがあったからである。

ところが、バブル経済のあたりから、扶桑綜合リースは本業のリースはそっちのけで、銀行にひけをとらぬ金融業そのものに変貌している。扶桑綜合リースのみならずリース業界あげての変貌であり、預金を受け入れずに融資を行う、いわゆる巨大ノンバンクの出現である。そしてノンバンクは、これまで銀行が貸ししぶっていた業種や企業に、湯水のように金をつぎこんだのだった。その時代のひとつの象徴がこの新本社ビルであると、甲斐は建物にはいるたびに苦々しく思う。

十三階の役員応接室で甲斐を待ちかまえていたのは小島常務だった。

八年前、甲斐が懲罰的な人事で本社をあとにしたときにはまだ審査部長だったが、その後、名古屋支社長などをへて、いまでは常務取締役管理本部長のポストにある。担当は総務、審査などの管理部門各部で、つまり着任した今日からは、審査部長になった甲斐の直属の上司になる。これは二度目のことで、小島がまだ四十代の半ばで扶桑銀行から天下ってきたとき、わずかの期間だが甲斐はその下で働いていた。そのとき小島は、みずから銀行の籍をぬいて、リースで骨を埋める覚悟のほどをしめしたものだった。いま、五十八か九になる。

甲斐を見るなりソファから立ちあがり、染《し》みいるような笑みを浮かべて、

「やあ、お帰り」

といった。

「やっと帰ってきてくれたか。……まったく、てこずらせてくれたな」

小島は、見るからに疲れはてていた。もともと陽の下でスポーツなどをやる男ではなかったが、顔の色は不気味なほど白っぽい。そして艶はなく、頰《ほお》のあたりはこけている。そのくせ小柄な体は、不健康に腹のあたりだけがふくらんでいる。

「すぐ戻ってきてくれればいいものを、東京の本社に栄転してくるのをいやがる社員がいるなんてことを、ほかの役員に説明するのはなかなか骨だったんだぞ。なんで簡単に君を呼び戻せないのか、よっぽど福岡でいいことがあるんだろうと、勘ぐった役員もひとりやふたりではなかった。いい女と同棲しているんだろうなんて疑ったやつもいるよ。どうなんだ？」

はれぼったい眼でのぞきこむしぐさをした。

「いまどき東京に戻りたくない会社員なんてざらなんですよ、残念ながら。中洲《なかす》あたりの飲み屋では、サラリーマンが寄るとさわると、みんな東京の悪口です。ひと昔前は、住むには最低だが、仕事は東京なんていわれていましたが、その神話は崩れたみたいですね。いまだ

に信じているのは、役員さんぐらいでしょう。——そう、たしかに九州は東京とちがって女性も情が濃い。まことに離れがたかったんですよ」

「ほう、そりゃ悪いことをしたな。そんないいところなら、この私も転勤してみたいもんだ。健康も回復するかもしれんな」

小島の体はこきざみに揺れていた。そして、すえたような臭いがただよってくる。慢性的にたくわえられたアルコールの臭いに、汗や体臭が入りまじっている。甲斐がうながして、二人はソファに腰をおろした。

「田舎の生活の方が向いていました。東京を離れて三年経って、それに気づきました」

「ああ、そうかもしれんな。すっかり若返った。顔はふっくらして、眼が柔和になった。いま何キロある？」

「六十七、八キロでしょうね」

「百七十センチくらいだったな。ベストじゃないか。うらやましい。だが、むこうに残れば家庭が困るだろ？」

「いいえ、もうみんな自立しました。ひとり息子は家を出たし、女房は亭主なんか当てにせずに、けっこう楽しくやってますよ」

「やっているって、何を？」

「なんとかいうガラス細工ですね。何度聞いても覚えられない」

「うちのは、ゴルフと陶芸だな。どうしてあんな活発な女と結婚したのか、いまともなれば不可解きわまりない。私は休みの日には居場所がないんだ。やることもない。三界に家なしってのは、女についての諺《ことわざ》だったんだが、いまでは男のことなんだなあ」

遠くを見る目つきをしたが、熱があるのか、少しばかり潤んでいるようだった。

「まあ、とにかく頼りにしてるからな、よろしく頼むぞ」

まるで遺言のようだった。

「しかし……」少し迷ってから、甲斐はいった。「やはり、自信が持てないんですよ」

「ふん、いやに往生際が悪いじゃないか」声を潜めて、甲斐の古傷に触れた。「あの事件のことなら、気にする必要はない。もう十年も昔じゃないか」

「いえ、そういうわけではなく、またご迷惑をおかけするのではないかと……」

甲斐の審査部長起用を強く推したのは小島だと聞いていた。一部に強い反対があったとも耳にした。そんなことも手伝って、甲斐は本心から、定年まで福岡で過ごしたいと願った。

「迷惑？　どうして、そう思うんだ？」

「神谷は、ごぞんじのとおり一緒に希望して銀行から移ってきた同期の仲間です。やつが有能なのは私がよく知っています。その彼でさえクモ膜下出血で過労死でしょう？　地方回りを八年もやって、すっかりのんびりしてしまった私に、そんな激務の審査部長のあと釜が勤まるはずがないですよ。まして、昔の審査とはちがって、かなりの力仕事も要求されるらしいじゃないですか」

「念のためにいっとくが、会社はあれを過労死とは認めていないんだな。それに、ついでにいっちゃあなんだが、君に勤まらないとも認めていない」

「じつは転勤が決まって、改めて会社の決算書を見てみました。正直いって、怖くなりました。扶桑綜合リースの売上高は約三千億円ですが、それに匹敵する金額が、営業貸付金としてありますね。一方、経常利益は三十億円そこそこです。大雑把《おおざっぱ》にいって、利益の百年分の貸付金があることになりますよ。大丈夫ですかね」

小島が少し口をとがらした。意にそわないときの癖だった。

「公認会計士がちゃんと監査した数字なんだ」

「それと、もうひとつ。客先に貸しているリース資産の総額が、全部で四千億円。一方、貸付金がいまいったように三千億円あるということは、俗にノンバンクといわれてますが、うちはリース屋であるのと同じ程度に金貸しなんですねえ。ここまで、進行しているとは、うかつにも知りませんでした」

「こんなんじゃあ、銀行を辞めてこちらに移ってきた意味がないとでも考えているのか」

「悩ましいところですね」

「いい指摘だとは思うよ。だが、会社だって、本業回帰ということで、リースに全力をあげて、もう営業貸し付けは極力減らすと決めた。遅きに失したということはないと、私は信じたいんだ」

2

小島常務は甲斐をともなって、まず社長室にはいった。

扶桑綜合リースでは常務取締役以上が個室を与えられているが、大通りに面している関係からか、社長室は北の角の日当たりの悪い場所にある。その部屋の隅に斜めに置いた執務机で、梶原社長は書類に眼をとおしていた。

「なにやら、急な転勤になってしまったようだな」

椅子に座ったまま、瞬きをせずに数秒、甲斐を凝視してからいった。ふだんは無表情な三白眼だが、ときおり人を珍しい動物でも見るような眼で見る。八年前、査問委員会の長として被告の甲斐を見たときの目つきもそうだった。べつの次元のことを考えているのではないかと、人に不気味な印象を与える。しかしあのときは専務で、今は四期目にはいった社長だ。それなりの貫禄が備わっている。

「人事異動というものは、もっとじっくりかまえて計画的にやったらどうだと、小島君には再三いったんだが、なにせ急ぐ急ぐでな」

低い声でそういいながら、小島を見ようとしない。甲斐の人事に賛成ではなかったというふうにとれなくもない。爬虫類を思わせる分厚い皮膚の下には、あるいは不機嫌な感情がひそんでいる。人を不安にし、人の心を弄《もてあそ》ぶことに慣れた物言いである。

「そういえば、死んだ神谷とは同期だったらしいな」

机の書類に眼を落としながら、物でも投げる調子でいった。

はいと甲斐は答えたが、若くして銀行から移った三人組のうちのひとりだとはいわなかった。いってどのような先入観をいだかれるか読みきれない。権力者に余分な話をしない習性が、この年になってようやく身についている。だが、意外な昔話を持ちだしたのは梶原のほうだった。

「神谷は扶桑銀行で、一時私の下にいたことがある。ほんの短い期間だったが」

甲斐は少しばかり驚いた。神谷からも聞いたことはなかった。

「神谷は昔からシャープな男だった」

社長はレポートをめくる手を休めた。

「ああいうのをプロというんだろうな。疑問があれば、徹底的に追及した。そのくせ営業には信頼されていた。もっとも、いささか煙たがる不心得者もいないではなかったようだが、それは職掌柄いたしかたないというものだ」

わかるだろうという風に、社長はもう一度三白眼で甲斐を見た。小島が横で異常なほど緊張していた。

「私にあんな優秀な男のあとが勤まりますかどうか……」

重苦しい雰囲気を切り上げたくて、甲斐は紋切り型の挨拶を口にしたが、いってみると改めて本音であると痛感させられる。

「至りませんが、自分なりにベストを尽くしたいと思います」

「ああ」

社長はもう少し何かをいいたそうだったが、とくにつけ加えなかった。単に勿体《もったい》ぶっただけかもしれない。気まずくはないが、ぎこちない沈黙があり、甲斐と小島は社長室を出た。

「社長は神谷を買っていたのですか」廊下を歩きながら、甲斐は小島に訊いた。「それとも、うるさがっていたのか……」

「さあ、どうかな」

「どうかなって……」

「正直なところ、よくわからんのだな。あのとおり、なかなか他人に胸の内を明かさん人だからな」

神谷を煙たがった不心得者とは、いったい誰だったのだろうかという疑いが、めばえていた。深夜、神谷は福岡まで二度三度、酔った勢いで電話をかけてきた。神谷もすっかり酒に弱くなっていて、甲斐、おまえは抜かったなと、意味不明なことをいって絡《から》んできたものだった。神谷の部下の山県《やまがた》課長は、いつだったか、神谷はとてつもないことで悩んでいる、追ってはならない何かを追っているようだといっていた。あれはどういうことだったのか、一度神谷本人に問いただされねばならなかったのだが、ついその機会がないままになってしまった。

「まあ、あのとおり、前にもまして仕《つか》えにくい人になったが、私なんかに簡単に見すかされては、扶桑銀行きっての実力者、本庄会長の信頼を得て、その右腕と呼ばれるまでにはなれんだろうしな」

小島は小声で愚痴をこぼした。

本庄が銀行の内規を無視して長く居座った頭取の地位を去るとき、梶原を後継者には無理でも、せめて副頭取に選ぶのではないかという観測が流れた。しかし、次期頭取に指名されたのは、温厚な人柄がとりえの桂《かつら》で、梶原は扶桑綜合リースに転出させられた。その理由がわからず多くの人が意外に思い、そのようなことに興味の薄い甲斐ですらいぶかしく思ったほどだった。それからしばらくして、銀行の融資先の開発業者から多額のリベートが梶原に流れたという噂がたったが、それも真偽不明のままいつのまにかうやむやのうちに終わった。

扶桑綜合リースの管理部門のトップの一人が小島常務なら、営業部門のトップは常務取締役営業本部長の猿渡《さるわたり》だった。

甲斐が本社を留守にしている八年のあいだに、小島が審査部長から常務に栄進したのもできすぎといえばできすぎだったが、もっと奇妙なのは、猿渡があれよあれよというまに、つぶれかかっていた営業第三部の部長から営業全般を統括する地位についたことであった。銀行では終わった人間だったが、扶桑綜合リースの新宿支店長として辣腕《らつわん》をふるい、廃部の危機にあった営業第三部を立て直した力量を梶原社長が買ったという説と、猿渡はもともと銀行の実力会長である本庄の息がかかっていたという説とふたつある。もちろん甲斐にはどちらともわからない。

　ところで小島と猿渡とは、この会社の役員の過半がそうであるように扶桑銀行出身者であり、またほぼ同年齢であって、しかもともに上背がないという点以外は、まことに対照的な存在だった。

　思慮深くみえるが、いつも顔色が悪く、くたびれはてた様子の小島に対し、猿渡は厚い胸や盛り上がった肩、太いものあたりに若い頃柔道できたえた名残《なごり》がある。

　甲斐は両方の上司につかえたが、穏《おだ》やかに見えて結構芯の強い小島を畏敬しつつも、よくも悪くも行動的で、もうかる仕事なら十中八九食らいついてゆく猿渡にもひかれるものがあった。猿渡には、従来の銀行員のイメージを破壊するだけのパワーがあった。その魅力があればこそ、いくどか激しく衝突しながら、甲斐は左遷されるまで営業第三部長の猿渡の部下としていっしょにやってこれたのだった。

　甲斐が小島につれられて猿渡の部屋にはいると、猿渡はほんの瞬間顔をこわばらせたが、すぐに満面に笑みをたたえ、両手で力強く甲斐の肩をにぎり、眼に力をこめて見上げた。

「おめでとう。よかった。本当によかった。これで、わが社の将来は磐石《ばんじゃく》だな」

　このくらいの演技は、容易にやってのける役者なのである。猿渡の声は、短いスピーチをしたり、命令することになれている太い濁った声で、なかなかに説得力がある。

「妙なポストを与えていただきまして、まことに青天の霹靂《へきれき》としかいいようがありません」

甲斐は多少の皮肉をこめていうが、それに動じるような猿渡ではない。

「いやいや、天命かもしれんな。そう、天命にちがいない」

笑みを浮かべたまま、政治家のような意味不明な言葉をくりかえす。

かつて会社に損害を与えた甲斐が、神谷の急死があり、また小島の強力な推薦があったとはいえ、今度は損害を防止する地位につく。甲斐がしくじったときの上司であり、危うく監督責任を問われそうになった猿渡としては答えようがないだろうが、君を推したのはおれではないと、その顔に書いてあるようでもある。

こんなときの猿渡の風貌は、ひいでた額や意志の強そうな口もとのせいか、この国の土建屋上がりの政治家に似ていなくもない。

そういえば八年前、すぐに呼び戻すといって送り出しておきながら長い間放置しただけでなく、甲斐を大阪から福岡の所長にまわすよう力説したのは猿渡だという信じがたい噂を、甲斐は耳にしたことがある。それがもとの部下に対する好意からでたものかどうか、甲斐は当時も今もわからない。

「そういえば、神谷は同期だったんだってな。親しかったのか」

猿渡は探るように訊いた。上目使いのその表情に、さっと暗い影が走った。

「同期というより、同志だったんですよ。ともに志を語りあった仲でした」

「ほう、何の志だ？」

「創設間もないリース会社を、ひとかどの企業に育てあげる夢をいだいていたんですよ。同時に、本当に中小企業の役に立つリース会社にしよう、と。まことに若気のいたりでした。もう二十年も昔のことですが」

「しかし、君や神谷の夢は、かないつつあるじゃないか。新聞は経済音痴なもんだから、馬鹿のひとつ覚えのようにノンバンクの不良債権のことばかり書いているが、前期は貸倒引当金を七十億ばかり積むことができたし、着々と手はうっているんだよな。そこんとこは、小島さんの指導よろしきをえて、ちゃんとやっている」

分厚い胸をはった。

「それに、商売の方も、パソコンなどの情報関連機器や、ＰＯＳシステムというコンビニ向けの販売時点情報管理システムなどのリースはおおいに順調だ。タイの合弁会社の立て直しはいま一歩だが、香港のほうは無事スタートした。リース料の下落など、面白くない材料もあるが、いまや民間設備投資の一割はリースが占めている。わが社は売上高三千億円、総資産一兆円を超えるトップクラスの会社だ。株式上場もまぢかだぞ。そうそう、それに君の古戦場の品川から川崎、横浜にかけては、今度京浜営業部として拡張するつもりだ。どうだ、なつかしいだろう？」

営業全般を統括する営業本部長としての、堂々たるプレゼンテーションである。

甲斐は本社勤務のとき、営業と審査がほぼ半々だったが、営業時代には機械メーカーのところに日参し、その紹介をもらってその一帯を歩きまわった。猿渡のいう古戦場だった。旋盤から中《なか》ぐり盤、フライス盤などの工作機械から、コピー機、レジスターなどの事務機器までなんでも扱った。次代の花形ともてはやされだしたコンピューターも手がけた。あんがい楽しかったのは医療機器のリースで、独立をこころざしている医者の相談相手になり、商売は二の次に適正規模の機器をいれて、採算的にも無理のない医院を開業させたときの喜びは格別だった。そして、その医者の紹介で、新たな商売をいくつかつけてもらうというおまけもあった。

もちろん、あの事件のような嫌なこともあった。

「まあ、会社はつぎなる飛躍に向かって、まさに離陸せんとしているところだな。そう、離陸だ。君はまさにいいところに帰ってきた。過去のことにこだわらず、とにかくがんばってくれや」

どんと、強すぎる力で甲斐の背を叩いた。一回りも二回りも肥《ふと》ったからそう見えるのか、権力を得た男は自信ではちきれそうだった。

3

猿渡の部屋を出たあとは、五人ほどの役員にあいさつして回った。短い儀礼的なやりとりだった。

「感想はどうだ？」

廊下を肩を並べて歩きながら、小島管理本部長が訊いた。よほど体調が悪いのか、息があがっている。

「この会社の役員たちは、どうやら心の底では誰ひとりとして私を歓迎してくれないようですね」

愛想笑いなどしない小島が、いかにも楽しげに顔を崩した。

「人に歓迎されないのは慣れているんじゃなかったっけ？」

「とんでもない。とても他人の評判を気にするほうですよ。それに年とともに、めっきり弱気になりまして」

「ほう、それはちっとも知らなかった。……さて、ここがこれからの君の巣だ」

審査部の部屋では、十二人の部員が、二列に並んだ机から離れて、窓際の机の側に立った甲斐を取り囲んだ。顔見知りもいたが、八年の不在は大きく、半分以上のスタッフはほとんど初対面といってよかった。

小島は簡単に甲斐を紹介し、甲斐はうながされて短いスピーチをした。前任者の神谷とは同期だが、神谷ほど有能ではなく、神谷よりまさっているのは焦げついた経験だけだと話したら、何人かが事情を知っているとみえて、ふくみ笑いをもらした。

「その経験からすると、三千億円の営業貸付金など、福岡にいては想像もつかない金額の処理で、なにかと大変なことが出てくるかもしれない。だが、扶桑綜合リースをいい会社にしようという意欲だけは神谷に負けないつもりだ。微力だが、皆さんと力をあわせてやっていけば、なんとか克服できるだろう。ひとつよろしく」

そう結ぶと、何人かの顔に緊張感が走り、小島は深くうなずいた。甲斐審査部長の椅子に腰をおろせば、不思議にも安堵感が体の奥底から湧きあがってきて、甲斐はおおいにとまどった。かつていっしょに働いたことのある山県課長や、五十すぎても独身のままの戸川洋子《とがわようこ》に親しみを感じるのは当然としても、それほど懇意でもなかった土居課長や古参の野村の顔を見ているだけで、わけもなくほっとした。いや、それどころか、年若い部下たちの顔を見ていると、愛《いと》しさのような感情をおぼえて困惑するのだった。

東京の本社に戻ることはもうあるまい、このまま穏やかに九州で定年を迎えられればいいと思ったのは、あれはたんなる強がりであったのかと我を疑うほどの、一瞬の心境の変化である。決して認めたくはないが、おれもひそかに復帰を切望していた俗物なのかと、あきれる思いでかえりみた。まことに、自分というものはわからない。わからないが、年ふるごとに自分というものが段々といやになり、そしてついにはいやになることにさえ慣れてゆく。

その夜、甲斐の歓迎の小宴が神田の小料理屋の二階で催された。幹事役の山県の設営だった。二列に向かいあって、マグロの刺身やアジのたたきをつまみながら越後の辛口の酒杯を重ねれば、いかにも東京に戻ってきたのだという思いが甲斐の胸に満ちて、がらにもなく感傷的になりそうになる。

しばらくして、甲斐の正面にすわった丸顔でこぶとりの三十すぎの青年が、関西弁を使って、わたし河内《かわち》生まれの河内《かわち》です、まだしつこく司法試験の勉強と、ひよりさんへのアタックをつづけてます、もちろん独身です、嫁さん募集してます、などと自己紹介したあたりから宴はほぐれてきて、続いて立ち上がった娘が、わたし日本人離れしたプロポーションだとみんないいますけど、名前は古風なひよりです、にせ独身の河内さんには五回プロポーズされましたけど、わたしスマートなひとが好きです、などとやって喝采をあびたりした。

知らない若い人は、神谷があちらの部署、こちらの部署からやりくりして集めたのだと山県が解説してくれた。バブル崩壊とともに、加速度を増してふえていく仕事量をこなすため、悪戦苦闘する神谷の姿が眼に浮かんだ。

二次会はカラオケバーで、河内とひよりは歌って踊り、土居が意外に渋い喉《のど》を聞かせてくれた。山県はほとんど歌わず、いつのまにか甲斐の横に座って、しきりに話しかけてくる。ふたたび甲斐といっしょに働ける喜びからか上機嫌で、若い時から禿《は》げあがっていた額まで朱に染めてグラスを重ねる。適当に聞き流していたが、少しばかりもつれた声でなにかを訊いている。

「聞き取れない」

と甲斐は怒鳴るようにいった。河内とひよりが狭いフロアで、腰を振りながらデュエットでラブソングをがなりだしていた。

山県はさすがに大きな声は出せないようで、甲斐の耳元で二度、三度と同じ言葉をくりかえした。ふだんは愛嬌《あいきょう》のあるまんまるい眼が真剣になっている。その様子を、歌い終わった土居課長が、いくらか醒《さ》めた眼でながめている。山県はまだ若いが、土居は甲斐とあまりちがわない。

「社長は、いや、それよりも猿渡常務は、甲斐さんになんていってましたか」

べつに、と甲斐は山県に答えた。ごくありふれた着任時のやりとりがあったにすぎない、心底歓迎しているかどうかはともかく、大人のあいさつとはそのように無味乾燥なものと相場が決まっている。甲斐はそういった。

「いや、そんなことじゃなくって」と、山県は存外しつこい。「会社の現状についての説明はどんなでした？」

「そうさな、要約していえば、バブルの始末はついていないが、上場を目指して健闘している。そんなところかな」

「へえ、それで、甲斐さんのご感想は」

「最高経営者の一人がいうのだから、そうなのだろうさ」

「信じますか」

「ああ、信じるね」

山県は不満気に濃いウイスキーの水割りを飲んだ。頭は薄いが、テニスできたえた体はしまっていて、内臓もかなり強い。

「会社がそんな具合に順調なら、小島常務が甲斐さんを九州から呼び戻すと思いますか。いいですか、誤解なさらないほうがいいと思うから申しあげるのですがね、あなたに対する上層部の信頼は、決して厚くはないようですよ」

承知している、と甲斐は答えた。

「候補者に擬せられたひとが何人も逃げたもんだから、審査部長のなり手がなくて、やむなく私でまとまったそうじゃないか」

「ごぞんじでしたか。みんなが審査部長を辞退するぐらい、会社は窮地に陥っている。恐れて誰も口に出してはいわないけれど、みんな会社が悪いことは、漠然と気づいていますね。わからないのは、その症状の程度。つまり、数字です」

「迷惑？」

「おれも実は迷惑なのさ」

「ああ。君のようにまだ四十前の人間から見ると、おれのような男でも、まだ十年やそこら会社生命があるように見えるだろう。しかし、違うのだな」

「まさか」

「いや、人生五十年とはよくいったもので、それは今も昔も変わらない。歴史上の特殊な一時期だけが異常なのであって、そんなにばかみたく人は働けるものじゃない。その五十まであとわずか。おれとしては、ゆったり九州ですごしたかったな」

「そういうわけにもいかんというのが、さまざまな異論はあったけれど、今度の人事の結論だったということでしょうが」

「なんでもわかっているんだな」

「自信を持ってやって下さいよ。あなたのような人を遊ばせておく余裕は会社にはないんだ、と理解して」

「そのような経営者的な訓示は誰からも聞かなかったな」

九州で、最後まで甲斐を引きとめたのは、大型クレーンのリースを始めとして、甲斐が規模拡大に手を貸した工作機械のメーカーだった。まだ五十をすぎたばかりの社長が、力を貸してくれ、できれば財務担当役員としてきてくれといったものだ。

現地での送別会では、社長から実務担当者にいたるまで、心から別れを惜しんでくれているように見えた。しこたま飲んで、翌朝出張先のホテルから豊後《ぶんご》水道の朝焼けをながめる甲斐の胸を襲ったのは、このまま九州にとどまれないのだろうかという思いだった。会社も家庭も捨てて、もう一度やり直すことは無理なのかと自問自答した。思えば生まれてこのかた、好きなように奔放《ほんぽう》に生きたという実感はほとんどない。

仕切り直すなら今だという気がした。本社に戻ったとて、なにほどのことがあるわけでもない。多少は自己満足できる処遇を与えられるだろうが、それとてほんの数年のことである。一段落すれば後進に道をゆずるのをせまられるか、あるいはまた銀行から送りこまれてくる、若くて野心的な男に引き継ぐことによって、甲斐の人生は終わるだろう。

高台にあるホテルからは、甲斐を招いている工場の全貌が見わたせた。まだ寝静まっている工場をながめ、黄金色の空が水色に変わるさまをながめながら、甲斐の心は揺れ動いた。ただ、このまま会社を去れば、一生後悔するだろうという思いをどうしても打ち消せない。かといって、この世のなかで、すっきりと片づくものなど数すくなく、ただ未解決のまま積み重なるだけだとは知りつつも、なおこだわるものがあった。

「……ところで、会社の不良債権の金額を、甲斐さんは見当がつきますか」

ひとつの曲が終わったとき、山県の声がすうっと甲斐の耳に入ってきた。

隣のテーブルで土居の眼がキラリと光ったようだった。

「知らない。恥ずかしながら、何も知らない」

「十億単位じゃありませんよ」

「まあ、そこらへんはおいおい勉強させてもらうさ」

その夜おそくなってからのことは、甲斐の記憶から抜けおちている。遺憾ながら、近ごろ記憶の空白がまれにある。河内やひよりにあおられて、皆と腕や腰を振って歌いながら踊ったような気がする。

駅まで送ってくれたのは山県と、もう一人誰であったか。戸川女史でもなければひよりでもなかった。改札口で山県がいったのだろうか、それとも夢で見たのだろうか、不良債権の総額は百億単位ではきかないかもしれないと誰かが甲斐に告げた。

そう、あれは夢であったに違いないと、翌朝甲斐は顔を洗いつつ思った。夢であってほしいと願う気持が生じていた。

第二章　因縁

1

一週間もすると、早くも甲斐は東京での生活が嫌になった。

まず通勤に死ぬ思いをした。たしかに電車は八年前も混んでいたが、それでも時間をちょっとずらしたり、あるいは運がよかったりすれば、座席に腰をおろすことも不可能ではなかった。

それが今では吊革をつかむのにさえ、よほど機敏にふるまわなければならない。さもなければ、ぎゅうづめのまま、なかば窒息状態で運搬されることになる。

他人の体臭、強く甘ったるい化粧の匂い、昨夜の酒の残滓《ざんし》、服に染みついた煙草の臭いもつらいが、それよりもよくまあこの混雑で、みんな骨折したり捻挫《ねんざ》したりしないものだとあきれてしまう。

東京の娘たちがまるで中年男のように不機嫌だったり、険しさを沈殿させて無表情であることを甲斐ははじめいぶかしく思ったが、なんのことはない、電車に象徴されるような環境の中で棲息《せいそく》していたのでは、自分が毎日体を接触しているのが異性であると意識したり、人間であると思ったのでは、とうてい耐えられないにちがいない。潔癖であったり、繊細さをまだ保持していれば、神経症に陥《おちい》るしかないだろう。

しかし人間というものを、同じ車両に詰め込まれた物体だと思うようになると、それに気を配るという心の作用は停止する。人は入口のすぐそばに立っていても、降りる乗客のためにいったん下車して道を譲らなくなる。これは八年前にはあまり見かけなかった現象である。

出社すれば、書類を読んで、電話で話し、会議に出て、また書類を読む毎日である。福岡営業所時代には客先を訪れるにせよ、気分転換と称して長めの散歩を楽しむにせよ、よく外を出歩いて席をあたためる暇もないほどだったが、変われば変わるものだとみずから苦笑する。

稟議書《りんぎしょ》、社内報告書、興信所の調書、取引先の決算書、公認会計士の監査報告、弁護士の意見書、不動産鑑定士の鑑定書などなど。とにかくおびただしい枚数の書類を読む。日に三冊は単行本を読んでいる計算になるだろう。それも小説とはちがって、つとめてたんねんに読む。

それにしても、ろくでもない内容のものばかりである。稟議書のたぐいは、どこそこの開発業者は何億円なければ月末をこせないので融資したいとか、地上げをやりとげるためにはなにがしの不動産業者に追加であと何億円出す必要があるといったものばかりで、もし金を貸し渋れば一層事態は悪化すると脅迫まがいの文言をつらねているものさえある。興信所はといえば、毎日信用不安情報ばかり流しつづけるし、会計士は取引先の粉飾決算の可能性を指摘するのが仕事になっているかのようである。弁護士は訴訟で勝つにしても気の遠くなるような時間がかかるうえに、得られるものはきわめて少ないことを警告するのがつねである。不動産の鑑定書ときたら、どれもこれもが地上げした土地の欠陥、例えば虫食い状態とか許認可の不備を列挙している。およそ読んでいて心がはずむ書類は皆無である。会社勤めの仕上げの時期にあたって、まことに割のあわない仕事を引きうけてしまったものだと、甲斐は一日十回は嘆く。

なんとか書類の流れがとだえたときは、大急ぎで山県と土居の両課長にまとめてもらった問題案件一覧表とその付属明細書に目をとおし、会社のかかえている病根の全貌をつかもうとする。なにせ前任者は引継書を書かないままあの世に旅立ってしまったのだから、不便なことこのうえもない。

通常であれば引継書などというものは、いくら読んでも肝心な部分はわからず、大事なところは実際に体得するしかないのだが、残念なことにいま甲斐の直面している事態は、いかなる意味でも通常の場合ではない。案件の数が多いことはもちろんであるが、そのかなりのものが巨額で、かつ複雑だ。

さらにこれはおいおいわかってきたのだが、神谷が自分ひとりで処理していて、山県や土居ですら知らされていないものが、開発案件を中心として数かぎりなく埋もれている。また仮にその概要が山県らに知らされていても、肝心の背景事情が伏せられているケースもまれではない。

美人で気が強く、公私にわたって神谷の秘書のような役割を果していた橋口佐江子《はしぐちさえこ》に、食事をごちそうしてきいてみても、核心に触れたことはなにもわからない。三十半ばの女性特有の警戒心やおとぼけではなさそうだ。

完璧主義者の神谷は、どうやら案件が難しければ難しいほど、それをみずから処置しようと抱えこんでしまったにちがいない。一応十二名のスタッフはいるものの、おれがやったほうが早いと自信家の神谷は思い、またトップから迅速な措置を要求されていると感じれば感じるほど、たったひとりで動き回ったことだろう。それは十分に想像される。

しかし、はたしてそれだけであったのだろうかという疑問が甲斐の胸の中で日増しに膨《ふく》らんでゆき、山県や土居には決してそのそぶりは見せなかったものの、甲斐は途方に暮れることが多くなった。

橋口佐江子とは容姿も頭の回転も対照的だが、気のいいのが取りえの戸川洋子のいれてくれた濃いめの緑茶を山県と飲んでいたとき、ひと昔前の記憶がふいに脳裏をよぎった。

「ゴルフ場には、北茨城の方にずいぶん手を焼いたのがあったのだけれど、問題案件の中に入っていない。もう片づいたんだろうか」

山県が、しばし首をひねる。

「北竜山《ほくりゅうざん》カントリークラブのことですかね」

「そうそう、確かそんな名前だった」

「あれでしたら、出だしでちょっとつまずいたようですが、何とか完成までこぎつけて、クラブハウスなどのリース代金の他に、貸金まで回収してうちの手を離れたはずですよ。会社としては、ゴルフ場への融資の初期の案件ですが、いま思うと、あれがゴルフ場を建設しても、どうにかなった最後のタイミングだったようですね。で、なにか?」

「いや、なに、あの時も地上げ資金が不足して往生したものさ。少しばかりかかわっていたものだから、気になっていたんだ」

その北竜山のプロジェクトでは、猿渡と激しくやりあったものだった。

新宿支店長としての華々しい実績を引っさげてきた猿渡は、意欲に満ち満ちていた。扶桑銀行では二、三の小さな店の支店長として辣腕《らつわん》をふるい、かなりの業績をあげて都心の支店長にまで栄進したものの、どうやらそれが銀行でのあがりであったらしく、扶桑綜合リースに出向してきたのだ。しかし猿渡は、あきらめる時間があればそのかわりに新天地を求めるエネルギッシュな男だ。それに四十八歳という年齢は、彼のような男にとって、人生を断念するにはいささか早すぎるというものだった。

扶桑綜合リースの営業第三部長に就任したとき、猿渡は北竜山開発なる会社に資金をつぎこもうとくわだてた。

「正気の沙汰ではありませんよ」

当時審査課長のポストにあって、まだ猿渡の部下になっていなかった甲斐は反対した。

「こんなクレージーな時代は、そう長つづきしませんね。レジャーやリゾート関連に浮かれて金を貸すのは、やめたほうがいいですよ」

「何をぬかすか」

猿渡は顔を赤黒く染めて激怒した。どういうわけか、猿渡は甲斐に接するとき、異常なほど感情をむきだしにすることがあった。平素は甲斐の意見をよく聞き、のちには自分の部下に引っ張るほど評価しているはずなのに、突如怒りだすのである。高く買っていて、鍛《きた》えようと意識しているというにはあまりに感情的すぎる。甲斐の何かが気にいらないのだと考えるほかないが、甲斐にはまったく思いあたるところがない。

「おまえは、営業の苦労というものがちっともわかっていない。いいか、北竜山開発に十億円貸しこめば、クラブハウスを始めとして、リース案件がごろごろ転がりこんでくる。よく考えてみろ。こんな商売はめったにあるもんじゃない」

「それはそうでしょう。しかし、だからといって、いまひとつ得体の知れない企業にそんなに融資していいかどうかは別の判断でしょう。あそこの財務体質はきわめて脆弱《ぜいじゃく》ですよ」

ばかか、お前は、と猿渡はいわなかったが、蔑《さげす》みの表情を浮かべた。

「あのな、ノンバンクのみならず金貸しの業界はいまが正念場なんだ。競争は激甚だ。親会社の銀行だって、いままでなら決して貸さなかった業種や企業に貸しこんできて、うちらのライバルになってきている。そのことは、ついこの間まで銀行にいたおれが一番よく知っているんだ。臆病であっては乗り遅れるだけだ」

「環境が厳しいということなら、理解しているつもりですがね」

「まだある」

猿渡は声を落とした。

「君も聞いていると思うが、この営業第三部は赤字続きで、早急に黒字転換しなければ、取りつぶしにあってしまう。そうなれば、三十人の部員はちりぢりバラバラだ。そんな事態はなんとしても避けなければならない。それがおれの差しあたっての責務なんだ」

「しかし、北竜山は地上げにてこずっているらしいじゃないですか。おまけにメインバンクは、これ以上の融資に二の足を踏んでいるという噂がある。だからうちに泣きついてきたんじゃありませんか」

「それは君の勝手な憶測にすぎないな。あそこの風間社長は、若いわりにはなかなかのやり手だ。簡単には音《ね》をあげないさ。ゴルフ場はできる、間違いなくできるさ」

そのあとの一言が余分であったと、甲斐はいまでも後悔する。

「あなたの決意表明を聞きたいのではないんです。客観的な分析をしたいんです」

「黙れ」

猿渡は再び怒った。

「おまえは気楽でいいな。人の仕事をあれこれいえばいいんだからな」

「猿渡さんだって、銀行では審査の仕事がけっこう長かったでしょうが」

「ああ。しかし、いまではそのキャリアを後悔しているぜ。他人の書いた稟議書《りんぎしょ》を読んで、この仕事にはこんなリスクがある、この会社からはぜひ担保を取るべきだなんて、したり顔でコメントしていた自分が恥ずかしいよ」

ほぼ十年前のあの案件がつまるところどう落着したか、それを甲斐は知らない。そのやりとりがあって数ヵ月後、営業第三部立直しのためその猿渡の部下になり、やがて甲斐はしくじって大阪に飛ばされた。

しかし、このプロジェクトが問題案件のリストの中に入っていないところからすれば、どうにか片づいたと見ていいのだろう。だが、その不足資金について、猿渡がその後どのような手をうったのかいささか興味をそそられる。ひょっとして、魔法を使ったのではあるまいか。

この会社はどこか底がぬけているのかもしれんと、そら恐ろしくなる日々だった。

2

営業第一部長の保坂が指定したのは、神田神保町《かんだじんぼうちょう》の横丁の寿司屋だった。玄関先で白と黄の百合が大きな鉢に咲いていていた。

主人がひとりでやっている小ぶりな店で、先に着いた甲斐は、七人も座ればいっぱいになるカウンターに腰をおろしてとりあえずビールを頼んだ。東京ではビールが一番うまい季節である。

突き出しがなかなかの味で、甘さを抑えた煮くずれしない小粒のものは何かの魚の胆《きも》と察したが、ビールによく合うシャキッと歯ざわりのいい酢の物の正体は全然見当がつかない。

これはうまい、いったい何だときくが、細面で引き締まった体の主人は、当ててごらんなさいと曖昧《あいまい》に笑うだけである。

「イカじゃあないし、フグやほかの魚とも思えない。わからない。降参だね」

「クラゲですよ。珍しいでしょう?」

どうやら、探求心旺盛な寿司屋らしかった。

中ビンを一本空け、勧められるまま、金沢の冷酒を片口から手酌で飲んだ。名酒は限りなく水に近づくと誰かがいっていたが、まことにそうで、すうっとはいる喉《のど》ごしに抵抗がない。小さなグラスで二杯続けて飲んだ。つまみはタコの刺身。

「江戸前のタコですよ」

主人が好奇心を示した甲斐に教えてくれる。

「明石《あかし》のタコっていうけれど……」

「いいますね。でもこれは江戸前ですよ」

「へえ、東京湾でタコなんか採れるの」

「採れるどころじゃありませんよ。タコだってアナゴだって、ここが一番なんですよ」

「じゃあ、明石は二番?」

「五番ですね」

「三番は？」

「三番も三番も四番もナシ。五番にやっと明石でしょうね」

けっこう頑固な性格の主人であるようだった。

保坂は三十分ほど遅刻してやってきた。やあやあ悪いといって暖簾《のれん》をくぐり、笑みくずれた顔をおしぼりで盛大にふいた。

「ビールはいりませんね」

主人が念をおし、奥さんとおぼしき人が氷と水の用意をし、保坂は手ずから濃い目の水割りを作った。

「乾杯」

と、それぞれの酒を飲む。

ともに飲むのは二年ぶりかと、甲斐は歳月を数える。保坂が九州に出張できたときに、中洲でしこたま飲んで以来のことだと思い出した。

「神谷の葬儀では会えなかったな」

話はまず、どうしてもそこへゆく。神谷が生きていれば必ずこの席にいたはずだ。

二十年ほど前、銀行の募集に応じてこのリース会社に移った物好きは、甲斐と保坂と神谷の三人だった。もうひとり、保坂や神谷はさほどではなかったが、甲斐と親しかった日野も希望を出した。しかし、それはなぜか上のほうで許可されなかった。

いま振りかえれば、それが正解だったのかもしれないと、甲斐はほろ苦さを嚙み殺しつつ思う。新設の会社に甲斐たち三人は夢を求めたが、甲斐は挫折し、神谷は逝《い》き、まだ挑戦者の資格を保持しているのは保坂だけである。一方日野は、銀行の関連事業部長の要職に栄達し、甲斐の会社などを監督する立場にある。いつかその日野に会うことになるだろうと予測しながらも、甲斐は気の重いものを感じている。

「神谷がああなったときには、香港に行っていて、どうしようもなかった」

「合弁のリース会社の設立の仕事か？」

「なんだ、知っていたのか」

「いや、知らなかった。ただ、合弁会社のことは聞いた」

「おまえさんは、いつも妙な推理の仕方をするな。データをいろんな引き出しに入れて置いて、タイミングよく結びつける」

「それを人はたんなる思いつきという。そしてほとんどいつもまちがう」

保坂は、あははと笑い、

「まちがったかね」

「ああ、大いにまちがった。就職をまちがった。多分、結婚もまちがった。会社の仕事でも何度かまちがった。それらは若気の至りといえなくもないが、おまけに転職のことでもまちがったかもしれない。九州で何度もおれは、田園風景の中でのんびり過ごすのがむいているのではないかと思ったね」

「東京に帰りたがっていないという噂を聞いていたが、本当だったのかな」

「そう、半分は本音だ。いや、四分の三は本音かな」

「たしかに、いつまでも東京にしがみついているというのは異常なことなんだろうな。おれなんか、他にいくところがないから、こうして東京にいるけどな。頭のてっぺんが禿げ、年だけくってしまった」

酒を飲み、九州のことを話していると、甲斐は二年ばかりつきあっていた女のことを思い出す。優しくていい女だが、今が結婚できる最後の年齢だと思いこみ、若くて独身の男ときおり逢っているようだった。一緒に寝ていても、ふっと上の空になって、何かの影が顔の右半分から左の方に移るときがある。彼女はそんなとき、決まって寝返りをうって、甲斐に背を向ける。しかし、それは男の影とばかりはいいきれない。自分ではどうしようもない、得体の知れないものを抱えてもがいているように見えた。

江戸前のタコのあとは、マグロが出、宮城の閖上《ゆりあげ》というところのアカガイと伊豆のイカが出た。九州とのネタの違いを感じながら杯を重ねていると、立て続けに三杯目にはいっていた保坂がグラス片手にきいてくる。

「甲斐が帰りたくなくなったのは勝手だが、もともと猿渡常務との約束は何年だった？　三年、あるいは四年？」

「年数は切らなかった。ただ、速やかに帰すとだけいわれたな」

「そういわれて大阪へ行き、そして東京と思っているところに福岡だろう？　まあ、一応所長だが、約束が違うと思っただろうな」

「思ったね。だが一年もするうちに、福岡が気にいってきたんだな」

「しかし、猿渡常務はなぜもっと早く帰そうとしなかったんだろうか。なあ甲斐、猿渡と何かあったのか」

「いや、何もない」

「なら、なぜ?」

「わからないな」

左遷されて行く甲斐のために、猿渡は二人だけの送別会を開いてくれた。忘れもしない、皇居の見渡せる料理屋だった。しぶとい梅雨が降っていた。猿渡は確かにいった。すぐに呼び戻す、と。

あれから八年。会社はずいぶん変わったようだが、営業第三部長から常務に栄進した猿渡も変わったのだろうか。

「昔のことはともかく、今度おれが戻るについて、保坂はなにか聞いていないか? たとえば猿渡常務が反対したとか」

「いや、小島常務が積極的に甲斐を推薦し、一部に反対する役員もいたらしいが、結局は全員の同意を得られたと聞いた。猿渡が反対したとは聞いていない。だが、どうしてそう思うんだ?」

「なんとなくな。前に、おれを福岡に回したのは、猿渡常務だという噂を聞いたことも影響していたのかもしれない」

「つまり……」保坂が眉間に皺をよせた。「猿渡を信じていないんだな?」

「よくわからんのよ」甲斐は手酌で酒を注いだ。「わからないことばかりだが、なあ、サラリーマンが素直に上司を信じられるのは、いつまでなんだろう? 四十を過ぎると、上司を信じることは許されないのかな。それに昔の人の方が仲がよかったんじゃないだろうか」

「多分な。人を信じるには余裕がいる。この時代、おれたちも上司も誰もかも、余裕がなくなった。そのぶん猜疑心《さいぎしん》が強くなった」

保坂は、昔より一段と空酒《からざけ》の度を増した。子細に観察すると、指がこまかく震えている。

「忙しいんだろうが、体調は大丈夫なのか?」

「このところ、上の要求がきつくなった。いくらか景気が上むきになったなんてのは嘘っぱちで、ただ競争が激しくなっただけだ。同業者が到底採算が取れそうもないリースの料率を出してきやがる。価格破壊だ。ついこの間までは、自慢じゃないが多少無茶な数字でもクリアできたんだけどな、いまじゃどうにも利益がでない。だが恐るべきことに、これは一時的な現象なんかじゃなくて、この先ずうっと続くような気がするな」

「うん、わかるな。九州でもきつかった。いままでのような成長の時代は終わったな」

「ああ。ただな、もうかりませんじゃすまないから、商売の仕組みを考えなくっちゃならんのだ」

「次期役員候補としては、そうだろうな。神谷は死に、おれは挫折した。いまや保坂に頑張ってもらうしかないんだからな」

四十を過ぎて上司を信じることが許されない時代でも、保坂は信じていたい。毎年身近の人がひとりふたりと亡くなってゆく。人は増えず、減る一方だ。となると、精一杯旧友を大事にしつつ、手仕舞いのときを迎えようという気分にもなる。

「おれとて、時間の問題だよ。なんだか近く失敗しそうな気がするんだな。……で、商売の仕組みのことだが、これが簡単じゃなくてなあ。利益が出ないなら経費を抑えるしかないんだが、経費といったらなによりも人件費だろう？　自分のところで人手をかけられないなら、よそに頼るしかない。平たくいえば、自分の手は抜いて、他人任せにするということだな。怖いよなあ」

嫌な感じがして、甲斐はお猪口《ちょこ》を置いた。

思えば保坂は、さっきから悲観的なことばかりいっている。もともと強くて、陽気で、楽天的な男だった。めったに弱音を吐いたことがない。その彼が怖いという。

「どんなこと？」

「たとえばさ、工作機械のリースの商売でな、腕利きのディーラーがいて、次から次へと契約を取ってきてくれるとするか。機械メーカー、ユーザーなどに話をつけてきて、うちとしては間にはいればいいだけになっている。便利この上もない。すっかり依存してしまっている。だが、あまり立て続けだと、話がうますぎる気がして、いささか心配になるんだよな」

「いつでも相談にのるよ。これでも人に騙された経験では、人後に落ちないつもりだ」

「そうだったな、忘れていた。その点ではまさに折り紙つきってわけだ」

甲斐は寿司をつまみながら、片口の容器を二度満たしてもらい、保坂はほとんど食べずに、ボトルを半分ちかく空けた。きっと血を吐くまで、飲むことを止めないだろう。

そろそろ帰る潮時《しおどき》かと甲斐が思ったときに、保坂が訊いた。

「久しぶりに本社に戻っての感想はどうだ？」

「神谷ほどの男がてこずったポストだ。楽ではないと覚悟していたが、自分の会社の中身がわからないのが困る。断片しかつかめない。どれだけ腐っているのか、まだまともなのか、それすらわからない」

「小島常務か、それこそ猿渡常務あたりはつかんでいるだろうが？」

「多分な。ただ、正確かどうか。そして、おれに教えてくれるかどうか」

「審査部長に教えないのかね？」

「ああ、教えない。まず審査部長が敵か味方かを判別してからだろうな。自分に得かどうかを見きわめてからだ」

「いやに悲観的だな。いや、慎重になったというべきかな」

「少しは学習するさ」

部の歓迎会の別れ際《ぎわ》に、誰かがささやいた不良債権の金額が甲斐の頭に浮かんだ。

「ひとつだけ、いっておいたほうがよさそうだ」

そういってから、保坂はグラスをのけて煙草を吸った。昔は確かショートホープだったが、フィリップモリスを吸っている。

「出所がどこかしらんが、合併の噂が根強くささやかれている。うちとどっかのリース会社がひっつくというアイディアだ。突拍子もないだけに、気味が悪い」

「リース会社は、こんなに要らんというわけか」

「そう。メーカー主導型から始まって、銀行、商社が参入し、それに地域リース会社、生保、鉄鋼、流通など、まあいったいいくつあるのかね」

「そして、ノンバンクの異名のとおり、多かれ少なかれ傷ついているというわけだな。だが、よもや、会社を思い切り高く誰かに売り飛ばそうという話じゃないんだろうな」

「いや、そうかもしれん」

「だれがそんなことを考えるんだ?」

しかし、保坂は特定の名前をあげず、甲斐もそれ以上突っこまなかった。そのぶん、胸にわだかまりが残った。

「それもこれも会社の中身次第だな。……わかった。その噂は頭にいれておくよ」

「それはそうと、甲斐よ」

保坂の指から煙草の灰が落ちた。

「なんで戻ってきたんだ? おれは何とはなしに、甲斐は九州にいついて、もう戻ってこないんじゃないかと思っていたんだぞ」

「おれも迷ったさ」と甲斐はいった。「でもさ、ほら、死んでも死に切れんというじゃないか。辞めるに辞め切れんということもあるんだな。まだ何か、し残しているような気がする」

「会社への愛着の一種かな」

「その表現はどうだろう。いまだに腑《ふ》に落ちないことがある。因縁《いんねん》、そう、因縁なんだろうな、この会社との」

「因縁か。そういやおれだってそうだな。おれたちは、ほとんど創業以来の社員だもんな。よし、わかった。もう少し辛抱しよう。ついては……」

保坂がカウンターをどんと叩いた。

「甲斐、景気づけに、もう一軒行こう」

3

甲斐の家は、ＪＲから私鉄に乗りかえて三つ目の駅にある。会社から一時間ちょっとの距離である。

甲斐には特に不満はないが、都心で育った妻の律子は、近くの沼のあたりは、小学生の遠足で来た所だと、家を求めるとき嫌味をいった。田舎から就職のために上京してきた男と、東京二世の女が結婚する場合のありふれた行き違いである。

ロータリーと呼ぶにはいささか気恥ずかしいような狭い広場を持つ駅で甲斐はおりた。小さなスーパー、本屋、花屋をやりすごして、酒屋を横目で見る。いつもバーボンを買う店だ。短くはない単身生活の間に、よほど強い酒でないと満足できない体に変わっていた。もちろん律子はそのことを嫌悪している。

いつの間にか雨が降りだしていて、甲斐は折り畳み傘を広げ、自転車置場の横の細い道を線路伝いに歩く。その右手は数年前にできたスポーツ・クラブで、早い時間には二階の入口に通じる階段を、いかにも陽気でエネルギッシュな中年の女性たちと、みるからに健康的で清潔そうな娘たちが上り下りする。だが終電間際の時間ともなれば、疲れ果て肩を落としたサラリーマンが、その横をうつむいて歩く。

踏切りを越え、二車線の道路を横断歩道のところで渡り、車一台がようやく通れる細い道を歩いた。ガソリンスタンドの裏手は蕪《かぶ》畑で、反対側は小さな建売り住宅とアパートだった。その道をくねくね行くと、やがて雑木林と孟宗《もうそう》の藪《やぶ》を借景にして、洋館のようなロッジのような小ぶりの二階屋が闇に浮かびあがっている。

木造ではないが、細長い板を横組みにした感じを出している白壁は、微量の茶色を含んでいて、昼には瀟洒《しょうしゃ》な印象を与える。それはそうで、この家の設計から工務店の手配までやったのは律子自身だった。総二階ながら張り出しているテラスとか、斜めに切って天窓をつけた屋根とか、あちらこちらにある出窓がこの小さな家に立体感を与えていた。そのような目配りは律子の得意中の得意で、当然のことながらどの出窓にも申し合わせたようにガラスの壺や大きなガラス皿が飾ってあった。

玄関の前に立つと、狭い前庭ながら、白樺の木が一本、すっくと背を伸ばしている姿が目に入る。隣の雑木林や孟宗との組合わせで選んだものだが、その白い樹皮が家の色によく似合うのだった。

玄関の横の壁に掛けられた焦茶の厚板にきざまれた葛飾工房という白い字に目をやりながら、ブザーを押そうとして反射的に手を引っこめた。ふいに何かを感じたのである。あるいは気のまよいかと思い、あたりに注意する。冷んやりと湿気をおびた空気に、木の匂いがまじっているのに気づく。屋根や竹の葉や土に降る雨の音、遠くを走る電車の響きのほかに、この家の奥深いところからかすかに空気を震わせるなにかが伝わってくる。そういえば、いつの間にか自然と耳や体になじんだ機械の振動だったのだ。律子のかぼそい神経の震え、そしてそれを克服しようとする意志のうごめきを感じたような気がした。

キーを取り出しドアを開ける。玄関の床にはペルシャかパキスタンの幾何学模様のカーペットが敷いてあり、その上にスリッパが一足、そのままはけるようにそろえてある。

玄関のすぐ左手の、ガラス格子を開けると、十五畳のアトリエである。明かりはついているが、やはり誰もいない。部屋の中央に六人はゆったり囲める一枚板のテーブルが鎮座している。その上に置かれたさまざまな種類のグラス、それに花瓶やら皿などが、蛍光灯の光をキラキラ反射している。

花や鳥をあしらったトレーシング・ペーパーとデッサン帳、メモ帳。何種類もの鋏《はさみ》、竹べラ、鉛筆と筆立て、カッター、スケール、白や透明のビニール・テープ。クッキーやスナック菓子の入った箱、ティッシュ・ペーパーなどなど。

雑然としているようにしか見えないが、いつのまにやらほどほどに売れる女流工芸家に変貌した律子は、この混沌《こんとん》の中にも整然とした秩序があるのだと重々しく主張する。大学進学をあきらめた一人息子は逃げるように家を出、本屋で店員をしながら安アパートで脚本書きをやっている。そして、甲斐はついこの間まで単身生活を楽しんでいた。奥方もまた、甲斐の不在を歓迎している。ありきたりのバラバラな家庭である。

弱い振動音は、このアトリエの奥の機械室からである。工房の主は四畳大の狭い部屋にこもり、肩を丸めてブラスターとかいう機械の前に座っていることだろう。コンプレッサーの圧搾《あっさく》空気は五馬力の力があるそうで、それが金剛砂《こんごうしゃ》とよばれる金属の砂をほそいノズルの先から目標のグラスに吹きつけているにちがいない。細心に、緻密にガラスを曇らせ、線を刻み、面を作る。そのようにして絵模様を仕立てあげる。今夜はたぶん工芸展に出品するため、大きな花瓶に鉄線《てっせん》の紫色の六弁花を、まるで手術中の外科医のような目をして刻み込んでいるはずである。

甲斐はそのまま二階にあがった。からになっている息子の部屋は別にして、二十畳はたっぷりあるワンルーム仕様で、床はコルクである。柔らかくて、そのうえ弾力があって、はだしになるとえもいわれぬ感触が伝わる。ぎゅっと締まっていて、ほのかに暖かい早春の砂浜を歩く心地に似ている。なにかの拍子に、ふと地中海の潮風を嗅いだように錯覚することがある。コルクガシは、たしかあのあたりの渓谷に自生する常緑樹だった。

淡いベージュの壁に作りつけになっている白い食器棚を開けて、大ぶりのロックグラスを取りだす。律子のお気にいりの、つがいの白鳥が舞う姿を大胆にデフォルメして刻みこんだグラスである。ある酒飲みの女友達の晩婚のお祝いにペアで作ったものだが、これが生涯の傑作とも呼ぶべき作品で惜しくなり、私自身の再婚のときのために取っておくほうがよさそうだと、律子は悪戯《いたずら》っぽく笑ったものだ。とても冗談とは思えない迫力ある笑顔で、甲斐はいつにも増して圧倒されたものだった。

そのグラスにバーボンをついで、部屋の片隅の椅子に座る。機能性を追求しつつも、なおかつ安らぎを求めようという思想で、この二階のスペースは作られている。キッチン、リビング、ベッドルームがその順番でコの字型につらなっている。家具はほとんど作りつけかはめこみ式で、そのため部屋を狭苦しく感じさせることがない。食事やちょっとした物書きに使うアンティークのテーブルと椅子は、さんざん捜したあげくに向島《むこうじま》あたりで求めたものである。甲斐は一階と二階の、この落差に今もって奇異な思いを抱いている。

バーボンをおかわりしたときに、律子があがってきた。はずしたばかりの歯科医用のマスクをぎゅっと握りしめ、反対側の左手でヘアバンドを取って首をふり、作業衣の緑のトレーナーの上着を脱ぎかけてから、帰っていた甲斐に気づいてバスルームに飛びこんだ。彼女が数秒たたずんだところには、充足と放心のかけらが残った。

遠くシャワーの音を聞いているうちに、二杯目のバーボンが胃袋に消え、三杯目もあらかた片づこうかという頃合に、彼女は濡れたソバージュを白のタオルでまとめ、紺のパジャマで現れた。少しばかり肉のついた顎を上に向け、冷えた白葡萄酒をきゅっと飲む。ワイングラスには、羽を大きく広げた鷲《わし》の模様が刻まれている。もちろん彼女のお手製で、得意な絵柄のひとつだ。東ローマ帝国か、その北方の帝国の紋章に似ている。

「毎晩、遅いご帰館ね」と、律子は甲斐の顔を見ずにいった。「充実しているのね、といってあげたいところだけど、そうでもなさそうね。疲れている」

「そう、前にもまして、わけのわからない会社になっているようでね。ついたポストがポストで、なお厄介だ」

「なんで、そこの部長になったんだっけ？」

「たぶん候補者がみな断ったからだ」

「そして、また捨てられるんじゃあないの？」

「かなり確度の高い予測だな」

バーボンを飲みながら、甲斐は思う。会社に勤めに出た方がいいのは、男たちではなく女性なのだ。女たちの方がはるかにタフだ。

「辞めないの、会社？　会社を辞めて、てっきり九州に居ついてしまうんではないかと思っていたのよ」

「それでもよかったんだろうか」

「やむをえないわね。いろんな結婚の形がありうる時代だし、なんだったら離婚してあげてもいいのよ、いただけるものがいただけるのなら」

それは別に惜しくはないと思った。

「それはそうと、あやまちを繰りかえすのは、愚か者のやることよ」

律子は的確に見抜いていた。

しかし、神谷の葬儀の様子と、保坂の疲弊した表情が目に浮かんだ。保坂にいった台詞《せりふ》をつぶやいていた。

「なんていったの？　聞き取れなかったわ。はっきりいって」

もう一度繰りかえした。

「今辞めると、たぶん後悔すると思うんだ」

律子は呆《あき》れたという顔をした。

「あなた、ひょっとして……」

どんぐり眼《まなこ》で、まじまじと甲斐を見つめていた。

「あなた、会社を愛しているの？」

その言葉は、鋭利な鑿《のみ》のように胸を貫き、甲斐は思わずたじろいだ。

第三章　架空取引

1

甲斐が朝から書類に没頭していると、机の上の電話が鳴った。社内通話用の短い呼びだし音だった。

「はい、審査」

「忙しいか」

保坂のやや甲高い声が遠慮なく訊いてくる。

「死ぬほど退屈だね」

「ほう、どんな具合だ？」

「今日、読まなければならない書類は、およそ二、三百ページ。会議の予定は、いまのところ五つか六つだけだ。それと来客は三組。そんなところかな」

「とても楽しそうだ。で、いつ頃遊びに来てほしい？」

「来年の今日なら、全部あいてるよ」

「残念ながら、今年の話なんだ。この間、寿司屋でちょっと話した件だ」

「夜じゃまずいのか。それこそあの寿司屋、悪くない」

「だめだね。知ってのとおり、おれは酒が入ると人格が変わる。おまけに仕事は全部忘れてしまう」

「じゃあ特別待遇で、これから」

「いいのか」

「ああ、いつだって同じなのさ」

およそ仕事に区切りはない。

保坂は、意外なことに、若い男をつれて現れた。

「これは、うちの課長代理の水沢。知ってるか」

名前は知らないが、顔は合わせていた。廊下、トイレ、ひょっとしたら何かの会議でも。眉間に皺を寄せた顔を伏せて、何事かを考えながら歩いている姿が印象に残っている。卵型の、つるりとした顔立ちなだけに、そのような表情は似合わない。

水沢はベージュの背広姿なのに、そのときと同じ暗い雰囲気を漂わせていた。そういえば保坂にも、いつものくだけた様子はうかがえない。紺のスーツでビシッと決めている。もっとも、ネクタイをゆるく締める癖ばかりは、たとえ社長の前でも変わらない。

甲斐は横の応接セットに歩きかけてから考えを変えた。内輪ではひそかに尋問室とよんでいる小会議室にふたりを誘導した。四人が適正規模の小部屋で、通常の会議よりも密談や事情聴取に似合う部屋である。保坂が背広を脱ぎ、あいている椅子に投げかけた。

「ひとりで聞いてもいいが、やっかいな仕事は有能な部下といっしょにやるのがおれの流儀なんだ。知っているよな」

座るなり、一応了解を求めた。相手が水沢をともなっている以上、この会議はオフィシャルなものとして、いつか誰かによって持ちだされると考えたほうがいい。水沢によって、あるいは保坂自身によって。

「ほう、そうかね。昔は違っていたような気がするな。何でもかんでも、ひとりで処理するタイプじゃなかったっけ。なぜだかしらんが、流儀とやらを変えたな」

保坂は異議を申したてる。

「いや、昔からそうさ」

甲斐は異議を却下する。

「昔って、どんな昔だ？」

「もう三ヵ月にもなるかな」

「神谷が死んだあたりかな」

「そういえば、たまたま一致するかもしれないな」

ひとりで難問を処理することの危険性は、この三月《みつき》で骨身にしみている。いや、そうではなかった。八年前にこりごりしていたのだった。

山県を呼びいれる。山県はたぶんアイビー・ルックに凝《こ》った最後の世代で、今でも派手なような渋いような、妙な服装をすることがある。今日もグリーンのジャケットを着ているが、ネクタイは黄土色だ。テニスで日焼けした顔と、ひきしまった体に妙に似合う。

「山県は知っているな？」

「もちろん。神谷の腹心中の腹心だった男だ」

保坂がずばりいう。

山県の顔を、さっと影がよぎった。薄い髪、そして髪とアンバランスな丸い童顔、くりくりした瞳が他人にとぼけた印象を与えるが、心はマシュマロのように繊細で傷つきやすい。

「いささか不正確な人物評価だと思うけどな」

と、甲斐はみかねて弁護した。

「的確そのものじゃあないだろうか」

「いや、山県は全方位外交をやっていたにすぎんのさ」

「へえ、それじゃあサラリーマンの鑑《かがみ》ってわけか」

「わかってもらえたようだな」

山県本人が苦笑し、水沢はあきれている。

「本題にはいらせてもらうが、会社の名前をふたつばかりおぼえてくれや」保坂が真顔になった。「あんたは、このところ、よぶんなことはなにひとつ記憶しようとしないと、社内でもっぱら評判だ」

とったんでね」

「そう、省《はぶ》けるものはすべて省くんだ。そうでもしなけりゃ、この事務量はさばけないとさ
「まあ、いいさ。おぼえてほしいのは、坂東《ばんどう》通商と日西《にっせい》商事という名前だ。日西商事は知っているよな。審査部長ともなれば」

「機械がメインの商社だったな。たしか上場している」

「そう、本社は日本橋。取引するには問題ないとされているね。で、一方の坂東通商のほうは機械のブローカー。工作機械が得意なんだが、機械類ならなんでも取り扱う。会社は神楽坂のテナントビルにある。従業員は四、五名。この社長、坂東太一っていうんだが、腰が軽いうえに、けっこう顔でね、あちこちに出入りしている。日西商事の役員や部長クラスにも食いこんでいるもんだから、日西向けの商売に重宝して使っていたんだ」

「使うって、どんな具合に?」

「坂東があちこち走り回って、例えば旋盤だとか、産業用ロボットだとか、そんなのを欲しがっている客を、独特のコネを使って見つけてくるんだな。それを日西商事につないだり、機械メーカーと話をつけたりして、契約をまとめあげていたんだ。その手の商売に、介入しないかと持ちかけてきたのが、とっかかりなんだな、二年ほど前のことだが……」

「そうすると、商売の形態としては、どういう流れになるんだ?」

保坂が立ち上がって、ホワイトボードに商流を書いた。

旋盤メーカー等↓坂東通商↓扶桑綜合リース↓日西商事↓ユーザー
「まず、旋盤メーカーなんかから坂東通商が買うね、それをウチに売る、ウチは日西商事に売る、日西商事は最終的なユーザーに売る、というわけだ」

「いやに入り組んでいるもんですね」と山県が突っこんだ。「なんでウチがひとくちかまなけりゃならないんですか。坂東通商が日西商事に直接売ればすみますよね」

「そうなんだ。審査課長らしい、いい指摘だ」保坂がほめて、山県の突っ込みをかわそうとした。「前には直接やっていたんだが、日西商事としては最終的なユーザーから回収するのと同じ条件でなければ、坂東通商に払えないらしいんだ。つまり、五年の割賦《かっぷ》で回収するなら、同じ五年の分割払いでなきゃ払えない」

「普通はそういうものでしょうね。五年かけなきゃ売り先から回収できないのに、買いの支払いの方がキャッシュ払いなら、日西商事としては資金の負担が生じますからね」

「ところが坂東通商の方としても、五年もかけて日西商事から回収するんじゃ大変なんだな。旋盤メーカーには、もっと短い条件で払うんだから……。つまり、誰かが資金の立て替えをしなければならない。さて、そこでウチだが、もともと資金の立て替えが生じるリース取引も割賦販売もやっているだろう。慣れているというわけだ、立て替えにはな。坂東通商がそこに眼をつけて、ウチのようなリース会社ならやってくれるだろうと持ちかけてきたというわけだ」

「そうすると、ウチは坂東通商にたとえば三ヵ月くらいの手形で払い、日西商事からは五年で回収するというわけですか。で、二年間でどのくらいやったんですか」

「十何回やって、ざっと四十億円をこえているね」

「そんなに?」山県は丸い眼を一層大きくして保坂を見、それからすばやく甲斐の表情をうかがった。「そんなにやっていて、どうして私が知らないんだろう?」

「そりゃ、無理もないのさ」保坂が慰めるような口調でいった。「坂東通商には、物を受けとってから払う。だからリスクはないと思うわな。一方の日西商事は、信用状態に問題のない先だ。きちんと決済してくれるはずだ。だから、有能な審査課長としては、申請書が回ってきても、別に危険を感じずに許可してしまう」

「しかし、実際には危険だった?」

「そうなんだな、残念ながら」

また山県が甲斐をすがるように見た。甲斐は保坂に訊いた。

「物はどういうふうに納入されるんだ?」

「そこなんだな、問題は……。旋盤メーカーとか、坂東通商が手配した運送業者が、最終的な客のところに直接送るんだ」

「ウチは関与しない?」

「そうだ」

「まあ、この手の介入商売じゃあ、そうだろうな。それで、最終的な売り先ってのは?」

「目下、契約毎に調査中だ。で、話を戻すと、このところ、日西商事の支払いがとどこおりがちになってきた。それで、坂東社長にいったいどうなってんだ、きちんと話をつけろといったんだ。契約の段取りはぜんぶ坂東がやっているんだからな」

「段取りというと、それぞれの会社の売り値とか口銭《こうせん》、決済条件、受け渡し条件なんかだな。それを全部坂東通商が仕切っていたのか」

「そのとおり」

「坂東ひとりで？」

「いや、そこのところはわからない。おれはてっきり日西商事とネゴって決めていたと思いこんでいたけどな。で、坂東通商にクレームをつけたのが一月《ひとつき》ほど前。ところがいっこうにらちがあかない。それで、この水沢に坂東といっしょに日西に行ってもらおうとしたんだが……」

保坂が言葉を切って、フィリップモリスに火を付けた。今日も、少し指が震えている。いつからかは知らないが、慢性的な震えに見える。

「坂東太一が、行方不明になってしまったんです」

保坂の部下の水沢が、この部分から説明するのは自分の役割だというふうに、初めて口をきいた。視線はテーブルの上をさ迷っている。

「それまで何度も坂東通商に電話したのですが、坂東さんはいつも不在なんです。昨日電話しても、やはりいない。それで嫌な予感がして、神楽坂の事務所までおしかけて行ってきました。坂東通商はテナントビルの四階で、社員の机が四つと、応接セットがあるだけの事務所なんですが、留守番をしていた中年の女性事務員に社長はどうしたと尋ねても、出張中だというだけで、どこに行ったものやら要領を得ないんです。二時間ほど待って、ようやく戻ってきた四十ぐらいの営業部長と長い時間押し問答して、やっと、社長は資金繰りがつかなくなって、金策に走っていると白状させることができました。でも、もう二週間も会社に現れないというのです」

「それでさっそく、日西商事に水沢と行ってきたんだが……」

保坂が情けなさそうな顔でいった。

「日本橋の本社なのだが、フロアを三つも借りていてね、一番上の会議室に通された。営業部は下で、いつもはそっちに行くんだが、扱いが違う。出てきたのは栗山機械第二部長といって、もちろん何度も面識があるんだが、これがきょとんとしているんだな。……ああ、甲斐は演技じゃないかって疑っているんだろう？　もちろん、おれだって疑うわ。この栗山って男は、学生の時はラガーかなんかだったらしくて、ごつい体をピンクのシャツに包んで、赤のタイなんか締めているんだが、タフで無表情で、何を考えているんだか普段もよくわからんやつだ。こいつがいうには、確かに扶桑綜合リースと取引はあったが、いまはちょっととだえていて、現在未払いになっている商売はないはずだと抜かすんだな。涼しい顔で、な。背筋をすうっと冷たい汗が流れたよ」

「しかし、契約のやりとりをしていたんだろう？」

「いや、そのやりとりは、坂東通商に任せていた」

「いつも、そうなのか」

「最初のうちは、その栗山に確認してたさ。でも、途中から坂東に任せきりになってしまった」

「それにしても、契約書があるんだろうが？」

「うん。だが、栗山はそれも知らんというんだ。見せろといいだすしまつで、あとで送ることにしたんだが、馬鹿みたいな話だろ。狐につままれたってのは、こんなことを指すのかな」

「それで、引き下がってきた？」

山県が、再び突っこむ。普通はいいにくいことを、平気な顔をしていう癖がある。童顔のおかげか、あるいは実務的に役に立つからか、あまり人には恨まれないが、保坂のようなベテランにかかると逆襲されることがある。かつて神谷の腹心だった、などと……。

「いや、粘ったさ。粘って、一所懸命説明した」

「テーブルを叩きそうになりましたよ、部長は……」

水沢が上司をかばった。

「しかし、のれんに腕おしとはこのことだな。平行線で、どうにもならない」

「太っ腹のおまえでも慌《あわ》てたとなると、二、三億はやられたか？」

甲斐が訊いた。

「いや……」

保坂の横で、水沢が生唾《なまつば》を呑んだ。

「十二億だ、十二億」

甲斐は保坂の放心したような顔を眺め、それからテーブルの上の保坂の煙草を一本抜きとった。山県は制止しようとしたが、すぐに肩をすくめて諦《あきら》めのポーズを作り、ポケットから昔懐かしいジッポのライターを取り出して火をつけた。灯油の燃える匂いが鼻をつく。甲斐が着任と同時に始めた禁煙は、三月ももたなかった。胸まで吸いこむと、頭が少しらっとした。

「おれは腹をくったが……」保坂がきいた。「どうだ、こんなケースだと処分はどの程度になる？」

経常利益の約三分の一が飛ぶ事件の発生である。もう一度、煙草を吸いこむ。

「保坂は若いときから欠点の多い男だ」と甲斐はいった。「だが、その中でも最大のものは、気が短いということだ。処分はあとの話よ。まず、どれだけ回収できるかだ」

「それが、なんだか自信が持てないんだな」

「ふむ。二番目の欠点は、攻めには強いが守りには弱いという点だな。いやに弱気じゃないか」

「いやさ、どうもこの商売についてては、やるべきことをやっていない、手を抜いてしまったという気がしてならないんだな」

「しかし、もともと坂東通商がまとめる取り決めになっていたんだろう?」

「そうなんだが、信じてはならない男を信じてしまったのではないかという後悔がある」

「おやおや、保坂は信じるに値する人間だけを信じて、この世を渡って行くつもりなんだ」

そう慰めつつも、寿司屋で保坂が話しかけたとき、もっと親身になってきいてやればよかったのかもしれないという思いが、ちらりと甲斐の胸をかすめた。このところ、いつだってこうだ。物事をついあと回しにする。そして、いざやろうとしても、思うことの三割も実行できない。これはいったいなぜなんだろう。忙しすぎるのか、それとも愚図になっているのか。それとも、四十八という年齢のせいなのか。

「いささか遅すぎただろうか」

保坂がまたも嘆《なげ》いた。

「いや、どんなことだって、遅すぎるということはないな。さあ、取引の始めの段階から、話してもらおうか」

約一時間、直接の担当者の水沢が一部始終を説明し、ほんの時たま保坂が補足する。ひと区切りつくと、今度は山県が質問を浴びせるが、甲斐が聞きたいと感じていた事項をほとんどカバーしている。神谷が重用していた理由がわかる。みかけより、はるかに緻密なのだ。

話を聞き終わると、山県は水沢と一緒に部屋を出たり入ったりして、自分の机の上のコンピューターのキーを叩いてくる。自前のデータを検索し、新聞社の記事を呼び出したり、興信所に照会をかけたりする。そのつど情報はふえてゆく。これまでの坂東通商や日西商事との取扱高の実績、契約の一本ごとの詳細な内容、商品ごとの分類、日西商事のデータなどなど。が、なぜか肝心の坂東通商のデータは集まらない。

「坂東は、いったい誰の紹介でうちに入りこんで来たんだろう?」

たまりかねて甲斐は訊く。

「それがよくわからないのです」水沢が沈痛な面持ちで答えた。「上の口利きだと聞いていますが……」

「もともと君の担当ではなかった?」

「ええ。何のいいわけにもなりませんが、初めは辞めた中田の担当でした」

情報が遮断されている。

「坂東通商の商業登記簿謄本を取りよせてくれ。それに、坂東社長の自宅の不動産謄本もな」いらだちを押さえながら、山県に命じる。「坂東の個人財産がわかりしだい差し押える。……坂東通商は潰《つぶ》れる、まちがいなく。いや、坂東太一は坂東通商を潰す腹だ」

「はい。それで、弁護士は財津さんでいいですか?」

「いま何件お願いしている?」

「明け渡し訴訟が一件と支払い請求訴訟が三件、それに競売《けいばい》が四、五件」

「まだ手が回るな。財津さんがいいな」

山県と水沢が出ていき、二人だけ取り残された。保坂が煙草を一本くわえ、箱を甲斐に放っていった。

「なあ、これって、新聞紙上でときどき見かける空荷《からに》、あるいは架空取引と呼ばれている事件なんだろうか」

「あるいはな」

「他人事だとばかり思っていたが、まさかおれの身に降りかかってくるとはなあ」

「ああ、不幸なんてそんなものかもしれんな。気がついたら、当事者になっている」

「おれはもう覚悟を決めたが、どうだ、あの事件と似てはいないか」

保坂が声をひそめた。

誰かが何かを仕組んでいるのではないかという疑いが、甲斐の胸の中で化け物のように大きく膨《ふく》らんでいる。正体はわからないが、誰かが甲斐を罠《わな》にはめた。神谷がただでさえ弱い命を縮めたのも、甲斐の事件と関係があるかもしれない。そして、いままた保坂を失脚させようとしている。

なまじ同期であるがゆえに、過度に被害妄想気味になっているのかもしれないが、偶然というには揃いすぎている。闇の中で見えない敵に包囲されている薄気味悪さを感じる。後頭部のあたりが、まるで氷でも当てられたように冷たい。

「瓜ふたつだな」

もう何本目かの煙草を吸っていた。

「おれのときは、完全に空荷だった。おれたちは売る相手のことばかり気になるだろう？今度の場合でいうと日西商事だな。きちんと代金を払ってくれるだろうか、なんてな。与信審査なんて、売り先の審査のことだろう。そこが盲点なんだな。売り先は申し分ない。で、油断するんだな。契約書などを信じて仕入先、つまり坂東通商に金を払う。そこで詐欺にあって、金を騙《だま》し取られる」

「金に困っていて、騙し取ろうと企てるのは、おれたちの仕入先、坂東通商のような会社だもんな。そのことに気づくのは、いつもあとだ」

「まあな」

仕入先の社長が行方不明になったところも、今回の事件と同じだった。その会社も、潰れた。

「思い出したくもないだろうが、八年前いくら騙し取られた？」

「十億ちょっとだな。損は二億にまで縮めたが、自慢にはならない」

甲斐の会社生命はあの時点で終わっている。バブル崩壊という異常事態がなければ、そして神谷の急逝がなければ、定年を迎えるまで九州で余生を送っているはずだった。

「どうだ、なんとか打つ手があるだろうか？」

仕事を愛し、会社にすべてを賭け、今期か遅くとも来期、役員に登用されるのを心待ちにしていた男は、たぶん初めての挫折を経験し、憔悴《しょうすい》しきっている。すっかり弱気になり、責任を取って辞める気でいると甲斐は察した。

「ささやかな経験からアドバイスがふたつばかりある」

「なんだ？」

「相手は詐欺集団だ。だから、回収は多くを望めない。それは覚悟しておいてくれ」

「わかった。で、もうひとつは？」

「会社を辞めようなんて思わないことだな。自分が、これまでどれだけ会社に貢献したか思い出すんだ。記憶に残っている契約のひとつひとつ、酒の席で部下たちに誇らしげに話していた仕事のひとつひとつを思い出すんだ。おまえはおれと違って会社にたっぷり利益をもたらしている。自信を回復することだ。他人が何といおうと、自分に誇りを持てる限りは、まだやっていける。そのようにしてやっと詐欺集団と戦えるんだ」

放心した保坂の眼に、わずかながら力が蘇《よみがえ》ってきたようだった。眼がすこし充血している。

「戦おう」と甲斐はいった。「全力で戦って、辞めることはそれから考えればいいさ。いま戦わなければ、一生後悔する」

少なくとも、あのときおれは戦うことだけはした。

それまで、たいして失うものなどないと思ってやってきた人生だったが、甲斐は挫折してみて初めてプライドだけは人並み以上にあるのに気づいた。そして、死にたいと思った。そればかり考えていたが、死ねなかった。傷つきつつも、なんとか戦った。戦ったからこそ、いまもやっていけるのだ。

「甲斐が、あの事件が決着したあと、辞めようとして辞めなかった理由はなんだ？　ぜひききたいね」

保坂が目の底をのぞきこんでいた。

わからない。

「納得できないことがあったんだが、まあ、それは理由にならんな。やはり、未練だろうな」

「そうかな。そんなタイプではなかったはずだが」

「いや、嘘じゃない。おれはしがみついた」

「そして、おれにもしがみつけってわけか」

「それは、けりがついてから考えるんだな。ただ、五十年も生きていれば、誰だって傷を負っているんだ。自分だけが特殊じゃないってことは知っていたほうがいいな」

保坂は煙草をくわえたまま、少し考えてからいった。

「ありがとうよ。ちょっと頭を冷してみる。結論は当分の間保留だ」

肩を並べて十二階の窓から眺めると、まだ六月だというのに、うだるような熱気がビルにまとわりついていた。水蒸気が街をおおっていた。

「まさに、アジアモンスーン地帯だ」と保坂がいった。「タイの方が涼しいかもしらんな」

「取り澄ましたビジネス街に見えるが……」と甲斐はいった。「内実は無法地帯だ。いつからか、この都市はそうなってしまった」

2

甲斐が八年前に起きた事件を夢に見なくなったのは、大阪からさらに福岡に転勤し、そこでの生活にようやく慣れたころからだから、この三、四年のことである。

それまでは、残業が続いて疲れていたり、気の張る宴会で深酒した夜には、しばしば夢でうなされたものだった。実際にあった場面や実在の人物が出てくる夢、そして何か凶暴なものに追いかけられる夢はいくとおりも見たが、一番多かったのはやはり警察での取り調べに関連したものであり、そのつぎは会社の査問委員会である。

査問委員会の夢は、いつも舞台が似かよっていた。暗く広い部屋で、細長いテーブルを前にして六、七人の男が並んでいる。窓を背にしているものだから、影になっていて顔の見分けはつかないのだが、中央に座っているのは査問委員長をおおせつかった梶原である。まだ銀行から来たばかりで、社長ではなく専務であることを、夢の中の甲斐はなぜかはっきりと認識している。梶原はいつも机に肘をつき、指を組んでその上に人並みはずれて大きな顔を乗せている。三白眼で、珍しい動物でも見るように甲斐を見る。

そのほかに、この当時審査部長であった小島に似た男がいる。小島の下で次長をやっていた神谷とおぼしき男がいる。ほかに二、三人いるが、人物はそのつど変わっている。

かれらから四、五メートル離れた位置に椅子がひとつ、ぽつりと置かれてあって、そこが被告である甲斐の席だった。部屋に入ってそれを見ると、いつも情けないことに体の芯に震えが走る。営業第三部第一課長の甲斐ですと名のるが、自分の声とも思えない。被告席につき六人と向きあうと、まるでいかなるものをもはね返す岩壁と対峙しているようで圧倒される。前にテーブルがないためひどく落ち着かなくて、手をどこにもっていけばいいか甲斐はしきりに迷う。

甲斐を尋問するのは、梶原であったり小島だったり、別の誰かだったりする。神谷に尋問される夢も二度ばかり見た。

梶原はひどく冷淡に甲斐を尋問する。まるで無関心に見えるほどである。小島はいつも悲しそうな顔をしている。神谷は何でもっと早く相談に来てくれなかったのかとなじったりする。顔はしかと判別できないが、甲斐に襲いかかりそうになる尋問者もいる。猿渡に似ているようでもあり、そうでないようでもある。いずれの場合も、甲斐はじっとりと寝汗をかいて跳ね起きる。

目覚めるのは、真夜中のこともあれば、払暁《ふつぎょう》のこともある。もちろん二度寝はできない。白々と夜が明けるのを眺めていたり、夜明けまでウイスキーを飲んだりして過ごす。

何度も夢にまで見た査問委員会と、それに続いて行われた陰険な社内調査は、そんなに長く継続したわけではなく、ほんの数日間だけのことであった。

甲斐の相手方の会社が、みずからの取締役東京支店長を特別背任罪で告訴したからだった。特別背任罪というからには、会社に損害をこうむらせておいて自分は利益を得たということで、事実関係の解明は捜査次第かと期待しているとそれは甘く、ほどなく甲斐自身が警察に呼ばれることになったのだった。

警察に行くまでは、参考人として事情をきかれる程度かと思い、小島審査部長も警察まで同道してくれたのだったが、応対に出たずんぐりとして無表情な担当の刑事は、当事者の甲斐だけにききたいのだといって、小島には帰るように勧める。

まず会社の組織と意思決定の仕組みについてきかれた。午後二時に始まった尋問は、それだけで夜の十時まで続く。何度も組織図を書かされ、役職者の名前、部下の数、その職務内容、権限などについてきかれる。甲斐は営業をやる前、小島の下で審査部にいたから、おおよその会社の仕組みはわかっているつもりだったが、細部となるとあやふやである。そのところを、ほじくり返すように何度もきかれる。

前歴を審査部といったら、それはなんだとしつこいことおびただしい。取引先の財務分析をしたり、焦げ付きを防いだり、不良債権の回収をするところだというと、やたら興味を抱いて、一時間でも二時間でもきいて飽きるということがない。

家に帰って気づいたが、そのような経験を積んでいるなら、簡単に取引先に騙されて、うさん臭い取引に介入することはないと、刑事たちは考えたようなのだ。顔から火が出るほど恥ずかしく、ひょっとしたら参考人なんかで呼ばれているのではないかもしれないと疑い、初めて恐怖を覚えた。

翌日、いよいよ取引内容をきかれるかと思うと、案に相違して前日のおさらいである。一貫して話しているつもりが、どこか微妙に違っていたらしい。前夜、面倒になって、いいかげんに喋った部分に矛盾があったようだ。どうやら刑事たちは、甲斐の尋問が終わったあとで、その内容を詳しく分析している。その熱意には頭が下がるが、それで朝の十時から午後三時まで拘束されるのはかなわない。

三日目、いよいよ問題の取引かと思うと、意外な質問が出た。

——扶桑綜合リースという社名だが、リースって何だね？

虚を衝《つ》かれた。普段、当たり前のように使っている言葉の定義をするというのは容易ではない。あちこち回り道しながらも、なんとか説明する。

「取引先が欲しい機械や設備などをリース会社が取得して、その取引先に通常三年から五年程度賃貸借することですよ」

——取引先が、自分で買えばいいではないか。

「そのためには、まとまったお金がいりますね」

——なるほど、金がない場合か。しかし、銀行から借りればいいよな。

「担保がなければ、銀行は貸しません」

——ああ、そうすると一種の金融なのか。

「それだけじゃ、ありませんね。取引先は機械の陳腐化に弾力的に対応できるというメリットもありますね。自分が所有するわけじゃありませんから。そのほかにも、リース料を経費で落とすことができたり、その額が毎月決まっているからコストが計算しやすかったりと、メリットは多いんですよ」

——けっこう利用されているのか。

「そりゃあ、もう。なにせ民間設備投資の一割ちかくは、リース業界が占めてますね」

——リース会社って、いったい何社くらいあるんだ。

「ざっと三百社は超えています」

——ほう、警察も利用しているかな。

刑事のごつい顔に好奇心が浮かんだ。

「多分。机とかロッカーとか什器備品の中にはリースのものもあると思いますね。そうそう、パトカーなんかはどうでしょう？　オートリースといって車のリースもふえてきているんですよ。でも、違うかな」

——パトカーは、まさか違うんじゃないか。あれの所有者は警察だろう、いくらなんでも。警察はリース会社の世話にならなくとも、パトカーぐらい買えるさ。

いっとき穏やかな雰囲気になったが、それは長い尋問の期間中このときだけだった。

——ところでと、扶桑総合リースはリースだけやっているわけじゃないな。

「ええ、売上高に占める割合は、リースがざっと六割、割賦《かっぷ》販売が二割五分、あとは営業貸付金の利益なんかですね」

——割賦販売は、販売というくらいだから、リースのように貸しているのとは違って、リース会社は機械とか設備を取引先に売っているんだな？　だから、ええと、所有権はリース会社じゃなく、取引先にあるのか。

「はい。ただ、所有権留保といって、代金を全部払ってもらうまで、リース会社が所有権を渡さない場合が多いでしょうね」

——ああ、まあ、そうだろうな。一種の担保だな。で、もうひとつの営業貸付ってのは、金貸しのことか。機械とか設備じゃなく、金を貸すわけだな？

「そうです。それでノンバンクって呼ばれることがあるんです」

——そうそう、そのノンバンクってのは、どういう意味なんだろう？　なんとなくわかってはいるが、正確なところは……。この際、覚えておいたほうがいいかな。

「銀行なんかは、預金を集めて、金を貸しますね。ところが預金は集めずに金を貸す業者のことを、世間ではノンバンクといってます」

——ノンバンクって、リース会社だけじゃないのか。

「信販会社、クレジット会社、ファイナンス会社と、いろいろありますね。住専もノンバンクの一種です」

——ほう。それで、ノンバンク全体でどれくらい貸しているんだ？

「さあ、よくわかりませんね。十兆円を超えているという説もあれば、百兆円という人もいますね」

——そんなにあるのか。

刑事の細い目が大きく見開かれると、ぬっと薄気味悪い迫力が顔を出した。

そこまでで昼食休みになり、カツ丼が出た。しかし、もう三日目になるというのに、この調子ではいつ終わるとも知れず、食欲などのありようはずもなく、ぬるくてまずいお茶で流しこんだ。

午後になって、ようやく肝心の取引に話が移り、甲斐は午前中のていねいな説明が好感をもって受けいれられたのかと思った。しかし、それが誤解であることは、刑事の口調からすぐにわかった。

――扶桑綜合リースとしては、赤松商会《あかまつしょうかい》から旋盤や中《なか》ぐり盤などの工作機械を買って、それを総武交易《そうぶこうえき》に売る。ええと、リースではなくて、割賦販売した。これは、総武交易の要請だった。赤松商会には代金は支払ずみだが、総武交易からは十億円ばかり未回収になって困っている。こんなところが、問題の取引についての扶桑綜合リースの言い分だったな？

「事実、そのとおりですが……」

――その取引の流れを、ちょっとくわしく説明して。

「取引をまとめていたのは赤松商会で、扶桑綜合リースとしてはすべてを知っているわけではありません」

――もちろん、知っているかぎりでいいんだよ。

ちょっといいですかといって、甲斐は胸のポケットから手帳を取り出し、契約のルートを書いた。図で示さないかぎり、刑事の頭には入らないと見てとったからだ。

旋盤メーカー↓赤松商会↓扶桑綜合リース↓総武交易↓某工場

「赤松が、小回りのきくブローカーなのはご存じでしょうね。あちこち出入りして、商売をまとめてくるんですが、この場合も旋盤なんかを欲しがっている工場とか取引先を見つけてきて、うちを含む関係者に話をつけるんですね。それぞれの値段とか口銭とか、あるいは代金の支払方とか、旋盤の引き渡し方とかを、ひとつひとつ決めるのです。そして、旋盤メーカーは赤松商会に売り、赤松は扶桑綜合リースに売り、扶桑は総武交易に売り、総武は旋盤を欲しがっている工場に売るという具合に契約を取り決めるわけです」

——いやにややっこしいんだな。旋盤メーカーが直接、工場に売ればよさそうなものだが、そこがそれ、金融ってやつかな。

「そうです。扶桑綜合リースの立場からもう一度整理すると、赤松商会とは売買契約を結んで、間もなく代金を払う。一方、総武交易とは割賦販売契約を結び、代金は四十八回分割払いということにした」

——ちょっと待って。赤松と総武の間に何で扶桑綜合リースが入らなきゃならないんだ？赤松と総武とで、直接売買すればいいじゃないか。

「いや、赤松は現金がいるんですよ。旋盤メーカーに払うために。それなのに、総武は某工場から四十八回の分割で回収するものだから、赤松にはやはり分割でないと払えない。だから、リースの取引などを通じて資金の立て替えに慣れている扶桑綜合リースを間にいれて、扶桑に総武からは分割で回収させ、赤松には現金で払わせようとしたのですね」

──そうか、そうか。それが金融の意味だったな。ええと、それで旋盤の引き渡しは？

「扶桑綜合リースは、物の引き渡しには関与しないんです。旋盤は赤松が手配して、それを必要とする工場に直接納入されるんです」

──どうなんだ、われわれには珍しいが、こんな取引はざらにあるもんなのだろうか。

「ええ、そのための名前まであるくらいでしてね」

──何というんだ？

「付け商売とか、介入商内《かいにゆうしようない》とかいいますね」

──なるほど。さて、それで、赤松商会を知ったのはいつか。

「三年ほど前です」

──総武交易と取引が開始されたのは？

「二年くらい前のはずです」

──総武交易の小坂取締役東京支店長と知り合ったのは？

「取引を開始するときです。赤松商会の社長、赤松順造氏の紹介でした」

小坂健吾取締役東京支店長とは、総武交易が特別背任罪で告訴した人物で、甲斐の取引の相手先だった。やっと本筋の尋問が始まると甲斐は身構える。

刑事は腕時計を見た。午後三時半。まだまだ尋問できる時間だ。しかし刑事は、調書を取っている若い刑事に目配せしてからいった。

——今日のところは、ここまでにしよう。また、明日。

なんとも不得要領な終わり方だった。

時間が早かったため、甲斐は会社に戻って、上司の猿渡部長と審査の小島部長にこれまでの尋問の様子をことこまかに報告することができた。

「一体、警察は何を調べたいんだ？」猿渡はいらついた。「こんなゆっくりしたペースじゃ、いつになったら終わるのかわかったもんじゃない。仕事にもさしつかえが出るよな。もうちょっとどうにかならないもんかな」

猿渡は先約があるとかで、話をきくだけきいて退社したが、小島は甲斐をねぎらうため小料理屋から始まって三軒ばかり付きあってくれた。

「なんとも変な展開だが、まあ焦らぬことだ」と、この元上司は慰めていった。「長い人生、いろんなことがあるさ。まだ四十、タフで優しい男になるための訓練だと思うことだな」

甲斐は、思わず涙ぐんでしまった。

四日目は、前回のおさらいから始まった。

——赤松商会と工作機械の取引が始まったのは三年ほど前ということだが、そのきっかけはどんなだったか。

「かつて当社のほかの部署と取引があったとかで、営業第三部の私の課もつきあうようになりました」

――ほかの部署というと？

「赤松は四谷の会社ということもあって、新宿支店あたりときいています」

――かつて、赤松と親しかったのは？

「わかりません」

うっかり新宿支店の関係者の名など出そうものなら、そちらに迷惑をかけるという思いがあった。

――誰かをかばっているのではないか。

「とんでもありません。そんな余裕なんか……」

――そりゃそうだ。ところで、赤松順造とはどんなつきあいだった？

「週に一、二度は連絡を取ったり、会ったりしていました」

――会うときは、料亭が多かったか、それともクラブかな。

「ほとんどいつも会社です。まあ、月に一回ぐらいはつきあうこともありましたが、小料理屋程度で……」

――勘定は赤松が持ったんだな。

「はい。……いえ、三回に一度は私の方で持ちまして、それは会社の交際費で処理させてもらいました」

――それだけか。

「は？」

——中元や歳暮の挨拶はあったんだろう？

「それはおたがいさまですね」

——そうかな。ところで、赤松と小樽や京都に行っているだろう？

甲斐はさすがに肝の冷える思いがした。札幌と大阪に出張したとき、赤松に誘われて見物に行ったことがある。小樽では寿司を食べ、京都では金閣寺を見たのだ。すっかり忘れていたが、少し鈍そうな刑事の捜査がそんなところにまで及んでいるとは恐怖だった。

「ああ、あれは取引先回りをしたときに、ちょっと足を延ばして見ただけですよ」

——総武交易の小坂健吾取締役東京支店長と知り合ったのは二年前といったが、記憶違いということはないか？

「ありません」

刑事の細い目が光った。

——見え透いた嘘をつくんじゃない。こっちは証拠を握っているんだ。

腹の底から絞り出すような声だった。

「そんなことをいわれたって、二年前であることは間違いありませんよ。そりゃあ、ひょっとしたら、二年数ヵ月前かもしれないけれど、大きくは狂わない」

——じゃあいおう。今から三年半ほど前、小坂健吾と熱海で遊んだろうが。

「いや、その頃は、小坂氏も総武交易のことも、何も知らなかった」

――何をいうか。あのときあんたは、小坂と熱海で芸者を揚げてドンチャン騒ぎをやっただろうが。

「冗談じゃありません。熱海どころか、小坂さんとは芸者を呼ぶようなところで飲んだことなどありませんよ」

――あのな、旅館には宿帳というものがあってな、それにちゃんと書かれてんのよ。小坂健吾と一緒にあんたの名前がな。

「まさか……。私の字で？」

――いや、書いたのは小坂のようだがな、面倒だったんだろうさ。

刑事は蛇のような眼で甲斐をにらみ、テーブルをどんと叩く。

そして、契約の一本一本について、細かいところまできいてくる。納入日、納入先など、甲斐が赤松に任せ切りにしていた部分を、まるで錐《きり》で突くようにきく。

ふと気づくと、いつの間にか、

――この契約では、いくらもらったか。

という趣旨の質問が、さりげなく織りこまれるようになった。

七日目か八日目からは、赤松とはどこで謀議したかときかれるようになった。

――どこの料亭だ？　いや、熱海か箱根か。ひょっとして、グアムか済州島《さいしゅうとう》じゃないか。

十日目。ひそかに恐れていた言葉を刑事が口にした。

――空荷だ。全部、空荷だ。

腹の筋肉が、何度も痙攣《けいれん》した。キリキリと胃に差し込んでくる。

――おまえ、知ってたんだろうが。空荷と知って、金を赤松に払っていた。認めろ。認めれば、帰してやる。

うなだれていると、首をつかみ、ぐいと押し上げる。二の腕をわしづかみにして絞り上げる。

別の刑事が、紙を挟んだバインダーを顔すれすれに投げる。バインダーは取調室の窓の格子にぶつかり、カアンと妙に澄んだ音を立てた。まるで、テレビドラマの中にいるような錯覚にとらわれる。懸命に首を横に振りつづける。

深夜、警察から解放されても、家に帰る気分にならない。屋台に腰をおろし、季節はずれのオデンを突つきながら冷や酒を飲む。二時三時まで飲んでも、少しも酔わない。醒《さ》めた頭で、自分なりにこの事件の骨格をつかもうとする。

小坂健吾は、どう考えても、赤松順造に利用されたとしか思えない。消えた億単位の金の一部は小坂のところに行ったかもしれないが、大半は赤松のふところに入ったような気がする。熱海で小坂と遊び、ほうぼうで豪遊していたのは、赤松その人ではないのか……。

酔いはしないが飲み疲れ、明け方になって家に戻る。タクシーを使うから、飲み代に匹敵する金が要る。一眠りしてから出社する。はずされているから仕事はない。一連の書類を読み直し、この事件の本質とは一体何だったんだろうかとまた考える。もちろん答は出ない。

午後、警察に一人で出頭する。同じ質問が繰り返される。

――小坂健吾に流れた金は何億か。赤松順造の役割は何か。そして、小坂からいくらもらったか。

窓の外では始終雨が降っていて、警察の狭い中庭では青の紫陽花が濡れそぼっていた。その記憶だけが、甲斐の頭に浸透する。

そして、三週間前、前触れもなく始まった甲斐の尋問は、ある日やはりなんの宣告もなく、ぷっつりと終わった。

この事件がどう終息したのか、甲斐は知らない。総武交易が警察の勧めによって告訴を取り下げたらしいと耳にしたのは、懲罰の意味合いを込めた大阪転勤が決定する数日前のことだった。

第四章　不良債権

1

転勤してきてから始めた早朝の散歩が、甲斐の習慣になった。

休日には、自分で用意した遅い朝食をそそくさと済ますと、ふらりと家を出る。

律子は、迫りくる工芸展に出す作品の最後の仕上げの段階に入ってから、アトリエか機械室にこもりきりで、必要最低限のときしか甲斐の相手をしない。まして休日などは前夜どれほど遅くまで仕事をしたものなのか、昼過ぎまで起きてこない。

作品は何度もできかかって、もうそれでいいのじゃないかと甲斐は思うのだが、彼女はふたつの大瓶を叩き割り、絵皿をひとつ途中で放棄した。中年の主婦のアシスタントは定期的に来るけれど、四、五人の弟子はいつからかシャットアウトされている。アトリエに緊張感が漂いだした。

結婚当初は家庭的な女だと思ったこともないではなかったが、突然サンドブラストなどに凝《こ》りだしたのは、息子が中学に入って時間が余るようになったあたりからだった。仕事中毒の亭主に、とっくに愛想をつかしていたのだ。そして甲斐が挫折し、会社一途の生活を続けたくとも続けられなくなったときには、もう手遅れだった。律子は息子の教育を理由に、大阪や福岡への転居を拒否したのだった。

八年ぶりに家に戻って、かえって孤独を味わうようになるとは奇妙なことだと思いながら、週末甲斐は近くの田舎道や川堤を少なくとも二、三時間は歩こうと努める。九州ではよく女と山歩きをしたものだったが、それははるか遠い昔の出来事のように思い出される。

葦《あし》の生い茂ったあたりでは、ひばりの甲高い啼《な》き声が空に突き抜けてゆく。生まれたばかりの雀の子が、よちよち歩きで道に出てくる。鴨《かも》がつがいで飛んでゆく。鳥は大概つがいでいるのが多いと知った。

汗ばみ、少し疲れを感じたら、県道沿いの店に立ち寄ってビールを飲む。それから町中に出て、本屋をのぞいたり、気にいったものをやっていれば映画館に入ることもある。

夜のとばりが降りる頃合になり、その日が土曜なら、タクシー待ちの長蛇の列に嫌気がさした深夜に偶然見つけた場末のカウンターバーに入ることもある。離婚した四十女がやっているバーで、驚くほど旨いスパゲッティーを作ってくれる。タラコをまぶしたのを頬ばりながら、どこの生まれかときいたら稚内《わっかない》だと答えたので、妙に納得してしまった。カラオケもあるが、歌うことはまずない。音痴なのである。近所のなじみ客が集まりだしてくれば退散する。

電車にひと駅乗って家に帰り、シャワーを浴びてからバーボンを飲む。先日、九州の女から会社に手紙が来た。上京するから会ってくれないかという内容である。女とは、はっきりせぬまま転勤してきたのだった。女のことをあれこれ思い出しながら、ぼうっとして酒を飲むが、会った方がいいものかどうか決心がつきかねている。こんな夜、律子はこれ幸いとばかりずっと仕事をやっているようである。

散歩は休日だけのことだったが、そのうち平日の早朝も歩くようになった。歩くのは酒や薬のように癖になると誰かがいい、それを聞いた当初はなにをそんな馬鹿なと思ったものだが、やり始めてみるとまことにそのとおりだった。

自然に夜のつきあいを避けるようになり、早く寝るものだから朝五時頃には目覚めるのが日課となった。足音を忍ばせてベッドを抜け出し、一階におり、身支度をして外に出る。もちろん妻は寝たままである。サンドブラスト中心に生活を組み立てている律子とは、寝る時間も起きる時間もずれている。

早朝の散歩を始めて二ヵ月ほどしてから、甲斐は驚くべきことを発見した。一日のうちでもっとも安らぐ、この得がたい時間には、移りゆく景色に眼を休めたり、頭を空っぽにして寛《くつろ》いでいるものとばかり思いこんでいたのに、なんのことはない、今日これから会社に出てやるべき仕事の手順を、いつしか考えていたのだった。さらにあきれたことには、部下の一人一人がいま何をどうやって処理しているかについてまで考えをめぐらせ、与えるべき指示がないかどうか考えていた。

家に戻ってからの過ごし方も、そのころから変わってきた。家を出た息子の部屋を書斎に仕立てて、昔の小説を一時間ほど読んでいたのが、仕事の書類を読むようになってきたのだ。会社で読めばいいようなものだが、会社というところは八時間もいればもうたくさんだと思っているので、つい書類を持ち帰り、家で読むはめになったのだ。仕事の時間とプライベートな時間は器用に使い分けているつもりが、いつの間にやらくるいが生じている。

いま読んでいるのは、部下の野村がまとめてくれている不良債権の一覧表の中間報告と、その付属説明書である。甲斐は、この困難な数字の取りまとめを、山県と土居の二人の課長ではなく、甲斐より十歳近くも年上の、古参の担当課長の野村に頼んだ。担当課長というのは、対外的には課長の名刺を使うことが許されているが、待遇としては担当者と変わらず、野村は間もなく定年だというのに、一回り以上も年齢の違う山県のラインに属していた。

「どうして、こんな難しい仕事を私に？」

その仕事を頼んだとき、野村は上目遣いに甲斐を見て訊いた。

「もちろん野村さんが、一番適任だからさ」

甲斐は思っているままにいった。

野村はマイホーム主義者で、定刻になればさっさと家に帰るのは、娘に勉強を教えるためだという評判が、昔から定着していた。しかし、甲斐は野村のそのようなスタイルに他人ほど違和感を覚えたことはなく、そのことは野村自身もなんとなくわかっているようだった。

「私は仕事が手早い方じゃありませんよ」

「しかし、審査の仕事は誰よりも長いから、案件にもなじみがあるでしょう？」

「いやあ、長いだけでしてね。なじみがあるっていったって、記憶はあやふやだから、ひとつひとつおさらいして、いろんな人に訊かなければなりませんからね、知らないのと同じことですよ」

余分な仕事を引き受けたところで、報われることは少ないだろうと、野村はこれまでの経験則から判断しているようだった。そして事実、会社の仕事などというものは、期待していることの三割も認められれば、それで充分なのだった。野村のような境遇にある人は、そこらへんの損得勘定に敏感になる。だが会社の中で過度に損得勘定するというのは、何もやらないというのとほとんど同義語である。個人として得になる仕事なんて、そう転がっているわけがない。だから、じっとして、最低限の仕事だけする。何かをやらない理由づけだけは、いくらでも思いつく。それが古参社員の知恵というものだ。

「弱ったな」

野村の抵抗に遭《あ》った甲斐はそういい、内心の困惑が顔にも出る。

いつか戸川洋子が、「あなたはすぐ弱ったという。神谷さんはひとことも弱音は吐かなかった。黙々と仕事した。だからほら、あのプライドの高い橋口佐江子だって惚れたのよ。女性にもてたかったら、少しは見習いなさい」と忠告してくれた。だが、その癖はなおらない。

「優秀な人はいくらでもいるでしょうが」

野村は自分の立場は棚上げして、慰めるような口調でいった。

「例えば山県課長なんか、飄々《ひょうひょう》としているように見えて、あれでなかなかの野心家だから、こんなだいじな仕事には適任じゃあないかな」

これも、やらない理由のひとつだ。本当に弱る。

「いやあ、そうでもないよ。彼はもうキャパ・オーバーなんだ。見ていればわかるでしょう？　能力以上に案件を抱えこんで、ほとんど毎日、財津弁護士のところに行ったり、あちこち出張したりで多忙きわまりない。まあ野村さんから見れば、要領が悪すぎる、何でもかでも口を挟まなきゃ気がすまん貧乏性だということになるんでしょうがね、あれが彼のスタイルでしてね。上司としては、注意してスポイルするわけにもいきません。個別案件の処理だとか、現場のとんだりはねたりには向いているが、こういう取りまとめとなると、ちょっとねえ」

野村は、ほう、どうしておれの気持ちがわかったんだという顔をした。

「その点、野村さんは、じっくりと腰を落ち着けてやるから、こういう仕事はうってつけだと思ったんですけどねえ。どうしても無理ですか」

「またまた、甲斐さん、案外うまいんだからなあ。それでいつまでに、やればいいのかしら。締め切りはあるの？　いやいや、保証はできませんよ、保証はね」

「いや、できたはしから見せてもらえればいいんですよ」

「ふむ」

と大げさに首をかしげる。そして、

「オッケイ、やりましょう」

と、腹の太いところを見せた。

その仕事を野村に割り当てたことをあとで知った山県は、

「大丈夫ですか、あの人すぐに嫌気がさして放り出しますよ、いってくれれば私がやったのに」

といったものだった。

野村は、甲斐のもくろみどおり目立つことはなかったが、ひそかに案件の取りまとめに動きだし、あちこちで担当者をつかまえて事情を聞き始めた。そして、でき上がったものから甲斐にレポートを手渡していた。そのことは誰も知らず、山県ですら野村はあれこれ数字をいじっているらしいが、例によってちっとも進まないではないかと冷笑していた。

野村の数字を読むにつれて、甲斐は次第に肝を冷やしていった。野村レポートに書かれた数字は、とっくに公表の固定化営業債権三百二十億円を突破し、その数倍に達する勢いだった。歓迎会のとき、誰かがささやいた一千億円の大台にのるのも、時間の問題という気がしてくる。そしてひょっとすると、あのとき甲斐にささやいたのは野村かもしれないと甲斐は思う。

野村の作ってくれた書類に疲れたときは、古い事件記録を読んだ。とうの昔に審査部内の書庫から片づけられていたのを、戸川女史が甲斐の執念につられて追跡した結果、地階の倉庫に眠っている無数の段ボールの山から拾いだしてくれたのだった。

「まだ気になっているの？　あまり囚《とら》われない方がいいんじゃない。八年も前の仕事を今さらやり直すわけにはいかないのよ」

当時の甲斐の失策を知っている戸川洋子は、年上の強みで、さとすような慰めるような口調でいってくれた。

甲斐は三冊の分厚いファイルのほこりを落とし、変色しかかっている紙を一枚一枚読んでいった。書類は月日の順にていねいに綴じられていたが、その作業をやっていたのは甲斐だった。まだワープロで報告書を作る習慣の定着していない頃のもので、意外に几帳面な字体の甲斐自身の報告書も数多くあった。着任以来、甲斐がこのファイルを読むのは十回を超えている。

それればかりか、この事件については、かつて東京で、大阪で、そして福岡で、もう何百回も考えている。会社のみならず飲み屋や公園で、そして家のリビングで考えているのだ。時間の経過とともに、疑惑が次第に集約されて行き、深い闇の底に人の影がちらちら見えることがある。後悔や自己嫌悪の情にまじって、復讐心じみたものが膨《ふくら》んでいるのに気づいて、ぞっとすることがある。

「戸川さん、申し訳ないが、ファイルはこれで全部だろうか」

この記録を読んで、そう尋ねたのも一度や二度ではない。

「そうよ、ちゃんと探したんだから……。私がルーズだから、甲斐さん疑っているのね？」

「いや、めっそうもない。そんなこと、一度として思ったことないよ」

あるときなどは戸川女史と地階の倉庫まで見にいった。カビ臭い段ボールの山の中から、赤松商会事件記録を抜き出すのは容易ではなかったはずだと納得した。

「何か変？」

「いや、そうじゃないんだが、何かが抜けているような気がしたんだな」

「抜けてるって、何が？」

「だから、それがわからないんだ」

「あきれた」

「まったく……。我ながら嫌になるね」

何かが足りないと感じるのは、実は自分自身の喪失感なのではあるまいかと、甲斐はそのつど自問自答する。ファイルの中には、まだ若かった頃の甲斐の熱気の証《あか》しが、きちんと綴じられている。まだ会社を愛し、仕事に没入できたときの自分の証し。だが、なにかが足りない。それがどうしても見当たらない。だがそれは何なのだろう。そしてどこに消えてしまったのだろう。夢の中で何かを追い求めているようなもどかしさを痛切に感じる。

丸の内に本社があったときは、財津弁護士の事務所まではタクシーを利用して三メーターか四メーターだったが、いまでは徒歩七、八分、最寄りの地下鉄の駅までの距離と変わらない。それなのに着任以来三ヵ月、甲斐は挨拶の電話を一本入れたきりで、まだ出かけていない。電話で財津弁護士が歓迎会をやろう、いつでも都合のいい日を指定してくれといったにもかかわらず、それきりになっている。もちろん仕事が忙しいせいだが、このところ万事ものごとを後回しにしようとする潜在意識があるようで、まずいなと思いつつどうにもならない。

2

靖国通りを横に入り、ふたつほど角を曲った路地の五階建てのビルの最上階に、財津法律事務所はある。バブル経済華やかなりし時にもかろうじて地上げをまぬがれた一画で、小規模の商店とか喫茶店、蕎麦屋、居酒屋などがならんでいる。建築して三十年はたつ古いテナントビルだが、神田界隈が好きで、しかも事務所をあまり拡張する意欲のない財津は、二十年以上そこを動こうとしない。

エレベーターを降りてすぐ目の前のドアを開けると、十畳ほどの受付兼事務室になっていて、パソコンやファクシミリの機器の中に、ふたりの女性事務員がつめていた。年配の方は甲斐の顔なじみで、もう四十前後になっているはずだが、もともと顔立ちが地味で温厚な人柄なせいか、あまり年齢の変化を感じさせない。眼をいっぱいに見開き、懐《なつ》かしさをあらわした。

事務室の奥の窓側に財津の部屋のほかに、山県と同年配の北沢という弁護士と、修業を兼ねて雇用される若手弁護士、いわゆるイソ弁のための執務室がある。その反対側が図書室と会議室で、事務所に必要な書籍を一ヵ所にまとめておいてあるのが財津らしい合理的なところだった。

会議室は、弁護士の個室とは違ってゆったりとしたスペースが取ってあって、十人規模の会議なら楽にやることができる。楕円形の大きなテーブルと、それを囲む椅子のほかには特になにもないすっきりとした部屋である。壁にかけられたリトグラフは、むかし難事件が解決したときに、甲斐が会社からプレゼントしたヨットの絵だ。椅子に腰掛けると、この八、九年というもの、まるで時間が止まっていたかのように感じられる。

財津弁護士は甲斐たちを待たせることなく現れた。

「やあ、甲斐さん、お久しぶり。……いや、お帰りなさいというべきかな」

中背にして痩身、真正面から人を見つめる好奇心に満ちた眼、意志の強さを表す引き締まった口元は昔ながらのままだった。ただ、白髪の量は増え、ひょうひょうとした朴訥《ぼくとつ》な雰囲気は、枯淡《こたん》の味わいを強めていた。

「ご挨拶にも参上せず失礼しました。仕事に慣れるのが精一杯で、つい月日がたってしまいました」

「いやいや、こちらの方から伺えばよかったんですがね。御社に用事がないわけでないのに、すっかり怠け者になってしまった。そこの山県さんや河内さんなど担当の方にご足労いただいて済ますようになってね。ま、ともあれ、ご栄転おめでとう」

財津と向かい合って座ると、自分自身に嫌疑のかけられた事件について相談したのが、昨日のことのように感じられる。あのあと大阪や福岡をさ迷っていたのは、別の人間であった気がする。

「先生にはお変わりなく、なによりです」

「いやいや、そうでもないんですよ。昔、甲斐さんがまだ審査部にいた頃、ご一緒にあちこち出張に行かせてもらいましたが、いま思えばあれがわが人生の絶頂期だったね。そう、男盛りというのかな。今年六十五だけど、甲斐さん、年をとるというのはせつないことだねえ」

「でも、大変お元気に見えますよ」

「いやあ、無理がきかない。なにごとも手際よくやれない。若いときの倍、時間がかかる。たとえば六法全書のこまかい字を読めなくなる。法律書や論文を理解するのが苦痛になる。読めば一応頭に入るが、すぐに忘れるね」

「なるほど。しかしそれはそれでよろしいんじゃないですか」

「遊びの方だって、ゴルフをやってもボールが飛ばない。すぐ足や腰が痛くなる。いくらでも飲めた酒は、医者に禁じられる。つまらんよ」

「まだ五十代で立派に通ると思いますけどね」

「ありがとう。甲斐さんは昔から老人に優しかった。でも、五十代はありえないね。その証拠に、女性に相手にされなくなる」

「信じられません。あんなにおもてになったのに」

「だめです。女性が相手にしてくれるのは、五十二、三まで。甲斐さん、せいぜいお励みなさい」

「かしこまりました。では、残りすくない時間を無駄にせずに、もうひとふんばり……」

あはは、と甲斐についてきた河内が横で愉快そうに笑い、甲斐は仕事を思い出した。

「ときに、なんとかいうリース会社は、面倒な案件ばかり持ちこんできて、先生としてはご迷惑でしょうね」

「いやなに、単に面倒なだけなら構わないんだけど、なにかがちょっと変わってきたね。案件処理にロマンがなくなったというのかな。ぞくぞくするような面白さがなくなった。そして総じて下品になったね。昔は債権回収や事件処理にも、多少は頭脳とか品性とか節度が要求されたものだが、いまは誰もそんなことを考えやしない。これが飯の種だから甲斐さん、文句のいえる筋合いではないのだけれど、いくらか飽きてきたね。私なんか古い人間は、そろそろ引退すべき時期ではないかと迷う毎日だよ」

「それがバブル経済や、その後の時代の特徴なんですかね」

「どうかしらんが、以前はどんな職業のひとにも、ささやかな夢とかロマンがあったんじゃないのかなあ。銀行にも証券会社にもノンバンクにも……。それを壊されてしまったように見えるね」

「困りましたね。で、そのノンバンクの顧問弁護士をやっているのを身の不幸とあきらめていただいて、さてこの事件、先生のお見立てはいかがでしょう？」

興味深そうに甲斐と財津のやりとりを聞いていた山県と河内も、仕事用の顔に変わって身を乗り出した。

財津は根っからの煙草飲みで、いかにも旨そうに煙草を吸う。左の指に軽くはさみ、唇の左端でくわえる。深く吸って、口をとがらして吐き出す。それは何かをいいだす前の癖でもあった。

医師は酒を禁じたが、煙草だけは大目に見たのかもしれない。あるいは、医師の警告を無視して、吸い続けているのか。性分からすると後者の方が可能性は高い。

「日西商事がいまいっているのは、そんな契約は知らないの一点張りだね。つまり、もともと契約は成立していなかったんだという主張かな。この取引は坂東通商と扶桑綜合リースの間の問題だから、そちらで解決したらいいだろうということだね。だから、保坂さんが行っても山県さんが行っても、取りつくしまがない」

そうですすと、山県がうなずいて訊く。

「訴訟に持ち込んでも、その主張を繰り返すだけでしょうか？」

「あるいはね」

「しかし、現に日西商事の契約書や貨物受領書があります。それがあるから、うちは機械が現実に引き渡されたと信じて、坂東通商に十二億円を払ったんですよ」

「そうだよね。次に日西商事のいいそうなことは、それらの書類が偽造だということ。または、栗山とかいう部長が勝手に個人的に結んだ契約書だという主張。つまり、会社としては知らんということだね。それが第二段階の争点になるのかな」

「第三段階とかもあるんですか」

「ありえますよ。まず、空荷の主張。かりに契約はあったとしても、荷物を受け取っていないんだから、その代金は支払わなくてもいいという主張だね。そして、荷物を受けとっていない以上、契約は解除するといいだすかもしれない。それから、第四段階としては、空荷の取引をやろうという合意が、扶桑綜合リースの担当者、たとえば保坂さんとの間にあったという主張を持ちだすかもしれませんね。承知の上でやったことなんだから、ごちゃごちゃいうなということです」

「そりゃひどすぎる」山県が目を丸くした。「保坂さんは、空荷と知った上でこんな取引をやったりはしませんよ。先生、ひょっとして疑っているんですか」

「弁護士とは因果なもんで、ありとあらゆる可能性を考えなけりゃならない職業なんだよ」

「まして、客が悪名高いノンバンクとあっては?」

「そうはいいませんが」

「先生、訴訟に持ち込んで、勝てるでしょうか」

山県の丸い眼から愛嬌は消えている。いかに童顔とはいえ、真剣な面持ちになると、仕事人としての迫力がある。四十前、実務家としてもっとも脂《あぶら》の乗った年齢だ。

「たぶん勝てるでしょうね」

「じゃあ、負けるという可能性もある？」

「負けはせんでしょうが、完全に勝てるかとなると」

「なぜです？」

「不確定要素がありますね。一例をあげれば、坂東社長が逃げてしまって、日西商事の栗山部長がどのように関与していたか立証するのが困難です。どうせ日西は無関係だとシラを切るでしょうからね」

「保坂がどのように関与していたか、心配な点もあるんですか」

「それはないですよ。保坂さんはシロですよ。十分にお話をうかがえば、それくらいのことはわかります。ただ、日西商事がそこを攻めてくることは考えられますね。栗山に適当に証言させるとか、別の証人を立てるとかしてね」

「提訴しましょう」山県は珍しく強い口調でいった。「どのみち、この膠着《こうちゃく》状態は話し合いで打開できそうもありませんよ」

いつだったか山県は財津弁護士を批判して、年をとったせいか優柔不断になり、結論が遅くなったと甲斐にいっていた。だがその裏には、会社や上司への批判も含まれていると甲斐は感じた。会社の中で、どうどうめぐりの議論を果てしなく続けるのは、サラリーマンの悪癖の一つで、仕事熱心な男をいらつかせるものがある。それにくわえて、山県にはなんとしてもこのトラブルを有利に解決しなければならないと思い定めているふしがある。この取引の申請を審査し認めた以上、会社に損害をかけては自分の経歴に傷がつきかねないと考えている。なによりも目の前に、甲斐という格好の反面教師がいる。

「甲斐さん、もう気づいておられるのだろう?」

財津は少しばかりやりきれない調子でいった。

「ええ、同じ構図のようですね」

甲斐も認めた。

「だろう? それに気づいて寒気を感じたが、ねえ甲斐さん、これは偶然の一致なんだろうか?」

「もちろん、偶然似るということは十分ありえますね」

「そうだろうか」

「現実に荷物に触らない取引の世界では、架空取引などいくらでも起きうるのですよ。なにもリース会社にかぎりはしません。思い出してください。繊維の業界では年中行事のように起きているし、鉄鋼や建設業界だって多い。石油のいわゆる業転取引、つまり業者間の異様な販売取引は定期的に新聞に載ります。医療機の架空取引でおかしくなった有名デパートだってあるんですからね。伝票や書類だけを証拠に、売った買ったってやっているのだから、架空取引が発生し、それが似たパターンになるのは当然といえば当然ですよね」

「なんだか甲斐さんは、偶然で片づけたがっているように聞こえるな」

「いや、ちょっと違うんですね。私は先生のような法律家や世の中の常識人と違って、介入取引はもちろんのこと、架空だとか転がしだって、実はしょっちゅう起きていることだと思っているだけなんです。新聞沙汰になるのは氷山の一角ですよ。もともとこの国は、そういう助け合いだとか、持たれあいの経済活動をずっとやってきて、それを暗黙のうちに認めあって、それで繁栄してきたんですよ。ただ、誰もおおっぴらにはいわないだけで……」

「ほう、それはちっとも知らなかった」財津は少し嫌な顔をした。「日常茶飯事なら、なんで誰もそういわないの？」

「さあ、どうしてでしょうかね。いつの間にか、それは表沙汰にはしない事件と位置づけることに決まったからでしょうかね。よくわかりませんが」

財津の事務所のまわりには二階建ての民家が残っており、夕日がその黒々とした瓦を焼いている。らしく、反射光がブラインドに覆われた窓に映っている。熱帯夜がもう十日も続いていて、今夜も記録をのばしそうだ。少し離れた大通りで、いらだつような車の警笛とブレーキがきこえた。

「……あの、ちょっとすんません」

河内が口をはさんだ。

「さっきの、同じ構図って何のことでしょう？　何と何が同じ構図なんでっか。よくわかりませんが、私なんかはわからんでもええことでっしゃろか」

山県は黙ったまま顔をふせたが、財津は河内を一瞥《いちべつ》し、問いかけるように甲斐を見た。さあどうする、部下に屈辱の過去を説明するかときいている。

「そうさな、河内も知っておいた方がいいだろうな。今回の事件と関連があるとも思えんが、問題の本質は似ているかもしれんからな」

話し始めるとき、甲斐は少しはいいよどむかと思ったが、淡々と要領よく説明できたのは、我ながら意外だった。

「まるで、そっくりじゃあないですか」河内は眼を輝かせていった。「それで、結末はどうなったのですか」

「財津先生にご尽力いただいて、総武交易に六億円ほど負担してもらった。向こうには弱みがあったからな。そのほかに赤松商会から担保を二億円ほど取っていたから、実損は二億で済んだ」

「そう、甲斐さんは不満だったろうけどね」

老練な弁護士がうっかり口をすべらし、河内はそれを見逃さなかった。そしてまた、それを胸のうちにしまっておくタイプでもない。つねづね切れ者で自分を売っている。

「不満というとなにが不満だったのですか、部長?」

「忘れたね」

「先生?」

「私も忘れましたね」

訴訟に持ちこみ、総武交易との間で黒白をつけたくていらだっていた日々を甲斐は思い出す。総武は十分に怪しくて共謀者かもしれず、また赤松順造の背後には誰かがいるような気がした。

だが、上層部がそれに待ったをかけた。扶桑銀行の意向も働いたと聞いた。

扶桑綜合リースは総武との和解に同意し、甲斐は涙を飲んだまま左遷された。

「その後、赤松順造の消息について、先生はなにかお聞きになりませんでしたか」

河内が抜け目なくきく。甲斐の聞きたいことを、敏感に察知したうえでの質問だ。

「いや、似たような事件が起きたときは注意していたが、赤松の名は見かけなかったね。きれいさっぱり消えてしまった」

まことに矛盾した感情だが、甲斐は赤松順造の親分肌の気質を懐かしく思い出して、はっとすることがあった。いっしょに酒を飲んでも、サラリーマンと違ってあけっぴろげで楽しく、笑うとまるで善良さをさらけ出すかのように、赭《あか》ら顔をくしゃくしゃにしたものだった。あの赤松に騙されたとは、甲斐は今の今でも信じがたいものがある。しかし、その赤松の顔かたちも大分記憶から薄らいできた。

「訴訟の件はどうしましょうか」

山県が、重ねて結論を求めた。

「やるしかないな。やっかいですが、先生、お願いするかもしれません」

小島は賛成してくれるだろう。だが、猿渡はなんというだろう。社長は踏み切るだろうか。相談すれば反対するであろう銀行の意志を無視できるのだろうか。

「私の方はかまいませんよ」

財津はそういいつつ、本当にやれるのかと甲斐に眼で訊いてくる。またあの思いを味わうのに耐えられるのかと問うている。

同じあやまちを繰り返すのは、愚か者のやることだという律子の言葉を思い出した。

「ぜひ、お願いします」

と甲斐はいった。

言葉に力がはいっていた。財津が驚き、やがて嬉しそうに笑った。

――もう大丈夫なようだな。

財津の笑顔にじんわりと安堵感が広がっていた。

3

扶桑銀行関連事業部長の日野秀利《ひのひでとし》は焦っていた。入行以来ずっと第一選抜できていたのに、今期も役員の座を逸したのだ。

四十八歳、もう若くはない。銀行の役員の年齢はどんどん下がっていて、たぶん翌期か翌々期あたりが役員就任の最後のチャンスだろう。それを逸すれば、いま日野が監督している関係会社のどれかに出向になり、それからは逆に後輩の関連事業部長に監督される立場に変わる。いや、出向などと生ぬるいことではすまないだろう。銀行の籍を抜かれて、転籍ということになる。日野はこれまで一流のバンカーをめざしたのに、そうなればもはや銀行員ですらない。そのことを想像すると、背筋に冷たい刃でも当てられた思いがする。

日野の命運を決めるのは、いまだに人事権をにぎっている本庄会長だ。だから少なくとも日に一度は、本庄の意にかなうためにはどうすればよいかを考えるのが習慣になっている。

不本意な株主総会が終わった数日後、日野は自分にとっての今期の最大課題は、扶桑綜合リースと扶桑ファイナンスのノンバンク二社だと思いさだめた。

オレンジ色の靄《もや》がオフィスビルのたちならぶ丸の内一帯をおおっている光景をながめながら、とくに扶桑綜合リースには油断がならないと自分をいましめた。無難な決算を報告してきているのが、かねてより気になっていた。業種柄かなりの金額の不良債権をかかえていても少しもおかしくなく、もしかりにそうなら日野の監督責任が追及される危険があった。本庄会長と扶桑綜合リースの梶原社長の盟友関係からすると、梶原に責任を負わせるわけにはいかず、だれかが泥をかぶらなければならないという特殊事情があることを日野は思い出した。

扶桑綜合リースの甲斐が、福岡から東京に戻ってきたと聞いたのはその数日後の、やはり猛暑が東京を襲っている日の夕刻だった。二十七階の関連事業部の窓から、渦巻く熱気をながめながら、甲斐と最後に会ったのは、いつだろうと日野は考えた。妙な事件に巻きこまれて転勤していったときだから、もう八、九年ほど前か。かろうじて年賀状のやりとりは続けているが、それ以後会ったことはない。

甲斐は誘えばくるだろうかと日野は何度も自問自答した。そして親会社の扶桑銀行の関連事業部長が歓迎会をやってやるのだ、よもや断るはずはあるまいと思いなおした。かつての友情ゆえに誘うのだとは考えもしなかった。日野は扶桑綜合リースに電話をかけた。


日野は虎ノ門の小さな料理屋を指定した。

銀行にほど近いのに、行員たちに会う心配のないところだった。地の底といっていいビルの地階に、こんなに静かでしっとりとした空間があるとは思えないほどの店で、しかも女将が、三十二、三から四十五、六のあいだなら、いくつといってもとおりそうな、京風な顔だちの美人だった。先に着いた日野は、床の間つきの十畳ほどの部屋で、その女将の酌で遠慮なくビールを飲み始めた。まさに至福の時間で、日野はもう十回は繰り返して暗唱した口説き文句を、この夜も口にした。もっとも女将は例によって、おほほと笑うばかりだった。

久しぶりに見る甲斐は、なんだかいやにすっきりした印象を日野に与えた。

身長は百七十センチちょっとで日野と変わらないが、体重は日野が二十キロも太った分だけ差ができたようだった。腹はほとんど出ておらず、しかも髪はさして薄くならず、うらやましいかぎりだった。

もともと眼の大きな男だったが、それが長かった田舎生活のせいか、穏やかな光をたたえていて、顔全体が柔和になった。憔悴《しょうすい》し、過敏になり、怯《おび》え、いまにも倒れそうな転勤直前の甲斐とはまるで別人だった。

「お帰り。いや、ご栄転おめでとうというべきだな」

日野は上座にあげた甲斐に、女将を制してビールを注いだ。日野は一息に飲みほし、甲斐は半分ほど飲んでから、まず断りをいった。

「いっしょに誘ってくれたのに、保坂は取引先と先約があってこれなかった。本当に申しわけないといっていた」

日野は、保坂の嘘に対して、嘘で応じた。

「いや、残念だった。しかし、甲斐が戻ってきたんだ。こんど、保坂の都合のいいときにぜひやろう」

かつて銀行からの移籍をともに考えた仲ではあったが、二十年近い歳月が流れてみれば、昔の連帯感はいつか失せ、ともに語るべき事柄はなくなった。強いて共通の話題をさがせば、銀行とこのノンバンクの関係しかなく、その話題では銀行に残った日野が圧倒的な権力者の立場になるのはわかりきっていた。保坂が業務繁忙を理由に出席を断った心情も、理解できなくはなかった。

だが、と日野は思う。過去の行きがかりはいい加減に捨てて、サラリーマン人生の集大成に当たって、もう少し損得計算を働かせたほうがいいのではないか。おたがいに、過去ではなく、将来にむかっての協調関係が組めるはずだ。そのほうが間違いなく得だ。そのことを、保坂は無理でもこの甲斐には、とくといってきかせねばなるまい。

「九州に留《とど》まることを希望したというのは本心だったのか」

まず、そこから入っていった。

「ああ。しかし、そんなことまでよく知っているなあ」

「いや、なに、知ろうと思えば知ることができるのさ。それがおれの立場だといったら嫌味に聞こえるか」

「いや、そんなことはないよ。……そう、定年まで、それが無理ならできるだけ長く福岡に置いてもらって、それから再就職先を捜そうと考えていた。それがおれのささやかな人生設計だったんだ」

「福岡で、けっこう楽しんでたってわけだ。それなのに、なぜ本社に戻ってきた？」

「なんのことはない。五十ちかい男には、急には再就職先は見つからない」

「なるほど、甲斐でもか。中高年はあまっている時代だからな。なあ、先々おれで役にたつことがあったらいってくれ」

これがまずジャブだった。

日野は女将に酌をさせながら、つきだしを二、三口で食べ、すずきの洗いを片づけ、てんぷらに箸を伸ばした。さしもの猛暑も、日野の胃袋には影響を及ぼしてはいない。

「こんなに食欲旺盛だったかな」

甲斐が驚いていった。

「いや。体質が変わったのよ。四年前に胃をやられて、三十年ちかく吸ってた煙草をやめた。そうしたら、生まれ変わったように食欲がでてきたんだな。むかし独身寮のちかくの居酒屋で、空酒《からざけ》を飲んで甲斐に迷惑をかけたっけな。あのころはなかなか六十キロに届かなかった体重も、ほれこのとおり立派な中年太りだ」

「いや、貫禄がでてきた。自信にあふれた、成功したエリート・ビジネスマンに見えるよ。それに、とても健康そうだ」

「ああ、胃を病んだあとでテニスを始めたのがよかった。あれはいいな。陽に焼けるし、足腰が鍛えられる。だいいち金はかからんし、時間もしれている。ゴルフなんかやるやつの気がしれん。あ、失敬なことをいったかな」

「いや、おれもめったにゴルフはやらない」

「テニスをやれ、テニスを。とにかく、体力をつけなきゃな。東京は体力勝負だ。体力をつけさえすれば、意欲もついてくる。仕事に対しても前向きになれる。そうすりゃ、幸運にも恵まれる」言葉に力をこめ、意味ありげに甲斐を見た。「再就職なんて情けないことといわないで、もう一花咲かせて見せたらどうなんだ。いくらでも応援するぞ」

そういって、女将にウイスキーの水割りを頼んだ。女将はボトルと水と氷を盆に乗せて持ってきて、打ち合わせどおり姿を消した。

「戻ってきて三ヵ月ちょっとか……。どうだ、扶桑綜合リースは変わったと思うか」

いよいよ探りを入れた。

「そうだな。少し変わったかもしれないな。みんな戸惑っているように見えるな。戸惑いっつ、どうすればいいのかわからず、しかし一所懸命働いている」

「ほう。ずいぶんユニークな見解だな。で、なんでそんなに戸惑っているのかな」

「よくわからんが、目標を見失ったからだろうか。いや、なに、うちの会社だけのことじゃないんだろうが……」

甲斐はやはり、田舎で少しのんびりしすぎたかもしれないなと日野は思った。こんなんで、役に立つだろうか。

「なるほどな、いかにも甲斐らしい観察だ。しかし、おれが知りたいのはそんなんじゃなくて、もっと即物的なことだな。どうだ、会社はずいぶん悪そうか」

「さてね……」

水割りを口に含んで少し考える。

「おいおい。そんなに考えるほどのことかよ」

「いや、それがさ、まだよくわからないんだ」

「なんだって？　甲斐の能力なら一月《ひとつき》もあれば、あんな程度の会社、隅から隅までわかっておかしくないだろうが」

「神谷が急死したことを忘れないでくれ」

と甲斐はいった。

「それがどうした？」

「神谷はおれに引継書を残さなかった。残す暇とてなかった。だからおれとしては、ひとつひとつ手さぐりで案件を理解しなくちゃならない。まして、部下は寄せ集めの素人集団ときている。年寄りは窓際から引っぱってきたやつで、家庭大事で時間になれば帰るし、若いやつは若いやつで遊びほうけている。頼りになるやつなんてひとりもいない。会社の全貌なんて、とてもとても……」

甲斐は、こんな愚痴をこぼす男ではなかった。田舎で緊張感を失い、俗物になった。四十代の八年の歳月は、取り返しがつかない。

「神谷は日野に何かと相談を持ちかけて来たんだろう？　彼と同じようによろしく指導してほしいな」

おまけに甲斐は甘えるようにいった。

「いや、あいつは、おれのところにはほとんど来なかった。保坂だってそうだ。彼らは甲斐とちがって、どことなくおれによそよそしい。多分、おれがギリギリになって銀行に残ったことを、いまだに根にもっているんだろうな。まったく、人の気も知らないで……」

いくらか酔いが回ってきたのか、腹が立ってきた。

「へえ、意外だったな。神谷はてっきり日野の眼や耳の役割を果たしていると思っていた」

「そうだろう。それが昔の仲間というものじゃないかよな。それなのに、あいつは十分に情報を流してはくれなかった。おれのニーズはいやってほどわかっているくせに……。ずいぶん気をもたせられた。なにせ気位の高い男で、プライドが邪魔したんだろうな。まあ、それでといっちゃあなんだが、役員になりそこなった。二期も機会を逸した。そして役員になる前に死んでしまった。惜しいことだ」

日野は腹が立ったら、今度は空腹をおぼえた。茶碗蒸しをすすりだした。

「しかし神谷はどうでも、扶桑綜合リースの業績についての正式な報告は、しかるべき筋から日野のところにあがっているんだろう？」

今夜、甲斐がはじめてまともなことをいった。

「ああ、扶桑綜合リースにかぎらず、百社をこえる関係会社の数字がおれのところに入ることになっているさ。だがな、公式的な報告なんて当てにならんもんよ。あるいは、遅すぎるともいえるな」

「おおよそのところはわかるんじゃないか。そして、それで十分なんじゃあ……」

「甘いっ」

またふいに腹が立った。同時に、甲斐を一度は威嚇《いかく》しておく必要も感じた。

「トップはかぎりなく正確な情報を要求するもんだ。だから、おれの一番の仕事は、誰よりも早く関係会社の実態をつかむことだ。そして、実態といえば数字だ、とにかく正確な数字だ。各社の大事な数字はぜんぶ頭に入れて置かなければならん。どの役員に、いつきかれても、直ちに答えられるように、な」

甲斐に任務を教えようと思った。

「とりわけ扶桑綜合リースについては、本庄会長が並々ならぬ関心を寄せておられる。知ってるだろう、リースの梶原社長は本庄会長の腹心中の腹心で、副頭取当確といわれた人だ。

それなのに下らないダーティーな噂が流れたばっかりに、リースに転ぜざるを得なかった。だが、いまだに本庄会長の信望は厚いぞ。ひょっとして、桂頭取に対するよりも厚いかもしれん。だから、おれとしては扶桑綜合リースの状態をつねにウオッチしておかねばならんし、何か異変が生じたときは会長にすみやかに報告する義務がある」

「なるほどな。しかし、扶桑綜合リースの公式報告なら、とりあえず心配はいらないんじゃないか」甲斐は濃い目の水割りを作りながらむしかえした。「切れ者の越智《おち》総合企画部長がまめに報告を入れているように聞いているけどね」

「越智か。あいつは物事の本質がわかっていない。扶桑綜合リースが連結決算で赤字になりそうだと報告してきたのは、ついこのあいだのことだ。リース単体の決算のことばかりいって来て、まわりの関連会社だとか海外子会社の決算数字が全然視野にはいっていない。その子会社が為替で大損こいているのを、どうやらあいつ、見逃していたな」

「そうか、それはひどい」

「だから、報告が不正確だといっている」

「銀行は、つまり日野は、かなり危機感を持っているんだ」

「そりゃそうだ。三百億円を超える公表の不良債権と、さらに連結決算の赤字のことを考えると気が気でないぞ。第一、このご時世にその数字が正しいなんて、誰が保証してくれるんだ」

少し、いいすぎている気がしないでもない。だが、引っ込みがつかない。

「その数字を見直す必要があると思っているわけだ」

「ああ、だがいまひとつ強く出られない」

「なんで？　日野ともあろう男が」

「いや、そのな……」日野は甲斐の作ってくれた濃いウイスキーを飲んだ。「本庄会長と梶原さんの仲じゃあないか……。おれには見えなくても、事務レベルとは別に、ホットラインで情報が入っているはずなんだよな。本庄会長は何から何まで知っているのに、おれがあんまりゴチャゴチャいうのも、な？」

「難しいところだな、さじ加減が」

「わかってくれるだろう？　だから、神谷の非公式な情報が欲しかった。そして、今は甲斐が頼みさ」

「しかし、新米のおればかりに頼る日野でもあるまいに……」

「ふふ、いい勘してるな。人を入れなきゃならんと考えている役員もいる。本庄会長とは別のラインだが、おれもそれには賛成だ」

「なるほど。で、どのクラスの人を入れるんだ？」

「実務者クラスがいいのではないかという意見が強い。リースで権力拡張にばかりうつつをぬかしていて、銀行の役に立たない総合企画部長なんかは更迭《こうてつ》してしまえという過激な意見もある」

「越智部長は二、三年前に銀行から来たばかりじゃなかったか？」

「三年やって、駄目なものは駄目だという考えもある」

「恐ろしいものだ。で、それだけ？」

「なに」

「人の派遣だけだろうか。日野は、あるいは役員の中には、もっと別のことを考えている人もいるんじゃないのか」

日野は、一瞬はっとした。眼に力をこめて甲斐を見た。甲斐は昔はシャープだった。それを思い出した。だがいまの甲斐は、酒を飲んで穏やかな顔をし、ひたすら日野の考えを聞いていた。ただ念のため、尋ねてみた。

「例えば、どんなことだ？」

どすの利《き》いた声になっていた。

「それは、おれなんかには見当もつかないよ。銀行の経営の中枢の考えそうなことなど……。ただ風の噂に、銀行はどこかのリース会社とうちとの合併を検討しだしていると聞いたことがある」

日野の瞳が揺れた。ウイスキーを飲み、背筋を伸ばした。人の口に戸は立てられない。とすれば、甲斐にはある程度話しておいたほうがいい。そう判断した。

「ノンバンクには嵐が吹きまくっている。この先、もっともっと厳しくなるだろうよ。なにが起きても不思議ではない。なにせ、ノンバンクの不良債権は三十兆円とも四十兆円ともいわれている。百兆円だなんて、面白おかしくいうやつもいる。銀行系、独立系を問わず淘汰《とうた》が急ピッチで進んでいる。破産、特別清算、解体、なんでもありだ。そんな中で、扶桑綜合リースが三百億円かそこらの不良債権で済んでいるなんて、少なくともこのおれは信じない。ひょっとすると、ウチは処理が遅れているのかもしれん。おれは、それを恐れるね。合併だってその中の選択肢のひとつかもしれん。まだ具体的に検討しているとは聞いていないが、予断は許さないだろうな」

「昔、おれが希望を抱いて移った会社は、そんなにまでさまがわりしているということなんだろうか？」

「そうだ、甲斐にもいずれわかってくるさ。時代は変わった。おれは正直なところ、神谷には失望した。まことに残念だった。おれは、同じように甲斐に失望したくない。この大事な時期、ぜひ力を貸してくれ。そうすれば、おれも甲斐の力になってやれるだろう」

「なにがやれるかわからんが……」

甲斐は少し頼りなげだった。

「ときおり会社の状況を教えてくれればいいのさ。会いたくなったらこっちから連絡しよう。伝言のときは、日野の名前は出さない。扶桑開発の佐藤ということにして置こう。会う場所はここだ」

「扶桑開発に佐藤という人は三人はいそうだな」

日野は表情をゆるめ、少しきどっていった。

「いや、四人いる」

それからウイスキーのボトルがあくまで大いに飲んだ。日野は銀行の経営陣の葛藤について語り、飽きるということがなかった。そして、めずらしく酔った。

十時過ぎ、外に出ると、冷房に慣れた体を湿度の高い熱気がたちどころに包んだ。呼びよせた黒塗りの車に乗るとき、日野は甲斐に途中まで送っていくといったが、甲斐はなぜか断った。遠慮する仲じゃないのにといったが、今後のためには少しは気を使うのを覚えたほうがいいか、とも思った。

車が走りだし、しばらくして振り返ると、甲斐が電柱によりかかり、空を仰いでいるのが見えた。もちろん考えている中身など、日野にわかろうはずもなかった。

第五章　実態

1

今日一日の暑さを予告するかのように、厚い雲をとおして銅貨に似た太陽が鈍い光を放っている朝だった。このところ晴天が続いたが今日は青空は見えず、かといって降りだしそうでもなく、水分をたっぷり含んだ熱気が地面と雲の間を漂《ただよ》っていた。風もほとんどそよぐことがなかった。いつもの散歩道では、クチナシの花が盛りをすぎて汚く散りかかり、サルスベリの独特の紅色が鮮やかになっていた。

甲斐が定刻より少し遅れて出社すると、審査部のスタッフは、みなそれぞれの流儀で仕事に取り組んでいた。野村は机に分厚い書類を何冊か広げて、あの一覧表の最終チェックに専念している。灰皿はすでに煙草の山で、野村はもともと愚痴の多い男だが、この作業を始めてから煙草の量が倍になったと嘆いていた。煙草くらいですむなら結構なことだと、それを聞いたとき甲斐は思ったものだ。連日こんな数字を見ているのだから、アルコール依存症にならないほうが不思議だ。

山県と河内は打ち合わせテーブルに向かいあって座っている。乱雑に積み上げた契約書をつつきながら、関西弁で冗談をいいあっている。営業の保坂の部下の、確か水沢といった美男子が、所在なげに横にいる。

河内より二つ三つ上の古田という男が、ひよりを相手に催告書の読みあわせをやっている。貸付金を返済してこない不動産業者の財産を差し押さえる前段階の準備である。古田は一言一句まちがうまいと真剣そのものだが、対照的にひよりは上の空でふんふんとうなずいている。ひよりは入社してもう六年になるのに、少しも仕事になじまない。暇ができれば雑誌や本を読んで戸川洋子に怒られている。あるとき甲斐が何の本かとのぞいてみたら、意外にもイタリアの歴史の本で、ひよりはなぜか耳まで赤く染めた。日頃隠していた一面を、見られたくない人間に見られて困ったような顔をした。

山県とならぶもう一方の課長の土居は、部下の富樫が融資の申請書をまえに、営業の男と議論しているのに耳を傾けている。富樫はかたくななまでに一本気な正義漢で、ややもすると営業と衝突しがちだが、土居はこの扱いにくい部下を適当に泳がせている。

土居は地味だが、仕事が手堅い上に温厚で、甲斐が戻らなければ部長の椅子についたかもしれないと着任早々に聞いたことがあり、すぐになるほどと納得したものだ。乱れない程度に酒を飲み、ゴルフもうまく、誰とでもつきあえる。だから人望も厚い。とりわけ扶桑綜合リース生え抜きの仲間のあいだでは相当なものである。

だが小島常務にいわせると、神谷はこの土居を買ってはいなかったようなのである。なぜかと甲斐は訊いたのだが、小島はもごもごと言葉を飲み込んだものだった。肝心なことになると明確な意志を表さないという小島の悪い癖は、甲斐の見るかぎり年とともにひどくなる。

自分の椅子に座るなり、甲斐は机の上に山積みになっている書類を片づけにかかる。昨日は一日中会議があり、しかも残業しなかったせいで書類のはけが悪い。例によって稟議書《りんぎしょ》、報告書などなど。

いつもかけている眼鏡をはずし、眼鏡屋がお手元用とよんだものにかえる。福岡時代に使っていた遠近両用のものは視野が狭すぎて、審査部長のような書類を読むのが仕事のような退屈な事務屋にはむかない。それで、近くのビルの地階にある眼鏡屋で老眼鏡をあつらえたのだが、日に四つも五つもある会議や、会議とまでは呼べないもののそれに類する無数のミーティングでは、書類を読む必要と発言者の顔を見る必要が交互にやってきて、二つの眼鏡を取りかえるのに忙しいことおびただしい。入社したてのころ、まもなく定年を迎える先輩から、年寄りにぜひ読んでほしいと思う書類は大きな字で書けと忠告された意味を、今ごろになってやっと実感する。

ようやく書類読みに専心しだしたとき、頭の上で誰かが名を呼んだ。

「あの一覧表、チェックしていただけましたか」

戸川洋子が甲斐の机の前に立って、おはようの挨拶もそこそこにいう。ひどく太り過ぎというわけではないが、仕草になよなよとしたところがなく、ずんと立つとまるで相撲取りのようだと、口の悪い河内が評したことがある。肌の色も、いくぶん浅黒い。

「え、ああ……」

と言葉を濁すが、たちどころに見破られる。勤続三十年のキャリアはだてではない。

「また忘れてる。まったく、しょうがないんだから。昨日がしめきりだっていうのに」

戸川は、机にうずたかく積まれた書類の山を、かってに探索する。

「あった。これこれ」

黄色いプラスチックのバインダーに挟まれた一覧表を、甲斐の鼻先に突きつける。保存・廃棄書類一覧表とある。

「なんだ、これ」

「なんだ、はないでしょう。部内のキャビネに保管しきれなくなった書類はどこへゆくのか知ってる？」

「ああ、この間、戸川さんに案内してもらった地下の書庫に収められる」

「ピンポーン、なんていっちゃって……。じゃあ、書庫にはいつまで置いとくのか」

「さあね、書類がたまってどうしようもなくなれば、古いものから捨てるんじゃないの。社員と同じで……」

戸川の細い眼に一瞬、殺意に似た暗い感情がやどった。

「書類保存規定というものがありましてね」打ってかわって冷んやりした声音でいう。「ものによって、三年、五年、十年、永久と保存期間が異なるのよね。審査部長だったら、こんなこと知ってると思うけど……。で、期間が満了する前に一度、念のために確認するわけ。本当に廃棄処分していいかどうかをね。ついでにいっとくと、この確認システムを考えたメンバーの一人が神谷さんよ」

「なるほど、いかにもあいつらしくて緻密だ。おれとはちがう」

「ええ、とっても緻密なかただったわ。橋口さんのようなしっかりものは、神谷さんのそんなところにひかれたのよね」

「なんの話だ」

「いえ、別に。ひとりごとよ」

眼鏡屋のいうお手元用のをもう一度つけて、一覧表をパラパラとめくる。八年も本社を留守にし、着任後三、四ヵ月では、個々の書類を破棄していいかどうかなぞわかりようもない。したがって、このような場合、官僚組織の長がとるのと同じ行動様式をなぞる。

「山県と土居課長はチェックしたんだな」

「ええ。ほら、照査印が押してありますでしょ」

「ふむ」

そのまま判を押して返そうとしたときに、妙なタイトルが眼に飛びこんできた。

「この〈登記簿謄本等〉ってなに?」

「え、あら、なにかしらねえ。ちょっと橋口さん、こっちにきて」

そして、小声で、

「神谷さんの思考パターンなら、彼女にきくのが一番なんだから」

「なんのことだ」

「いえ、これもひとりごとよ。ああ橋口さん、この〈登記簿謄本等〉ってなに」

「あら、なんでしょうね」

戸川女史の声に詰問する調子があり、橋口はそれに対していくらか斜《しゃ》にかまえている。甲斐はまだ一度も橋口とは親密に話したことがない。

「ちょっと変ですね」

橋口は、大きな胸を抱えるように腕を組み、小首をかしげる。メタルフレームの眼鏡はインテリっぽい印象を与えるが、オレンジの口紅を塗った受け口の唇はいやになまめかしい。

「普通、登記簿謄本は、取引先ごとの個別ファイルに収められるのですよ。そして、個別ファイルが廃棄されるとき、いっしょに処分されますよね。それが、特別のファイルになっているのはなぜか」

「そう。まずそこのところがわからないな」

「わからないことが、もうひとつ。九年前、保存期間五年と指定されたファイルが、今まで処分されずに更新更新で保存されてきたのはなぜでしょう」

「更新させて、廃棄処分させなかったのはだれ？」

「それは神谷部長ですね」

「ほう、どうしてそうだとわかるの？」

「うちの部に、こんなファイルまで丹念にチェックする人間が他にいるとお考えですか」

「ごもっとも……。で、神谷はなぜ保存しようと考えたか？」

「大事な書類だからでしょうね」

「ちょっと待って」戸川も腕を組んで割りこんできた。「更新させたのは神谷さんだとしても、九年前に保存期間五年と指定したのは神谷さんじゃないわ。そのとき神谷さんは審査部にはいなかったんだから」

「そうか。じゃあ誰なのよ」

「なんてこった」と甲斐は深いため息をついた。「おれだよ。このおれがファイルして、保存期間を五年と指定したんだ。いま思い出した。そしてこの間、戸川さんに書庫に案内して貰ったとき、昔の赤松商会のファイルから抜け落ちているように感じたものは、この中にあるのかもしれない」

「持ってきましょうか」

戸川の顔が紅潮している。

「いや、行ってみよう」

「私も……」

と、橋口も後ろに続く。

エレベーターがなかなかこない。ようやく乗り込んでも、スピードが遅い。地下に着くや、小走りに書庫に向かう。ドアを開け、照明をつける。古い書類がカビ臭いにおいを放っている。審査部の棚に積まれた段ボールの番号と、保存・廃棄一覧表の番号とを突きあわせる。一番上の棚から、三人で助けあって、段ボールを降ろす。開けて中のファイルの背表紙を確認する。むかし手がけていた事件のひとつひとつの記憶が、開封と同時に甲斐の脳裏によみがえった。まぎれもなく、大事な登記簿謄本を収録したのは甲斐自身だった。そして、それを神谷はなぜか保存し続けた。

「神谷は、たまには、このファイルを見たのだろうか」

「ご覧になったと思いますね。二度三度、この保存・廃棄一覧表を見せてくれといわれましたから」

神谷が密かに調べていたなにかとは、この中に入っているのだろうか。甲斐はぬかったなと神谷はいったが、その証拠物件はこの中にあるのだろうか。

赤松商会というタイトルのファイルを抜き出した。戸川が緊張した面持ちで甲斐の動作を見ている。

商業登記簿謄本を開く。役員の欄を見る。代表取締役、赤松順造。甲斐が追い続けて来て、いまだに発見できない男だ。知った名前、知らない名前が役員欄に記載されている。

甲斐は、突然胃の奥に痛みを感じた。同時に背筋がピンとのびた。

坂東太一、すなわち坂東通商の社長が、赤松商会の取締役に名をつらねていたのだった。

2

夕刻の五時すぎに、この部屋で会議を始めるのはまちがいだった。下準備のため少し早目にきた甲斐は、ドアを開けて会議室に入るなり後悔した。万事に如才ない山県が手配したからと何の疑問も差しはさまなかったのだが、今年の気候の異常さを忘れていた。赤く熟し、いまにも腐乱しそうな果物を思わせる夕陽が、遠い高層ビルの上で揺らいでいる。西に面した大きな窓から、落日前の最後の白熱の光線が飛びこんでくる。蒸し風呂とまではいかないが、まるで夕なぎの海辺かプールサイドにでもいるかのようだ。ブラインドを下ろす。

九月に入ったというのに、猛暑がやむ気配は感じられない。連日三十度を越す日が続いているが、この本社ビルはエアコンがでたらめで、冬は寒く夏は暑い。社員はたえず不平を口にしている。

七人の役員ともう一人の役員候補、それに担当部長は思い思いに参集した。まっ先に来たのは小島常務取締役管理本部長だった。ひっそりと入ってきて、戸口近くに席を占めていた甲斐と山県の横に座る。甲斐は上座にうながすが、いやいやといって動こうとしない。遠慮しているというより、席を立って移動するのがいかにも大儀そうである。例によって顔色は薄い黄土色だが、どうしても煙草は手放せないようで、ためらうように両切りのピースを数秒指でもてあそんでから、結局火をつける。

「いやにすっきりした顔をしているじゃあないか。なにかいいことでもあったか」

まじまじと甲斐を見て、煙をはきだしながらいった。

「いいえ。悪いニュースなら山ほどありますが……」

「それは別に君に聞かなくてもいっぱいあるさ。なんだか日に焼けて、とても健康そうにみえる。ゴルフでもやっているのか？」

「ゴルフは才能がありませんね。ちっともスコアがよくなりません。やるだけ無駄というものです」

「ほう、そうかね。向いているように思うけどな」

「いいえ。私のような癇癪《かんしゃく》もちにゴルフは向きません」

「へえ、君が癇癪もちとは、ちっとも知らなかった。じゃあ、何をやっているんだ」

「散歩ですね。あちこち歩いてます」

「ふうん、散歩ねえ。みょうに年寄臭いんだな」

「臭いんじゃありません。立派な年寄なんです」

「ほう……」

小島はまじまじと甲斐を見てから書類に眼を落とす。注意力を集中しようとするときの癖で、瞼《まぶた》が痙攣《けいれん》したかのように小刻みに震える。

次にやってきた保坂は、常務の小島に先をこされたのを恐縮する仕草をしめしたが、小島はいつもながら無愛想かつ無頓着だった。知ってか知らずか挨拶もかえさずに、書類に添付された契約書をながめている。こんな小島を冷淡だと評する向きもないではないが、自分自身の職務に誠実であろうとしていて、他のことにいまひとつ関心が向かないだけだと甲斐は見ている。それなのに小島は、甲斐をはじめとする部下たちには、仕事に対して自分と同質の一途さや勤勉さは求めない。これは管理職には得がたい資質で、甲斐の一番好きなところだ。

「夏に暑いといっちゃあいかんが、それにしてもひどいなあ」

そういって入ってきたのは江頭取締役財務本部長である。

「このビル、大きな声ではいえんが、実は空調関係で手抜き工事をやっていたって噂があるんだってな」

江頭はきちんとたたまれたハンカチでだいぶ後退した額のあたりをぬぐいながら、麻雀仲間の山県にいたずらっぽい目つきで話しかけた。

「バブル時代にはよくある話だそうだ。だけどさ、何百億円かの貸付金のカタに不動産業者から取りあげて、本社ビルに直したんだぜ。それが築後数年でこのざまじゃあ、ついこの間までもっぱら不動産業者相手に稼いでいたノンバンクの見識と肩書きとやらが泣こうというものだ。なあ、そう思わんか」

「いやあ……」

山県が顔を笑み崩して何かいおうとしたが、小島に遠慮して口をつつしんだ。そして、そのとき猿渡が入ってきた。猿渡の顔は赤黒く、いつにもましてはれぼったい。

「お忙しいようですな」

声をかけたのは、意外にも小島だった。煙草を吹かしながら、無表情に猿渡を見ている。仙人といえばいいすぎだが、朴訥《ぼくとつ》な農夫の風情《ふぜい》がある。

「よう眠れんのですわ」

猿渡は上座中央にどっしりと腰をおろした。

「この熱帯夜、こたえますねえ」山県が江頭から猿渡に視線を移していった。「もう二ヵ月も続いているそうですよ」

「私は別に熱帯夜のせいで眠れないいんじゃない」

「え？　ああ、もちろんそうでしょうが……」

「業績の低迷がひどすぎる。この中間決算では、連結どころか単体でも赤字になりそうだ。赤字になったら、扶桑銀行は今度はどんな難題をもちかけてくるか。なんとか挽回策をと考えていると、目が冴えて眠れやしない」

「いや、ごもっともで」

大口貸付先の返済滞《とどこお》りだけで頭が痛いのに、このところ過当競争によるリース料のダンピングがひどく、業績がかんばしくない。ただでさえいいニュースがないというのに、マスコミは連日のように、金融機関やノンバンクの整理やら倒産について報じている。銀行ですら倒産する時代が始まり、その倒産のさせかただけが焦点になっている。誰もかもが、始終いらだっている。

「そんなときに、このての会議は正直なところ迷惑だが、わが営業部門の引きおこした不祥事とあってはいたしかたない。なあ保坂、おれが出ないわけにはいかんのだろうな」

甲斐の隣にすわって書類を読んでいた保坂は、突然呼びかけられて、少しばかり身ぶるいした。かつて丸々と肥っていた保坂は、肩や胸、二の腕のあたりの筋肉が落ちて、十キロ以上痩せたように甲斐には見える。頭のてっぺんもかなり薄くなっている。

「いや、なに、これも仕事の内だと割りきればいいんだよな」猿渡がいかにもわざとらしく明るくいい放つ。「仕事にも、いろいろあらあな」

人事部長兼監査部長の戸塚取締役が口をへの字にむすんで入り、永井専務と国際本部長の本郷常務が何ごとかささやきながら入ってきた。扶桑銀行が突如更迭《こうてつ》した越智総合企画部長の後任で、次の株主総会で取締役に選ばれる予定の沢木が二人の後に続き、胸をそらして甲斐を無表情に見た。入行の年次は五つ下だが、それは昔の話だ。最後に、全員が入室したころあいを見はからって、梶原社長が臨席した。

太い縦縞の紺のスーツがよく似合う長身をふたつ折りにして椅子に座り、両肘をテーブルにつく。やや身を乗り出して顔を上げる。白髪混じりのオールバック。三白眼の焦点がどこに結ばれているか誰にもわからない。ざわめきがやんだのを確認して、しゃがれた声で切りだした。

「議題は、坂東通商がらみの懸案だな。関係先の日西商事との対応方針の決定がメイン。経営会議の司会は本来なら総合企画部長にやってもらうところだが、沢木君は着任早々で不慣れだろう。戸塚人事部長、ご苦労だがやってくれないか」

「承知しました」

社長、とよく通る声で口をはさんだのは沢木だった。

「お心遣いは大変ありがたいのですが、いちおう私なりに準備もしてきました。それに心の準備のほうは、もともと不要だという銀行での評判の男です。本人としては不本意ですが、なんでも心臓に何かが生《は》えているとかで……」

みな沢木を見たが、誰も笑わない。

「内規どおり総合企画部長の司会で進めさせていただくわけには参りませんでしょうか。部のスタッフの士気にも関係いたしますし」

甲斐はちょっと意表をつかれ、他のメンバーも同じだとみえて、みなが呆れた顔で沢木を見た。

沢木が入念な準備をしていたことは、甲斐も知っている。急に沢木の部下になった総合企画部の男が、くどいほど山県や河内のところに聞きにきており、河内が、

「あんたはんみたいなエリートは、こんなあほらしい事件は知らんでもええんやないの」

と皮肉っていたのを見ている。

「エリートだからこそ、新任の上司の命令には従わざるをえないのだ」

と山県が河内の尻馬にのって、辛辣《しんらつ》なことをいったものだ。

「いやあ、心強い限りですな。あなたのような意欲的な人を、銀行はよくぞ出してくれたものだ。感服する」

戸塚は沢木に負けないくらいの音声でいった。経営会議のメンバーで扶桑銀行出身でないのは、機械専門商社出身で途中入社の戸塚と、あとは扶桑グループに属する総合商社から派遣されてきた本郷国際本部長だけである。最初から扶桑綜合リースに入社した人たちは、まだ役員に登用されるにいたっていない。いまの新宿支店長である土屋あたりが最初の役員候補だと、甲斐は山県からレクチャーを受けたことがある。

「しかし、まあ今日のところはせっかくの社長のご配慮でもあり、実力の発揮は次の機会にゆずって、この年寄にまかせてもらいましょうか」

まだ五十五歳、年寄というには十分に脂ぎっている戸塚が事務的にいった。

「でも、人事部長の戸塚さんに、こんなことまでお願いしては……」

「いや、沢木さんはまだ飲みこめていないかもしれないが、私は監査部長も兼ねていましてね、社内のルール違反やら不正を摘発するのも仕事のうちなんですな。だから、この件はまんざら無関係というわけでもないんだ」

「それならなおさらでしょう。司会なんかではないほうが、自由にご発言できていいんじゃありませんか」

「なに、心配はご無用。それくらいの立場を使い分けられなきゃ、二部長は兼ねられないからね」

小島が実に興味深そうに、二人のさやあてを聞いていた。日盛りの農夫のように眼を細め、煙草をくわえ、腕組みをして、交互に二人の顔をながめている。何ごとかが小島の心を捕えたときの癖である。

「司会といったって、特別な仕事じゃありゃせんよ」梶原が投げ出すようにいった。「この件は、私の知るかぎり、どのみち小島君にリードしてもらわねばならんのだ。必要なのは、司会というより単なる議事進行係だ。戸塚君にまかせる」

梶原社長の裁定に、戸塚はもちろん沢木も表情を変えない。おしだまり重々しく面をふせた。二人とも積極性と忠誠心を梶原のまえで披瀝《ひれき》することによって、確実にポイントをかせいだのだ。これ以上の演技は不要だ。

そのやりとりを、猿渡もまた塩味の利いた笑いを浮かべて見ていた。本気で司会をやろうとは思ってもいないのに、あえて一芝居打った意図など瞬時に見抜いたぞという顔を沢木に向けていた。

だが、沢木も次の何かのためにも、ひとまず自分をアピールしておいたのだと甲斐は推測した。この次この総合企画部長を、ひいてはバックにいる扶桑銀行を無視するのはなかなか困難だと、経営会議のメンバーに知らしめようとした。それだけでも異議申立の意味はある。もちろん、それがわからない猿渡ではない。

だが猿渡の知らない沢木の怖さは、万が一司会をやる場合に備えて、沢木が万全の調査をしていたという点にある。河内にききにきていた沢木の部下は、なにかに憑《つ》かれていたような顔をしていた。

銀行が、そしてひょっとしたら日野自身が、人選して送りこんできた男である。ぬかりのあるはずもない。日野は、扶桑綜合リースの実態を把握するためのルートを、甲斐一本に絞るほどお人好しではなかった。甲斐の知らない情報網を、すでにいくつも扶桑綜合リース内部に張りめぐらしているにちがいない。それにもう一筋、つけ加えただけかもしれない。そうでなければ、あの銀行の関連事業部長はつとまらない。このさき役員になる見込みもないだろう。

「じゃあ審査部長、議案の内容を説明していただきましょうか」

議事を進める戸塚の声が、いくぶん調子が狂っているように甲斐には聞こえた。これだけでも、沢木の発言の効果はあったというものだ。

甲斐は、いまではもう経営幹部の誰もが知っている事件の概要を、整理して説明した。山県と河内の作ってくれた資料は完璧で、小島のみならず江頭財務本部長も頬杖《ほおづえ》をついて資料や契約書のコピーに没頭する。口数の多さがわざわいして、なかなか常務になれないという評判の江頭も、書類を見る眼にはさすがに力がこもっている。

「十二億円の債権が宙に浮いているのに、こんなことをいっちゃあ不謹慎かもしらんが、この事件はときどき新聞でお目にかかるやつと同類のものかね」

口火をきったのは、一年前に銀行から天下りしてきた永井専務だった。趣味の俳句が関係あるのかどうかしらないが、梶原とは対照的に穏やかな印象を与える細身の男で、甲斐に問いただす目つきも柔らかい。銀行の本庄会長ではなく、桂頭取が人選して送ってきたという変わり種だが、四期目に入った梶原社長の後継含みと受けとっているものはほとんどいなかった。

「はい。日西商事はまだそういう主張はしていませんが、俗に架空取引と呼ばれるもので、新聞沙汰になる事件と同じ種類のものでしょう。残念ながら、そのように評価せざるをえません」

「ほう、特別な名前がつくほど多いのか。しかし、なぜこんな馬鹿な取引をやるのかな」

「私の場合は、業績をあげること、それと慣れによる油断でしたが、保坂部長には保坂部長なりの考えがあったでしょう」

「君も経験者なの？」

「私も八、九年ほど前に、営業をやっていたころ似たような事件に巻きこまれました」

「損をした？」

「二億円ほどでした」

「ほう、少しも知らなかった。それで、処分されたの？」

「さあ、あれが処分といえるかどうか。営業を外され、大阪に転勤になりましたが」

「事件としての類似性はどうなの？」

「昔話は、まあいいじゃあないですか」

猿渡が荒々しくさえぎった。はれぼったい顔は一層ふくらんでいる。猿渡が不機嫌なときの現象だった。

「本件に直接関係あることではないし、それにもう済んだことだから、あとでゆっくり専務にはご説明するとして……。なにせみなさん、スケジュールもつまってらっしゃるようなので、議事を進行させましょう。なあ戸塚君」

「そうか、残念だな。私は経験者の解説を聞きたかったのだが、まあ、みなさんの邪魔をしてもいけないか。先に進めてもらいますか」

永井専務がそういい、戸塚は猿渡常務の顔をうかがってから、甲斐に事務的に話しかけた。

「事実関係は一応ご理解いただいたとして、さて審査部長、提案があればどうぞ」

「当社が十二億円の商品代金を支払った坂東通商は倒産し、坂東社長は行方不明で、担保の処分以外に打つ手はありません。一方日西商事は、そのような債務は存在しないの一点ばりで、取引とは無関係だという姿勢を崩しておりません。話し合いで解決する余地はまったくありません。しかし私は、日西商事の栗山部長がなんらかのかたちで関与していたのではないかと疑っています。したがいまして日西商事を相手どり、訴訟を提起したいと考えております」

江頭財務本部長がまたハンカチで額と首筋を拭い、小島管理本部長は四、五回たて続けに嫌な咳をした。二人とも発言しようと身がまえた。

「司会の私が訊くのも何ですが、いちおう念をおしておきたい」戸塚が眼を光らせていった。「日西商事との話し合いは十分にやったのかね。日西は機械の商社としては一流だ。かりにいま取引高が少なくとも、今後のこともあるだろう。いたずらに事をかまえるまえに、きちんと手順をふむべきだと思うが」

「もちろん日西商事には何度もかよいました。しかし、最近では門前払いで、誰も会ってはくれません」

保坂営業第一部長が無念そうに説明した。

「押しが弱いということはないのかな」

「弱いとは、どこがでしょうか」

「いや、なに、こちらにも弱味があると、つい迫力不足になることがあるんじゃないか」

「こちらの弱味とは……どういう意味でしょうか」

テーブルに組んで置かれた保坂の指が震えている。

「弁護士の名前で、内容証明郵便も出しました」甲斐は保坂の怒りを引き取っていった。

「トップ同士の話をしようではないかと、持ちかけても見ました。猿渡常務にご出馬願えれば局面の打開も計れるのではないかと考えたからです。しかし梨のつぶてで、何の反応もありません」

「私の名前を出したのか。猿渡が会いたいと……」

猿渡の野太い声が会議室に響いた。

「いいえ。それはこちらの心づもりにすぎません。ご心配なく」

「当たりまえだ。勝手に名前を使わんでくれな」

「名前ぐらい、どうでもいいじゃないですか」江頭財務本部長が淡々といった。「どうせ、会社の機関としてのあなたの名前だ。それでいくらかでも回収できれば、安いものでしょうが」

「安い、とはどういう意味かな。失言じゃないか。それに回収できればいいさ。できなかったらどうなる。第一ぶざま極まりないじゃないか」

「へえ、そうですかな。そんなにおおごとに考える必要があるんだろうか。商取引の単なるやりとりにすぎないと思うけどな」

「なんだって！　冗談じゃない」猿渡がほえた。「これまで私は自分の名前が傷つかないよう、細心の注意をはらって生きてきた。銀行でも、この会社に移っても、そしてまた私生活においてもだ。江頭さんの思っているほど安っぽいもんじゃない」

江頭がたじろぎ、あきれたように猿渡を見た。

「こりゃ失礼。どうもあなたの誇りを傷つけてしまったらしい」

「ああ、いかにも失礼だ。同僚の役員にわかってもらえないとは、まことに情けない」

「困ったな、そんなにむきになられても……」

「江頭さんに悪意はないよ」永井専務がボールペンをいじりながら平然といった。「なにがそんなに気にさわったのかな。ちょっと、おおげさにみえるよ。わたしには理解できんが、誰か猿渡常務の気持を解説できる人はいるんだろうか」

猿渡はけんかの最中にいきなり水をかけられた犬のようだった。そしてすぐに、しまったという顔をした。めずらしいことだった。

小島は煙草をくわえ、腕を組み、例の表情でじっと猿渡の顔を見つめていた。甲斐と司様、猿渡のなにかに強く興味をひかれたようだった。眼差しがいやにきつかった。

数秒後、小島が甲斐に話しかけた。

「弁護士の意見は聞いてみたか。財津先生はなんといっているんだ」

「そこそこ争えるだろうと」

「君の意見は」

隣でぶるっと保坂が身を震わせた。

「勝てると思います。提訴させて下さい」

「けっこう。私は提訴に賛成だ」

めずらしく断固たる調子だった。

「いや、ちがう」猿渡が真っ赤になってさえぎった。「これは、勝つか負けるかだけの問題ではない。もっと、視野を広くもっていただきたい。こんな不祥事が、新聞や週刊誌に、面白おかしく取り上げられるだけで困るのだ。スキャンダルは避けたい。ただでさえノンバンク批判はふえつつあるのだ。甲斐君、そこらへんはよくわかっているだろうが」

「だからといって、放っておくわけにもいかんでしょうが」と江頭が反論する。「なにせ十二億円がかかっているんだ」

「だから、さっき戸塚君もいったように、もう少し粘り強く日西商事と交渉してみるのが大事なんじゃないか」

「いや、それではらちがあきそうもないと、保坂君や甲斐君は判断してるんだろ」

「もうひとつ、考慮に入れてほしいことがある」猿渡はテーブルをどんと叩いた。「来たばかりの沢木君の前ではいいにくいがね、この不祥事が週刊誌なぞに書きたてられたら、扶桑銀行はなにを考えるかね。当社の取引の実態だとか管理体制に不安を抱くんじゃあないだろうか。この面でもノンバンクがやりだまにあがっているご時世だ。そして、その結果、銀行はなにを要求してくるだろうか。これまで要求されたことを思い浮かべてみてほしい。営業担当部長や審査部長はともかく、みなさんがた役員にはぜひそこらの事情も斟酌《しんしゃく》していただきたいな」

江頭が気弱に猿渡から眼をそらし、小島は両切りのピースを指にはさんだまま、変な咳をした。沢木は机の上で指を組み、何事かを考えるように天井を向いた。本郷国際本部長は謹厳な面持ちでおし黙ったままだった。重苦しい時間が経過した。

「それでは、猿渡常務のいわれたとおり、いま少し日西商事とネゴを継続するということでよろしいでしょうか、社長」

やや勝ちほこった調子で戸塚がしめくくろうと試みた。

腕組みをしたまま、眼をつむって議論を聞いていた梶原が、顎を上げた。視線は宙をさまよっていて、誰の上にも止まらない。

「世間の評判や銀行の出方を考えたんではキリがないだろう。自分ではどうしようもないことだからな」としゃがれ声でいった。「訴訟でけりをつけるしか方法はないんじゃないか」

梶原に向けていた猿渡の顔が、みるみるうちに赤黒さを増してゆく。戸塚が口をあけたまま呆然とした。沢木は、えっと聞きかえしていた。小島がまた変な咳をした。

「甲斐君、弁護士とよく相談して取り進めてくれ」

そういって、梶原社長はひょいと席を立った。

猿渡は梶原の後を追いかけた。そのまた後を戸塚が追う。

「妙なこともあるもんだ」江頭が山県に向かってつぶやいた。「私の意見が通ったのは、さて何年ぶりのことだろう」

「いやあ、愛社精神あふれる弁論でした。社長の胸をみごとに打ちましたね」

山県がジジ殺しの得意技を放ち、江頭はまんざらでもなさそうに破顔した。

「なるほど、サラリーマンの鑑《かがみ》だね」

保坂が甲斐の横でつぶやいた。

「どういうことなのでしょう」小島と歩きながら甲斐は尋ねた。「社長は、猿渡さんや戸塚さんと一枚岩じゃなかったんですかね」

「演技かもしれん」

「誰の……。まさか、社長の？」

「いや、考えすぎだろうな。なんだかこのごろ、邪推ばかりしているような気がするな」

「私だってそうですよ。よくないことばかり続くからでしょう。でも、猿渡さんは、なんであんなに必死にならなきゃならないんですかね」

「そうだよな。少々度が過ぎていたよな。おい、山県君、冷房が止まったのかな。暑くてかなわん。ビールでも飲みに行かないか」

「勘定は私が持ちましょう」

と、保坂が甲斐を見ていった。

3

会議室から戻って自分の席に落ち着くと、いちどきに疲れがでてきたように甲斐は感じた。まるで体の芯が、暑さと疲労で溶けてしまったみたいだ。

いまの会議で、自分の主張が通ったことによる爽快感というものはない。むしろ梶原社長がなぜあのような結論に達したのか不可解で、それが変なしこりとなって残っている。梶原と銀行、それも本庄会長との間で、なにごとかが起きているのかもしれない。たしかに喉は乾いているが、これから小島たちと喧騒の街に出て、はしゃぐ気はしない。保坂に断りを入れて、せめて机に山積みになった書類を片づけようとする。

朝から読みかけになっていた情報通信の会社に対する融資申請書に眼をとおす。しかし融資の金額がはるわりには、時代の最先端を行く会社の事業内容がいまひとつ理解できない。

眼は文字を追っていても、内容が頭に入らない。こんなときには、すっかり自分が時代遅れになっていて、引退の時期もそう遠くないと感じてしまう。五十前の引退。息子が家を出て自活への試みを始めた今ともなれば、早すぎる引退も悪くない。

「すこし早いけれど、出られませんか」

いつの間にか机の前に立ちはだかっていた野村が誘う。若いころ、といっても三十年以上前だが、柔道で鍛えた名残が、太い首や盛り上がった肩の肉のあたりに漂っている。けっこう大柄なのに、野村は足音を忍ばせて猫のように歩く。

「どこかにリキをつけに行きましょうよ。こんな暑い夜は残業はなし」

ふだんは鬱病のような暗い顔をしているのに、妙にはずんだ声音でいった。口もとには笑みを浮かべているが、細い眼は油断なく甲斐の反応をうかがっている。

野村は機械専門商社から転職してきた中途入社組で、そのときの同年配の仲間に戸塚がいる。戸塚のほうは栄進して役員になり、猿渡と組んで権力を握ったというのに、野村は取り残されて、たしかあと一年やそこらで定年を迎える。まだ課長待遇のままである。

そういえば、同じような背格好ながら、戸塚の眼はよく動き、動作にも切れがあるのに対して、野村は全体にもっさりした印象を与える。顔だちにも愛嬌というものがなく、えらの張った悪相である。どうひいき目にみても、人に可愛がられるタイプではない。だが出世が遅れた本当の理由を、甲斐は知らない。

野村は小脇に抱えていた紙袋を、まるで誇示するかのように甲斐の目の前で抱いてみせた。かなりの厚みだ。その件であれば、否も応もない。ハンガーの背広を取る甲斐を見て、野村は肩をすくめ、唇の片方を歪めて満足げにうなずいた。野村はなかなかの読書家で、ハードボイルドの小説を好んでいた。そしてときおり私立探偵のようなポーズを取る。もちろん全然似合わない。

一歩外に出るやいなや、むっとした熱気が押し寄せてきた。湿度も高く、海辺の砂浜で焼かれるのに似た感じだ。風はない。タクシーに乗り、野村は浅草に向かうよう運転手に告げた。

老舗《しにせ》らしい鰻屋の二階に、野村は小部屋をとっていた。簾《すだれ》ごしに、鈍色《にびいろ》の隅田川が見渡せる。

「おまかせいただけますな」

そういって、野村は鰻の肝焼き、鯉の洗い、鯉こくを頼む。酒は温燗《ぬるかん》。

こんなとき野村の方が八、九歳年上であることを甲斐は実感させられる。おまけに野村の自慢の息子は、大学に残れと教授に勧められたほどの俊才で、まだ年若いのに助教授の地位にあるのを少なくとも四回は聞かされている。今日たぶん五回目の解説があるだろう。家を出て脚本書きの下請けをやっている甲斐の一人息子とは、少々種類がちがうようだ。

野村につきあって酒を飲むと、冷房の利いた部屋のせいか涼風を感じた。野村はまたたく間に肝焼きを三本たいらげ、鯉の洗いをむさぼるように食べた。甲斐は濃密な味の鯉こくの旨さを初めて知った。川魚の臭みはなく、体の芯に力が宿るように感じた。

腹ごしらえがすむと、野村は紙袋から書類を取り出して甲斐に渡した。しっかりしたホルダーに収められた二冊のファイルで、パソコンはもとより、ワープロも使えない野村の几帳面な字体がびっしりと並んでいる。一冊目の冒頭に置かれた滞留債権一覧表に、甲斐の眼が釘づけになる。

総額、およそ一千億円。

経常利益の三十年か四十年分に相当する。経費を可能な限り切りつめ、人件費を抑えに抑えても、この滞留債権の償却には二十年はかかる。いや、それまで扶桑綜合リースがもつかどうか。

歓迎会のとき誰かがささやいた数字に一致している。胃がきりきりと痛む。

ページをめくり、明細を読む。この数ヵ月で覚えた会社名がずらり並ぶ。気分が悪くなる。

「予想していた数字と大差なかったんでしょう」

野村が例の舐《な》めるような眼で見ていた。

「いや、大違いだな」

「ほう、そうですか。甲斐さんはとっくにお見とおしかと思っていた」

野村の顔の下半分が笑い、ひょっとしたら眼も笑ったかもしれない。

「ここまで調べあげるのは大変だったでしょう。ご苦労様でした」

「予想以上に実態の調査にてまどりました」

部下の口調が半分、あとの半分は担当外の仕事をしてやったというニュアンスを免れない。

「あきれたことに、担当者が現状を把握していないんですな。なるほど金は貸した、あるいはリースを組んでやった。だが今どうなっているかは知らない。それがおおかたの認識でしてね。いや、日頃優秀と評価されているやつほど、その程度がひどい。自分の担当している案件やら債権の、いまの価値を正確に把握できるやつは一割もいない。なぜだと思いますか」

「社員の質が悪いというだけではなさそうだ」

「そう。さすがに勘がいい」

「とんでもない。勘がよけりゃ、こんな苦労はしていない」

「懸案のかなりの部分は、トップダウンだったんですな」

「どういう意味？」

「推測が入ります」

「かまいません。教えて下さい」

「トップが命じた案件なんですよ。だから担当者は実情を知らないし、無責任にもなるというもんです。上から命じられるままに稟議書を書いたり、事務手続きを進めたりした。その案件が多すぎる」

「で、トップとは？」

「猿渡さんの名前はあちこちに出てきます。やっかいなことに梶原社長などの名前の出てくる案件もあるし、銀行プロジェクトという意味不明の名前がつけられたものもある。いずれにせよ取り扱いには要注意ですな。私は勝手にそれら全部を特殊案件と名づけましたが、その一覧表は二冊目のファイルの末尾に入れて置きました」

猿渡といえば、どうしてもあの北竜山のゴルフ場開発を思い出してしまう。一体どういう結末を迎えたのだろうか。一度くわしく調べてみる価値はありそうである。そして、神谷が生前追い求めていたものの全体像が、厚い霧のかなたにぼんやりと見えるような気がした。

「会社もここまでか、と思ったでしょうね」

甲斐は訊いた。

「ええ、思いましたとも。で女房に、退職金をもらえるうちに会社を辞めるぞといったんですがね。冗談じゃない、もっと働けの一点ばりで、ご苦労様のひとこともない。女というものは、亭主を奴隷だと思っているんじゃないかな」

野村は酒を追加し、鰻の白焼きを頼んだ。腰をすえて飲む気らしい。

「ときに、甲斐さん。どうしてこんな大事な数字の取りまとめを、私なんかに命じたんですかね。他にも人はいるというのに」

「その理由は説明したような気がするけど」

「家庭を大事にして、娘の勉強を手伝うのが趣味だった男ですよ。当然残業はやらないし、仕事も遅い」

「この数字の取りまとめは、ほかにいっぱい仕事をかかえているやつには不向きでしてね。専任でやれるくらいでないと、いつまでたってもできやしない。その点野村さんは、失礼ながらあまり仕事をかかえこんでいない」

「それは図星だけれど、私ならノーマークになるからでしょう？」

「どういう意味？」

「山県にまかせれば、あいつのことだからほうぼうに派手に宣伝して、この作業をやっていることが会社中に知れわたってしまう。それじゃ、甲斐さんとしては困るわけだ」

「そうですかね。それなら土居課長に頼むという手だってあるでしょう？」

「それだと扶桑綜合リース生え抜きの社員につつぬけになってしまう。甲斐さんは、それも嫌った。その点私ならだれも注目しない。山県みたいに勘のいいやつは、どうやら気づいたようだけれど、やっているのが愚図の私だから、そう簡単にはできやしないと高をくくって、そのうち忙しくなって自分が気づいたことを忘れてしまう」

「これまで積みかさねてきた読書体験が生きましたね。面白い推理です。ただ、そういうのを深読みっていうんですよ」

「いやいやどうして、甲斐さんは大変な悪党じゃないかと思い直したんですよ」

「それは買いかぶりですよ。……それで、さっきの話だけれど、本当に会社を辞める気ですか」

「会社は、希望退職を募りますね。こんな数字じゃ、遅かれ早かれそうなるでしょう。会社がそれを避けたがったって、銀行が要求してくるでしょうよ」

「なるほど、それは卓見だ。ただ、この会社はまだ歴史が浅いから、世の中のリストラ中の会社と違って中高年はだぶついていないんですよ」

「そうか、なるほど……。じゃあじっくり様子を見て、なるべく高く自分を売るタイミングを探しますか。それで甲斐さん、あなたの方はどうするんです。あなたこそ会社に未練はないでしょうが」

「なかなかそうも割り切れなくて。一応、部長にしてくれたという気持はあるし」

「私はこの作業をやりつつ、甲斐さんというひとが少しはわかってきたような気がする。その延長線上でいうと、いまのお言葉はにわかには信じられませんな」

「残念ですね」

「とんでもない。私はとても嬉しいんですよ」

この夜、結局日本酒を一升以上あけた。野村が七、八合で、甲斐は三合といったところだった。野村の酒はいつもそうだが、酔うほどに鬱屈したものが顔に出た。戸塚やその他大勢の悪口をずいぶんいった。権力への媚び、裏切り、私利私欲、それらこの世のありきたりの背徳が、野村は許せない性分のようだった。

甲斐は、しかし、ある時刻から野村の話はろくに聞いていなかった。

かつて自分が陥った罠のことをしきりに考えた。たぶん二百回目か三百回目になる。

それから、神谷や猿渡や日野について考えた。会社でやり残していること、これからやらねばならないものに的《まと》を絞って考えた。作戦を考え、筋書きを練った。おぼろげながら輪郭のようなものがつかめたと感じたが、醒《さ》めてみなければ使い物になるかどうかはわからないと自分にブレーキをかけた。怒りと哀しみと闘志が交互に胸に満ちてきた。

4

九月の第二水曜日の夕刻、日野は本庄会長に呼ばれた。

会長が日野から関係会社の話を聞き指示を与えるのは、せいぜい月に一、二度だが、比較的日程があいている水曜の午後であることが多かった。だから日野は関連事業部長について以来、水曜の午後はつとめて予定を入れないことにしていた。春夏秋冬、休みをとることなど論外である。ただ会長が海外出張や休暇で不在のときだけ自由になるが、だからといって休みはしない。

「おい、リースからはちゃんと情報が入っているか」

会長は部下を大きなマホガニーの執務机の前に立たせたまま、十分か十五分の短い引見をすませるのが普通だった。応接セットの方に移るのは、よほど話がこみいっている場合に限られた。

「はい、定期的に私が直接報告を受けていますし、あとふたつばかり別のルートからもときおり連絡が入ってます」

「万全を期しているってわけだ。で、変化はないのだな」

「はい。先日も新任の総合企画部長が、着任後第一回の経営会議の報告をしにきました」

「越智といったかな」

「いえ越智は前任者で、今度のは沢木といいます」

「ああ、そうか。越智は馘《くび》にした方だったな。で、その経営会議では特に何もなかったのか」

「なにやら訴訟沙汰が一件あったようなのですが……」

沢木はその訴訟をかなり気にしていて、じつは自分としては反対なんだが、梶原社長の決裁で提訴する結論になったと日野に告げていた。しかし、会長は訴訟と聞いても、なんの反応も示さなかった。会長が関心あるのはもっと全体的なことだ。いま、あの訴訟を持ち出すタイミングではない。

「前任者が馘《くび》とあっては、その男神経質にならざるをえないわな。ふん、鬼より怖い日野関連事業部長殿に、張り切っているとアピールしに来たんだな」

「鬼は心外ですね。本人は仏のつもりなんですが……」

「馬鹿いえ。銀行の経営陣には仏はいらんのだぞ。鬼だけでけっこうだ。仏はほれ、おれだけでたくさんだ。そうでなきゃ、この時代生き残れないぞ」

「失礼しました」

「冗談にせよ、気をつけることだな。君も大事な時期にあるらしいじゃないか」

「恐れいります」

「梶原とは、最後にいつ会った？」

今日は、いやに念をおしてくる。

「三週間前になります。中間決算の見込みをお聞きしました。内容は決してよくはありませんが、それなりに手は打っているようですし、まあ同業なみといったところでしょうか」

「ああ、そうだったな。その報告は君から聞いた。で、大丈夫だな？」

「は？」

「いや、中間決算の見込みよ。狂うようなことはないんだろうな？」

会長はドサリと重荷を預けてくることがある。だから気が休まらない。自らの才覚で防衛しなければならない。おかげで暑いさなか甲斐なんかとも会わなければならなくなってくる。

「扶桑綜合リースの内容にご不審な点でも？」

「いや、別に。ただな、業種が業種だ。ノンバンクだからな。あの程度の損ですんでいるのかと疑っている役員が、この銀行内部にも少なからずいることは、君も知っているだろう。そうそう、桂頭取だってどうかわからんぞ。だからな、リースを監督している君としては、慎重な上にも慎重でないといけないということだろうな。大変なお役目だな」

「ご心配、ありがとうございます」

扶桑綜合リースの内容を洗えという絶対的な指示だ。

会長のアンテナに、なにかが引っかかっているのかもしれない。それをこの秘密主義者に訊くわけにいかないのが辛い。

「そうそう、そのなんとかいう総合企画部長のことで思い出したが、前任者は役に立たんかった。二人続けてだらしないんじゃ困るが、その男は君の推薦で送りこんだんだって？」

背筋がヒヤリとした。

「はい、公表数字の裏づけをとれと指示しました」

ついいってしまっていた。人を追いつめて自白させる。会長の得意技のひとつだった。

「沢木からか」

「ええ。しかし沢木だけではありません」

「ほう。ほかにも手をまわしたのか。いかにも君らしいな。君は他人を信用しないからな。たった一人にしぼるなんて馬鹿なことはやらんわけだ。たいへん結構だ。強い猜疑心こそ銀行員の武器だ」

「これはどうも……」

図星だった。他人を信用しなくなって、もうずいぶん年月がたつ。最後に人を信じたのは、あれはいつ、どこでだったろう。生きていく上で他人を信じる必要はないのだと悟ったとき、実は自分がずっとまえから人を信じていなかったし、信じる必要もなかったと発見したのだった。おれは自分で思っているよりも、はるかにタフなのだ。いや、何もおれだけに限らない。人を信じるというイデオロギーは、共産主義と同じように時代遅れなのだ。

「ところで、例の件、進展しているか」

「ご指示の先を含め、合併の候補先をしぼっているところです。ただなにぶん相手が深手を負っていたのでは、なんのための合併かわけがわからなくなってしまいますので、慎重に進めたいと思っています」

「そうだな。それこそまさに業種が業種だからな」

会長は一方で扶桑綜合リースの内容を洗えといい、他方で合併の相手先をさがせという。まるで矛盾したような指示だが、会長はいずれにしても扶桑綜合リースをどこかに合併させる腹にちがいない。扶桑綜合リースがしっかりしていれば、どこかを吸収して業界きってのリース会社を作りあげればいいわけだし、逆の場合は一日も早くたたき売って、扶桑銀行の荷物を片づけるにこしたことはない。もちろん銀行が生き残るためだ。とすれば、やはり扶桑綜合リースの内容を洗うのが最優先課題だ。

「結論を出すべき時期はそんなに先ではないかもしれんな」会長は半眼を光らせた。「そうだ。そもそも、こんなに要らんのだからな。社会的な存在理由がない」

「ノンバンクが、ですか」

「ノンバンクだけじゃない。銀行自体、こんなに要らんのよ。ノンバンクを整理し、ゼネコンを整理し、そして銀行を整理する。そういう時代の流れの中で、おれたちはどうやって生き残っていくのか。ぞくぞくするほど面白い時代になったもんだな。なあ、おれはもう十歳若ければよかったと思うことがたびたびあるぞ。若ければ、いろんな仕掛けができるのになあ。まったく、君が羨ましい。いくらでも腕をふるえるんだからな」

「いえ、とんでもない。会長はまだまだお若いではないですか。圧倒的なトップバンクの主宰者になって下さい。私もできるだけのことをやらさせていただきます」

「まずこれを片づけんとな。これをうまくできたら、君の能力を疑うやつは一人もいなくなるだろうな。そうすれば、祝杯を上げられるというもんだ。おれもその日が待ち遠しいぞ。なあ、わかってくれるだろうな」

「ありがとうございます。会長のご期待にそえるよう、ベストをつくします」

「うん、頼んだぞ」

なんのことはない。いつものように宿題を負わされただけだった。

梶原がなぜか肝心な報告を上げてこず、越智がしくじり、神谷がちっとも協力的ではなかったなど、とにかく悪い材料が重なりすぎた。だが、それは関連事業部長の言い訳にならない。

それにしても、梶原は何を考えているのか。許されるものなら、会長に問いただしたいものだ。

いや、そうじゃない。梶原なんか馘《くび》にして、誰か忠実な老人とすげかえたいものだ。その点、桂頭取の人選で行った永井はどんなもんだろうか。あれなら梶原とちがって、少なくとも銀行に隠しだてはしないのではないか。頭取もそこらへんを考え、梶原をコントロールするために永井を送り込んだのだろうか。頭取の案を飲んだところをみると、会長もそれに同意したのだろうか。

　まあ、いい。おれはおれで、やれることをやるしかない。甲斐はどこまで手伝ってくれるのだろうか。確率はどれほどだろう。また、確率を高めるためには、甲斐に何を投げ与えればいいのだろうか。

「じゃあ、次に移るか」会長がいった。「とくに聞いておく必要があるのはなんだ?」

「扶桑ファイナンスです」

「なあ、もうちょっと楽しい案件はないのか。こういうのは桂君が裁量してくれるというわけにはいかんか」

「以前、そのように取り決めましたが、だいじな十社ほどに限っては、直接会長に報告しろとおっしゃって……」

「わかった、わかった。確かにおれのいいそうなことだ。我ながら、この貧乏性がつくづく嫌になるよ」

　会長は舌なめずりするように日野を見た。えらく愉快そうだった。死ぬまで銀行を去る意志はない。

第六章　疑惑

1

甲斐が裁判所を訪れるのは九年ぶりのことだった。

口頭弁論も最初のうちは実質的な審理なぞなにもないから、審査部長のような多忙な人がわざわざ傍聴するには及ばないという財津の伝言もあって、甲斐は第一回の口頭弁論は欠席した。あとでただ一人傍聴した山県に聞くと、案の定儀式に似た訴状や答弁書の陳述があっただけで、五分ほどで終わったらしい。陳述といっても、原告や被告の代理人である弁護士がそれぞれ訴状や答弁書を読むわけではなく、裁判官にうながされて、陳述しますとか、ただ単に、はいと答えるだけで陳述した扱いになる。

二回目の口頭弁論のとき、甲斐は河内や保坂と連れ立って裁判所に出向いた。会社をして訴訟に踏み切らせた責任感から裁判を傍聴するのだと思い込んでいたが、タクシーの中から丸の内のビル街やよく手入れされた皇居前広場やお濠《ほり》を眺めていると、ふいにそればかりではないと気がついた。責任感といえば聞こえはいいが、久しぶりに裁判をのぞいてみたいという誘惑がいつからか胸の奥に巣くっていたようなのである。

大阪に転勤するまでは、東京本社での生活のおよそ半分を審査部ですごしていたが、そのころは頻繁に財津法律事務所や東京地方裁判所を訪ねたものだった。特に楽しい思い出があるわけではないが、むかし足しげく通ったところにはなぜか格別の執着があるようだった。そのような場所を再訪することによって、いくぶんかでも気持が若やぐのを期待しているのかもしれないと思ったとき、タクシーの左の窓に、その大阪転勤の直前に猿渡が送別の宴を設けてくれた料理屋の入っているビルがちらりと見えた。

裁判所に着いて、甲斐はその偉容にまず驚いた。数年前に建て替えられたという建物の一階ロビーは広々として天井が高く、照明はほの暗い。ホテルのロビーに似てなくもないが、どこか決定的に異なっている。もちろん花や絵が飾ってあるわけではなく、ホテルのもつ遊びやゆとりはまるでない。目を凝らすと、ボーイではなく、廷吏《ていり》というのだろうか、あちらこちらに制服姿の男が立っている。若い男もいるだろうになぜかみな中年に見える。その廷吏の間をぬって、どの人もまるで東京駅の構内でも歩くようにせわしなく歩く。

エレベーターを十二階で降りて、暗くて長い廊下を歩いた。廊下のところどころに折りたたみ椅子の置いてあるところがあって、そこには人が群れている。うなだれて座っていたり、仲間と小声で話したりして、書記官に呼び出されるのを待つのは、国公立の病院に似ている。来客は歓迎されることがない。

廊下を歩きながら、河内が小声で保坂に軽口をたたく。

「ここに来る人間で、いっとう人相の悪いのは誰か知ってまっか？」

「そういうききかたじゃあ、刑事犯じゃないな」

「ご名答」

「弁護士だろう？」

河内が目を剝く。「なぜわかりました？　保坂さん、素人やのに」

「君の顔に答えが書いてあった」

「へえ、読まれましたか。さすが管理職。しかし、金のためにはなんでもやるという、虚無的な顔つきの人が多いでんな。それにあの派手な服装、やくざといい勝負でっせ。本人は趣味がいいと思ってるんでっしゃろか？」

「思っているんだろう。少なくとも君と同じ程度にはな」

河内は慌てて自分の肩と腹のあたりに目をやる。身長百六十センチ少々に対し、体重は八十キロ超。まだ三十半ばにも達していないのに、その体を濃紺のダブルのスーツにつつんでいる。ネクタイは黄金色まじり。

「ぼくって趣味、変でっか？」

と切ない声音できく。河内は攻撃的なアジテーターとしてはまずまずの才能に恵まれていて、営業や客先相手にいい勝負をするが、いったん受身に回ると実にもろい。個人的な性格というより、この世代に共通したものかもしれない。

「いや、いいんじゃないの。性格だって、素直でとってもいいと思うよ」

保坂がからかう。

「ほんまでっか?」

「嘘だよ」

裁判所はこの事件を最初から合議体で審理する構えで、定刻になると黒衣の三人が壇上に並んだ。河内が、ほうと小さく息をもらしたのは、裁判長の左隣のいわゆる左陪席が、目鼻立ちのはっきりした三十半ばの女性だったからである。

起立願いますと廷吏がいい、法廷内の全員が立上がり、そして座った。傍聴人は甲斐たちのほかに六人で、そのうちの四人は女性の左陪席の側に並んで固まっている。一見してサラリーマン風で、そのうちの二人がクリーム色の紙袋も持っているが、それには下のほうにNISSEIと印刷されている。

「連中、法廷、慣れてまへんな。あれではすぐ身元が割れてしまう」

河内が甲斐に小声でいう。

「まあ、隠すほどのことでもないさ。で、うしろの二人は?」

「さて」

奥に離れて座っているのは、四十がらみの中年男と二十二、三の青年で、中年の方は地味な背広を着て顔色が悪いが、若い方は目にも鮮やかなライトブルーの背広でよく日に焼けている。

「ブンヤさんではなさそうだな」

「そうでっか」

「原告、準備書面を陳述」

中央の裁判長が甲高い声でいった。五十半ばを過ぎた肉の薄い男で、しきりにまばたきする。

裁判官に向かって左の席に座っていた財津が立ち上がって、はい、陳述しますとだけ発言した。これで、契約の成立から代金の請求に至るまでの扶桑綜合リースの主張を述べたことになる。

「被告」

裁判長に促されて、右手の席の被告代理人のうち一番年かさの男が、同じように準備書面を陳述しますとだけ述べる。日西商事はこの裁判を重く見て、大きな法律事務所に事件を依頼したようで、三人の弁護士が出ている。

「債務の否認、つまり会社としては知らないということですな」

「そうです」

「それぞれ証拠を出して、書面にまとめて」

裁判長がそう指示し、次の期日を入れにかかったのだが、なかなか日西商事の側の調整がつかない。弁護士がかわるがわるに立ち上がって、差し支えますとか、どこそこ地裁に出張ですと答える。しびれを切らした裁判官が、三人そろう必要がありますかといって、ようやく一ヵ月半後に期日が入った。

裁判所を出てから、甲斐は保坂や河内と別れ、財津を誘って公園を歩いた。昨日に比べて気温が十度も下がったとかで、空は晴れ渡っているが、木陰を歩くと冷気を感じるほどである。あだながつくほど名高い銀杏《いちょう》の古木も葉を落とし始めており、毛細血管のような枝を天に突き上げている木もある。あまり広くない道を歩いて、テラスのあるレストランに入った。甲斐はテラスのほうを指差したのだが、財津は両腕で細身の体を抱くようにして店の中に座った。

「あの暑い夏は、どこに行ってしまったんでしょうね。まるで誰かが持って行ってしまったみたいだ」

甲斐がそういうと、財津はふふと笑い、

「これは驚いたね。甲斐さんは、いまでも少年のような心を持っているんだ。安心したよ」

「いえいえ、とんでもない。とうの昔に干からびてますよ」

財津はホットレモネードを注文し、甲斐はコーヒーを頼んだ。

「昔はあちらのテラスでよく飲んだね。銀座のなじみの店が開くまでのつなぎでね」

「そうでした。裁判のあととか、仮差し押さえの申し立てがすんだときとか……。先生は、いまではあまり召し上がりませんか」

「うん。胃を四分の三取ってからいけない。すっかり弱くなってしまった。体重も元には戻らないしね。いまでは女房とあちこち散歩したり、ベッドの中で時代小説を読むのが一番の楽しみになってしまった」

飲物を飲んでいると、すこしばかり風が出てきたとみえて、木々の葉が揺れ始めた。空の雲もいつの間にか、灰色のものに変っていた。

「秋の空か」と財津はつぶやき、「なあ、甲斐さん。ここだけの話だが、この事件のけりがついたあたりで、私は引退しようと思うんだ。いや、いい方が不正確だな、この訴訟とは因果関係はないんだ。もうそろそろと考えていたときに、この事件の依頼が来たんだが、やはり潮時かなと思うんだ」

「それは困りますね。わたくしどもは、まだまだ先生を頼りにしてますからね」

「いや、そうじゃない。このままずるずる続けると、きっと依頼主に迷惑をかけることが起きる。裁判に負ける原因というものは、あまり大きな声じゃいえないが、弁護士の怠慢やミスが多いんだ。そうなっては、とりかえしがつかない。私はそれが怖いんだ。もし許されるのなら、うちの北沢弁護士を使ってやってくれませんか」

「北沢さんに譲られるおつもりですか」

「そう。まだまだ不満でしょうが、なに私がいなくなれば、もっともっと伸びますよ、あの男は」

「退屈されませんか。仕事好きな先生としては……」

「いや、大丈夫。手術のため入院してみて初めてわかったね」

財津はいたずらっぽく片目をつむった。

「私は自分で思っているほど仕事が好きではなくなっていたんだ。本を読み、音楽をきく。それで十分満たされるのだよ。本はもちろん時代小説も読んだが、法制史の本も読めた。一度じっくり調べてみたいと思っていた分野だが、なかなか面白い。引退したら本格的に研究しようと思っているんだ。……それに、入院してもうひとつ発見があってね。事務所の方は私がいなくてもやっていけるみたいだ。北沢君は、思っていた以上に顧客に信頼されている」

「ええ、うちの山県なんかは、北沢先生といいコンビを組めそうですよ、年格好も似ているし……。そう、たしかに彼らが仕事を牛耳る時代がきたのかもしれませんね」

「なにをおっしゃる。甲斐さんはまだまだでしょうが」

「いえ、私なんかは一度は死んだ人間ですよ。ただでさえ企業の新陳代謝は中高年には過酷なほどのスピードで進んでましてね。そう、私の方こそこの仕事がひとつの区切りかもしれませんね」

風が強くなり、建物の中にいても、樫《かし》や橅《ぶな》の梢《こずえ》のざわめきが聞こえるようだ。銀杏《いちょう》の葉が続けて落ちるのが見えた。雲の黒さが増し、いまにも降り出しそうだ。

「ところで、甲斐さん」

財津が眼に笑みを浮かべていった。

「後ろの席で傍聴していた二人をどう見ました?」

「あの筋の男たちでしょうか」

「私もそう思う。やっとどこかから這い出して来たね。自分で仕掛けた罠に自分ではまったみたいだな」

「まさかうちが提訴すると思わなかったから、調子が狂って様子を見に現れたってとこですか」

「地獄の底から、かれらを派遣してきたのは誰かな……」

甲斐は少し考えてから、地下の倉庫で見つけた登記簿謄本について話し始めた。なるべく淡々と説明しようと心掛けたのだったが、聞いている財津の眼に次第に力がこもり、それが伝染して自分も険《けわ》しい顔になって行くのがわかった。

財津が深い溜息をついた。

「麻薬みたいなものなんだろうか」と財津がいった。「一度味をしめると、やめられないんだろうかねえ」

「紙切れ一枚で、億からの金が入るとなりますとね」

「なにもかも、際限のない時代なんだなあ」

財津は悲しそうにつぶやいた。

2

管理本部長の小島常務が、たまには飯を食おうと甲斐に電話をかけてきたのは、昼少し前だった。

「お急ぎですか？」

書類を読んだままきく。

「いや、どちらかというと雑談の部類だな。特に急がない」

ルーティーンの業務ではない。だから、いまでなければならないというほどではない。だがことの性質上、早いにこしたことはない。――翻訳するとそういう意味だ。いつもながら、小島の話は回りくどい。

「昼なら空いてますが」

「……昼か」

「はい」

「夜はどうなんだ」

「猛暑の疲れが出てきて、少しバテ気味でして」

「そうか。残念だな」

「またにしますか」

「いや、昼でいい。しょうがないだろう」

声はいささか不機嫌だが、無理押ししないのが小島のいいところである。誰に対してもそうなのかどうか知らないが、少なくとも甲斐に関しては、勝手な男だから仕方ないと昔からあきらめている節がある。そう思ってもらうのは好都合である。

小島の酒は、ややもすると長すぎる。しかも料理に無頓着なものだから、さしで飲んでいて旨い物にありつけたためしがない。話はといえば、仕事のことばかりである。

それでもたまにつきあっているのは、決して偉ぶるところがないからである。これは小島のような地位の人間にとっては、実に得難い美質だ。小島がこの長所をどこで身につけたのか知らないが、たぶん愚図で気弱な性格の見返りに天が与えてくれたものだ。

甲斐が案内したのは神田駅の近くの、決してきれいとはいえない焼肉屋である。小島はさすがに嫌な顔をした。

「私より小食なのは、死にかかっている人間だけだという定説を君が知らないはずはないよな」

「そうでしたっけ」

「とぼけてもらっちゃ困るな。その定説は、かつて勤めていた銀行でも、またこの会社でも確立されたものなんだ。ゆるぎない歴史がある」

甲斐はかまわず何品か注文した。初めに牛タンを焼き、レモンを絞る。小島は恐る恐る箸をつけ、くちゃくちゃ嚙みながら訊く。

「これは肉じゃないな」

「タンですよ。牛の舌。まずいですか」

「いや、初めてなんでな。肉だってめったに食わない。だが案外いける。ところで酒は頼まないのか」

「はい。飲みだすと途中で止められなくなる体質でして」

「飲めばいいじゃないか、どんどん」

無視してカルビをじゅうじゅう焼く。それをおかずにクッパを食べる。

「たいした食欲だ、こんなに暑いのに。網走《あばしり》は三十度を超えたらしいぞ。知ってるか、先月の東京の気温は那覇《なは》なみだぞ」

「駅で、葬式の案内図を持った黒服の男をよく見かけますね。年寄りにはきつい夏だったんでしょうね」

「私だって、無事に越せるかどうかわからない。なんとか命のあるうちに引退したいもんだ」

「引退してどうされます?」

「大望はないよ。私は会津の出なんだが、あの地方は昔は朝寝、朝酒、朝湯といってな、それが理想の生きかたなんだ。ほかに欲はない。老婆と二人で食うだけなら不自由しないし、名誉なんて邪魔なものはもちろんいらない。泥まみれになる前に辞めたいんだ。しかし君、昔からそんなに食ったっけ?」

「いえ、相変わらず食は細いですよ。ただ大阪勤務のおかげで、暑い盛りに焼肉を食うのは平気になりましたね」

「へえ、大阪生活では何もいいことがなかったと思っていたが、妙なメリットがあったものだな。私はそのあいだ何年か隣の名古屋にいたが、きしめんばかり食べていて、そのような特訓は受けなかったな」

「もっとも、誰からも敬遠されてましたから、食事はたいがいひとりでしたね。ひとりで肉を焼いて食うのがうまいかとなると、若干疑問ですけどね」

「だろうな。しかしまあ、しかたないさ。あの当時不動産業者への融資に反対するのは、よほどの変わり者だ。非国民じゃなく、なんていったらいいのかな、非社員みたいなもんだな。まして大阪の地価の高騰は日本一だったんだから、誰でも手を出したさ。その大勢に反逆する者は、福岡かどこかへ追放されると相場が決まっているんだ」

「妥当な左遷だったというわけですね」

「左遷はいいすぎだろう。営業所長だ、文句はあるまい」

「ときに、その人事を決めたのは誰ですか」

「忘れたね。いちいち覚えておれんのでな」

ロースとレバーを追加した。どういう風の吹き回しか、小島も意地になったかのように食べはじめた。

「ところでどうだ、会社の状態はもうつかめたんじゃないか。着任してもうだいぶたつよな」

「知れば知るほど容易な事態じゃありませんね。営業貸付金の残高は約三千億円。かなりのものが、多かれ少なかれ問題含みですね。福岡にいたのでは見当もつかない状態でした」

「まあ、ノンバンクといわれるリース会社などはみな似たりよったりだろうが、その貸付金残高の総額は百兆円という説もあるのだから恐れいるよな。で、数字はいつまとまる?」

「そろそろ最終的な評価の段階ですから、あと二週間といったところでしょうか」

小島が一呼吸置き、眉間に皺を寄せていった。

「扶桑銀行が、何やら企んでいるような気がしてならない。二年三ヵ月前に送り込んで来た越智総合企画部長を突然引きあげ、沢木に代えたのもそのひとつの現れだ。しかも、越智君の行き先が気に入らない。余剰人員を集めておく新設のセクションだ。何といったかな、君も知っているだろう?」

「あそこのことなら、ていのいい懲罰人事ですよ、それは」

「そうさ、彼は四十そこそこで失敗したことになる。もう浮き上がれんだろうな。扶桑銀行の人事も、選別がえらく早くなった。ついこの間までは、五十までは猶予期間があったものだが、あらかた十年は短くなった。まあ、越智君は気の毒だが、これはうちに対するブラフだな、ちゃんと業績や内容を報告しないと、越智のように容赦はしないぞという……」

総合企画部長の更迭は、歓迎会の夜、日野が甲斐に予告したことだった。とすると、これは日野の甲斐に対するブラフでもあるのか。

「総合企画部長の人事のほかに、扶桑銀行は何かいってきましたか」

「次長クラスを若干名派遣すると検討中といってきた。いや、話の順序は逆になるが、連結決算が悪かったのにからめて、一層の組織の見直し、希望退職の募集、経費の節減を示唆してたっけな。だいぶ前になるが……」

「扶桑銀行はなにを焦っているんですかね？」

　おや、という顔で小島が見た。

「焦るに決まっているんじゃないか、審査部長としたことが……。各行の系列ノンバンクの整理は、いよいよ大詰めだ。世間は住専で大騒ぎしたが、その裏で進行しているのはそれさ。銀行によっちゃあ、傘下ノンバンクの手当てはすんだと広言するところも出てきている。ところが、わが扶桑綜合リースは音無しの構えだ。扶桑銀行としても心配になろうというものだろうが」

「そこが、いまひとつわかりませんでね」

「なんでこんな簡単な話が？」

　今度は甲斐が小島を見た。

「本当に扶桑銀行には情報が入っていないと思いますか。少なくとも梶原社長は、昔のボスの本庄会長に肝心なことは入れていると思いませんか」

「そういや、……変か？」

「ええ。小島さんは私と同じで、バブル絶頂期に本社にいなかったから、会社の実態がピンとこないんでしょうが、梶原社長はずっとおられたんですよ、誰よりも会社の実態はご存知でしょう。その人が本庄会長に耳打ちしていないなんて信じられますか」

「なるほどな、改まって考えると確かにそうだな。そうすると、銀行は何を求めようとしているんだ？」

「よその処理とは違う何かだと思いませんか」

「具体的にいうと？」

「よそ様のやっていることで、一番厳しいのがノンバンクそのものの清算ですね。特別清算、破産など。それらは、ノンバンクを消滅させるのが大半です。これを俗に清算型と呼びますよね。そうでない処理のしかたは、銀行が支援して損をかぶるというやりかた。ノンバンクに対する債権を放棄して、ノンバンクは生かすやりかたで、まあ、支援型とでも呼べるやつ。どちらにしても、母体行は損を出すのですがね、扶桑銀行はどちらを選ぶと思いますか」

「常識的には、支援型だろうな」

「なんで？」

「そりゃあ、まだまだ扶桑綜合リースが必要だからさ」

「ところで、損を出すのが嫌だという場合には？」

「清算型の場合でも、損は出るんだろ。同じことじゃないか。待て待て、なんのために損を出したくないと仮定するんだ」

小島は甲斐を見つめ、それから箸を投げ出した。ぬるくなったお茶をすすりかけ、手を止めて宙を睨《にら》んだ。不機嫌なときの農夫のような顔になった。

「……そうか、銀行はいの一番に自分のことを考えるな。いつだってそうだ。そして、ノンバンク整理の先にある銀行の大淘汰時代に備えようとする。そうすると、いましきりに行われている清算型も支援型も、本音としては取りたくないということになるのか。扶桑銀行に限らずな。そうすると何だ？　第三の道があるんだろうか」

甲斐もまた箸を置き、熱いお茶を頼んだ。

「しかしまあ、難儀なことだな。数字をつかむのだけでひと苦労だというのに、一体この船はどこに行くんだ」小島はため息をついて続けた。「もう、私なんかの手に負える時代じゃなくなったな。さっきの話じゃないが、一日も早く会津に引っ込むに限るな。あとは君たちに任せるよ」

「冗談じゃありません」甲斐は抗議した。「私は九州に安住していたのに、無理やり引っ張り出されたんですよ。それを忘れてもらっちゃ困りますよ」

網の上でカルビが焦げて炭のようになっている。二人して、じっとそれを見ていた。

「ときに、例の坂東通商の件、進捗状況はどうだ」

ついでといった感じで、小島が話題を変えた。

「口頭弁論が二度ありました。なるべく早く進行させたいんですが……」

「そう、急いだ方がいいかもしれんな。戸塚人事部長が早く査問委員会を開いて、処罰すべき社員は処罰しろと声高に主張しだしている。あいつは何を考えているのか。これが銀行に知れたらどうなるか、少しは頭を使ってほしいもんだ」

「戸塚さんは、どちらの資格でいってるんですかね。人事部長として、あるいは監査部長として？　そもそも、どうして人事と監査の両方の部長をあの人は兼ねられたんですか。人事権と内部監査権を一手に握るとはやりすぎじゃないですか」

「社長は、営業は猿渡にまかせ、内政は戸塚にまかせる腹なのさ」

「そうですかね。じゃあ、小島さんはどうなるんで？」

「私は余計者なんだよ。余計な、役立たずの老人だ」

少しも悲しそうではなかった。口癖だった。

「いま懲罰はまずいですよ。事件の全貌がわからない段階で社員を罰しては気の毒だというのじゃなくて、いま何よりもやるべきは会社の損害を減らすことで、そのためには当事者の協力が必要なのですよ」

「そりゃそうだ。だが、ものごとをそのようには考えない人もいるんだな。手際よく当事者を処分して、一件落着を計りたい、と」

「誰のことです？　社長ですか」

「さあな。社長とは、この件で話し合ったことはない」

「ときに、戸塚さんと猿渡さんは息が合っているんですか。一度きいてみたいと思ってました」

「ああ、とても仲がいいな。連合しているといっていい。とにかく、われわれの方も手際よく進めるのに越したことはなさそうだ。どう解決するのがいいか、よく考えてくれや。……まったくろくなことがないな」

小島は結局、ご飯には手をつけなかった。コーヒーでも飲みますかと甲斐はきいたが、小島はブランデーなら飲んでもいいといったので店先で別れた。本当にこのままホテルのバーにでも行って、ヘネシーでも飲み兼ねないし、その気分でもあったろう。

街路樹の下に蟬《せみ》のひからびた死骸を見つけたとき、甲斐は小島がこの夏を乗り越えたにしても、あと何年生きられるのだろうかと考えた。もし生きているにしても、本当に会津に移るにちがいない。そして、小島の去就は直ちに自分にはねかえってくる事柄だといい聞かせた。来年の夏、たぶん財津も事務所には出てこなくなるだろう。一人でやらなければならない。あまり楽しい連想ではなかった。

3

七、八人がやっと座れるカウンター、それに小さなテーブルがふたつ。それだけの寿司屋かと甲斐は思っていたが、そうではなかった。洗面所と調理場の間の、紺の暖簾のかかっている引戸を開けると、ぎゅう詰めにすれば六、七人は押しこめる小部屋があった。江戸時代の盗人が寄り集まって、次の仕事の相談でもしそうな雰囲気がある。

壁がななめに出張っているのは、二階に通じる階段のせいだ。その下の板敷きに置かれた白磁の花器に、紅の濃いのや淡いのや、それに白もまじってコスモスが、十二、三本投げ活けにしてある。

部屋では保坂ともう一人の男が、つきだしを肴にビールを飲んでいた。顔を突き合わせて、密談でもやっていたようだった。立った位置からは、保坂の頭が大分薄くなっているのが目につくが、それとは対照的に相客のオールバックの髪は異様なほど黒々としている。その男は四角く大きな顔の持ち主で、肌は浅黒いがテカテカとよく光り、首や腹のあたりの肉づきの具合からすると、胃腸の方も人並みはずれて丈夫なようだった。ただ、甲斐を一瞥した目つきには、冷たく鋭いものがあった。それが、この夜、保坂が紹介しようとしていた新宿支店長の土屋だった。

型どおり乾杯したあと、保坂が説明した。

「土屋君はな、俺たちと同年配だが、いわゆる生え抜きなんだ。つまり、銀行出ではない。かといって本郷常務のように商社や、あるいは戸塚部長のように機械の会社から移ってきたわけでもない。最初から扶桑綜合リースに入社した人なんだ。いわばリースの第一期生だな」

「知っている。土屋さんとは二、三度会議で顔を合わせているし。生え抜きの人たちは、いま役員の一歩手前だよな。それだけ扶桑綜合リースの歴史が積み重なってきている」

「ほう、多少は事情通になったようだな」

「いちおう勉強させてもらってるさ。九州では必要ない知識でも、本社ともなればそうもいかない」

「ところでこの土屋君は、変な噂をキャッチして日頃心を痛めている」

甲斐は嫌な予感がした。

「合併だ」

保坂が声をひそめていい、土屋が甲斐の反応を見ていた。

「なんだ、甲斐」保坂が少しばかり拍子抜けしたような声でいった。「少しも驚かないようだな」

「いや、驚いている。ただ着任以来驚くことばかりで、顔に出なくなった。いや、反応が鈍くなったんだろうな」

「老化かね、いや、おれもだが。……そこでだ、合併といったら、どうしたって扶桑銀行の意向が問題になる。銀行の姿勢に変化はないか、今夜は懇親会をかねて話し合おうと思ったのよ。土屋君も銀行は何か特別なことを要求してきてはいないか聞きたいらしい。なあ、土屋君」

「ええ。私も初めは半信半疑でしたが、あちこちでウチの合併が話題になっているようなんですな。部下が取引先から、おたく合併するって本当かと訊かれたり、飲み屋の女将から銀行筋の客がうちの合併について話していたと教えられたりとか……」

「銀行筋って、扶桑銀行？」

「いや、違います。でもだからといって、噂の出どころが扶桑銀行でないとはいいきれませんね」

土屋は顔も大きいが、ひとつひとつの部品も大きい。その大きな眼で甲斐を凝視した。もうすっかり扶桑綜合リースの社員になりきっているのか、それともまだ銀行の影を引きずっているのかと疑う、生え抜きの社員たちが甲斐を見る例の目つきである。この人たちは、きっと永遠におれたちを信じてはくれないだろうと甲斐は思う。

「扶桑銀行は希望退職者を募ることを指示してきたね。ついこの間のことだな」

ほう、と保坂が息をもらした。

「対象は四十七歳以上の中高年。つまり、おれたちのことだ。でもね、これってピントはずれな案なんだよな。うちのように社歴の浅い会社は、中高年の社員はそう多くはない。だから、うちの実態を知らないやつが考えついた案か、あるいは精神的なものなのかどちらかだな。それから人員削減とは矛盾するようだが、銀行は課長クラスを三名派遣してくると通知してきた。配属部署は、総合企画部が一名、経理部が二名」

「沢木総合企画部長を補佐させつつ、いよいよ会社の実態把握に直接のりだしてくるわけだな」と保坂がいった。「結局のところ何もつかめず、何の指導性も発揮できずに浮きあがっていた越智前部長の失敗は、二度と繰り返さないと銀行は宣言したようなもんだな」

「そういうことだ」

「しかし、密偵まがいのものを送り込んでくるのって、よく考えると変だな。つじつまが合わない」

「なんで？」

「銀行はウチの内情がわからないと告白したようなものじゃないか。ということは、梶原社長から正確な情報が入っていないということだな」

やりとりをきいている土屋の表情が固くなった。

「保坂もそう思ったか。鋭い指摘だな。昔のカミソリ保坂の面目躍如ってとこだ」

「それは神谷のあだなさ。でも、おれは酒が入った方が頭が回る。近頃、とみにそうなんだ。これって、アルコール依存症の何期目の症状なんだろう？」

「梶原社長から情報が入っていないとすると、どうしてだと思う？」

「そこがわからんな。あの人は、銀行の本庄会長の腹心だろうが」

土屋はいつの間にかコップ酒になっており、まるで水でも飲むように飲みほしてからいった。

「亀裂が生じたんですよ、あの二人の間に。そうしか考えられないでしょう」

「どうして？」

「銀行を出て、もう十年。年を取って権力を握り続ければ人は変わるんじゃあないですか」

「それは土屋君が、あの二人の蜜月を知らんからいえるんだな」

「それは保坂さんがそういう人ではないから、いえるんですよ。でもね、たいがいの人は権力を得て変わるんです。銀行からきた人は、みなそうだ」

保坂は自分で何杯目かの水割りを作る。ただし、水は申し訳程度しか入れず、酒は焦茶色に近かった。

「いや、土屋さんのいうとおりかもしれん」と甲斐はいった。「なあ保坂、この間の裁判の打ち合わせを思い出してくれ。梶原社長は銀行の意向など、まるで気にしていなかったろう？　きっと何かが起きているんだ。それで、土屋さん。合併についての噂で、相手先の具体的な名前まで挙がっているんですか？」

「固有名詞までは挙がっていないようですな。でも、好き勝手にいわれてますよ。やれ、関西の都銀系のリース会社だとか、やれ、メーカー系列の会社だとか」

「甲斐、君の方はどうなんだ、どこかで似たような噂を聞かなかったか」

保坂の眼の焦点が、少しばかりぼやけ出している。保坂の視線は、甲斐の頬の肉のすぐ横をすり抜けていったり、甲斐の額の上の部分をさまよったりする。もう少ししたら、間違いなく舌がもつれてくる。事件が発覚して以来、保坂はめっきり弱くなった。

「あるよ、もちろん」

「いつ？　そして、誰からだ？」

「保坂、お前からだ。半年前の歓迎会のときだったんじゃないか」

「ああ、あんときか。すっかり忘れていた。ふうん、おれはやはり早耳だったんだな。あの時期にキャッチしてたとなるとな。だが、おれはいったい誰からあの噂を聞いたんだったかな……」

「合併を考えているのは、だれなんでしょう？　銀行でしょうか、それともウチの経営者。あるいは、その両方？」

土屋はいくら飲んでも酔わない体質かもしれなかった。ただ、眼に粘り気がでてきた。

「そうそう。それで甲斐よ、扶桑銀行関連事業部長殿は、ここらへんについて、なにかいっていなかったか」

土屋が息を止めた。

「あれは、たんにおれの歓迎会だからなあ。昔話をしただけだ。古き良き時代のな」

「そうか。いや、そうかもしれんな。あいつは他人に心をのぞかせん。裏切り者は、いつだってそうだ」

「ウチの経営陣が合併を考えるとすると、誰ですか。梶原社長？」

土屋が甲斐にきく。

「保坂は、猿渡常務が張本人と考えているふうでもあったな」

「おれが、いつ、そんなことをいった？」

「やはり、半年前のあのときさ」

「おれは、すっかり酔っ払っていただろう？」

「ああ。保坂が猿渡のことをいい出したのは、二軒目になってからだからな」

「だめなんだ。まったくだめになってしまった。酔うと突拍子もないことをいい出す。翌日になって、後悔したことが何度あったか。いや、それならまだいい方だ。最近では何もかも覚えてなくて、人に無礼なふるまいをしたのではないかと怯《おび》えることが多くなった。だから気の張る人と酒を飲むのが嫌になった。……すまん、あのときも何で猿渡の名前を出したのか、今ともなれば見当もつかない」

「飲み続ければ、誰だってそうなるさ。今の保坂には、ただでさえ忘れたいことが山ほどあるからな。かつて同じ立場になった身としてよくわかるさ。だが、あのとき猿渡常務を疑った勘の冴《さ》えはたいしたものだ」

「そうか。だが、どうしてそう思う?」

「あの人ほど冷徹な計算家はいないからな。会社のあるがままの状態をきっちり計算し、自分の損得を計算する。同時に、いつだって何かを企んでいる。根っからの策謀家かもしれない。その常務がいま試みる策謀といえば、合併、大いにありうるね」

「やはり、そうだったんですな」土屋がグラスを置いて、暗い眼で甲斐を見た。「営業の最高責任者が合併のような大技《おおわざ》を仕掛けなければならないほど会社の状態は悪いということですな」

甲斐は問いかけるように保坂を見た。土屋は、やはり油断のならない男だった。

保坂は、しかし反応を示さず、またウイスキーのボトルの首を握った。もう水で割ろうという意思を放棄して、グラスにどくどくとウイスキーをついだ。

「甲斐さん、会社はなぜこんなに悪くなったと思いますか」

土屋がたたみかけてきた。

「知らないいな」

「じゃあ、いいましょう。会社をおかしくしたもとは、ゴルフ場やリゾートなどの開発案件にのめりこんで、デベロッパーへの貸付金をふくらませていった営業第三部ですよ。その部長が、いつの間にやら本部長になり、常務にまで登りつめた。そう、あの野心的な猿渡さんのことですよ。誰も彼もが猿渡さんを野放しにした。小島さんは名古屋支社長に祭り上げられ、江頭さんの良心的な意見はとおらなくなった。なぜ猿渡が好き勝手できたか、甲斐さんおわかりでしょう」

「知らないね。そのころ私は大阪や九州にいた」

「飛ばされてね」

「そう、多分」

「で、飛ばしたのは誰ですか」

「会社の経営陣だろう」

「いや、扶桑銀行じゃありませんか」

保坂が、はじかれたように顔を上げた。まだ耳は機能している。

「なんでまた銀行が？」

「甲斐さんが、ことあるごとに開発案件に反対していたからですよ。例えば、北竜山カントリークラブ。あれは扶桑銀行が猿渡常務に持ち込んだ案件でしょうが」

甲斐は息をのんだ。

「それに磐南開発は？　甲斐さん、しつこく調べてましたね」

野村レポートの中の銀行プロジェクト、そして特殊案件の一覧表が甲斐の目に浮かぶ。

「ねえ、甲斐さん、それに保坂さん」

土屋は背筋を伸ばして二人をにらんだ。大きな体が膨脹して、せまい部屋を圧するほどだった。

「私はこの会社を、胸を張って自慢できる会社にしたいんですよ。私たちは、この会社に入って長いことやってきた。一世紀の四分の一という、気が遠くなるほど長い間、この会社のために働いてきた。いつかは報《むく》われるだろうと自分を励ましてね。銀行で定年になったり、挫折したりしてここに来た人たちとは違うんだ」

「土屋君」保坂がもつれた声でとめた。「その話はもういいだろう。甲斐には、くどいわない約束だったろう？　それにおれたちに悪意があるわけじゃない。銀行が支配下の企業に人を派遣するのは、うんざりするほどありふれた話だ。それに君ら生え抜きが役員になる時代がさ、ほれ、そこまで来てるじゃないか」

「しかし、合併ともなると、そうはいきませんよ。銀行から来た人たちが、自分の失敗を棚に上げて、会社をたたき売る。それは許せませんな」

「許せないって、どうする？」

「反対運動を起こすことになるでしょうね」

「潰《つぶ》されるよ」と甲斐はいった。「銀行の力は、あなたがたが思っているより強大だ」

「知ってます。しかし、かつて腕力の強い都銀との合併を拒否した相互銀行もあったはずですな。あそこまで、われわれは覚悟を決めているんです」

「あの相互銀行の行く末を、土屋さん、知ってますか」

「もちろん承知の上です。だが私たち生え抜きには、あなた方には見えない組織がある。部店長の非公式の組織のことを聞いたことがあるでしょう？　私はその組織を強化する。どれだけの数になるかわからないが、その組織が経営陣と対決することになるでしょうよ。われわれの草の根の刀を見くびってはいけない。甲斐さん、そのことを知っておいてほしかった」

耳を澄ますと、裏の路地でコオロギが鳴いていた。甲斐は闇に散る線香花火を連想した。

三人は出された寿司をお茶で流しこみ、やがて立ち上がろうとしたとき、甲斐は土屋にきいた。

「土屋さんは、猿渡常務の次の次の支店長になりますか」

「いや、そのまた次ですね」

「新宿の取引先かどこかで、赤松順造と坂東太一は親友だったと聞いたことがありませんか」

保坂が浮き上げた腰を落とした。腰は砕けて、足を投げ出す格好になった。

「ちょっと待ってくれ、甲斐。なにをいってるんだ。おまえをはめたやつと、おれの今度の事件と、関係があるっていうのか」

「あるいはな」

「聞かせてくれ」

「残念ながら、まだウラが取れないんだ」

「それを、私に取れとおっしゃるのですね。……いいでしょう、私は、支店の記録や、社員、取引先に当たってみましょう」

「申し訳ない。余分なことをお願いして」

「いえいえ、甲斐さんには、これから余分なことをたっぷりお願いすることになるんでしょうからね。私でできることなら、お手伝いしますよ」

土屋は保坂に肩を貸して外に出た。首筋に涼しい風が当たる。

大通りに出て、土屋が車を拾った。方向が同じかどうかしらないが、土屋はすっかり酔った保坂を送るつもりであるらしい。保坂を押しこみ、熱い眼で甲斐を見た。さっきまでの嫌な色は消えていた。

甲斐は裏道を歩いて、神保町の駅に向かった。今度は鈴虫の鳴き声が聞こえ、甲斐は夏の終りを感じた。

第七章　尋問

1

保坂の証人尋問は、猛暑から一転して冬に突入したような薄曇りの日におこなわれた。

午前十時すぎ、定刻より数分おくれて、保坂は証人席に立った。

背筋をのばし、まっすぐ正面の裁判長の顔を見る。顎《あご》は心もちひいている。氏名、生年月日などを答え、ついで両手で宣誓書を眼の高さに上げ、嘘、いつわりは述べないと誓う。

証人席に用意された椅子に座ってから、財津が尋問を始めた。いわゆる主尋問の開始である。

財津の質問に答える形で、保坂はこれまでの会社の経歴、いま担当している仕事の内容について話す。よどむところがない。

ほう、と甲斐は見なおした。

甲斐は職業柄、これまで二十人をこえる人の証言をきいている。当社の社員、相手方の証人、客観的な第三者など。誰もが、どこかしらおちつかない。サインするとき文字がいつものように書けない人、宣誓書を持つ手がふるえる人はざらで、足がガクガクする人もいる。だが、保坂は平素とかわらない。

また、尋問する財津の声は昔よりいくぶん小さくなったかもしれないが、かすれた低音なのにはっきりと聞きとりやすく耳にここちよい。訴訟のさきゆきについて、思わず期待を抱かせられそうになる。この声は法廷はもとより長い弁護士生活で、財津にとってけっこう有利な武器であったのかもしれないと甲斐はあらためて思う。

――それでは、本件機械商売の成り立ちや、その後の経過についておききします。まず、日西商事との取引はいつから始まりましたか。

「二年ほど前から取引を開始しました」

――どのようにして始まったのですか。

「坂東通商が日西商事とやらないかといってきたのです」

――坂東通商とは、いま日西商事と争いになっている契約の、扶桑綜合リースからみた場合の仕入先の坂東通商ですね。つまり、坂東が扶桑に売り、扶桑が日西に売るという関係ですね。

「そうです」

十分に熟知していることなのに、甲斐は頭の中に、

坂東通商→扶桑綜合リース→日西商事

というルートを反射的にえがきだしている。営業の担当者などから、取引の内容をきくときの、職業上のくせである。

――この商売は、坂東通商の誰がもちかけてきたのですか。

「坂東太一社長です」

――太いの太に、数字の一と書くんですね。それでは扶桑綜合リースは、坂東通商とは長い取引歴があるのですか。

「いいえ、長くはないのです。ただ、あちらこちらの部がこまわりのきく便利な商事会社として、使っていたようです」

――つまり、扶桑綜合リースにとっては、使いがってのいいブローカーのような存在だったということですか。

「はい」

――証人は、それまで坂東通商と取引をしたことはありましたか。

「いいえ」

――では、扶桑綜合リースのどこが坂東通商と懇意なのですか。

「特にどこがということでもなさそうです。いつの間にか、あちこちの部に出入りするようになっていたということで……」

——証人に甲四号証を示します。

財津は保坂に契約書のつづりを見せて訊いた。

——これは何ですか。

「坂東通商とウチ、ウチと日西商事の、それぞれの契約書です」

——いま、この裁判で争いになっているものではなくて、証人が先ほど証言した二年ほどのあいだの契約書ですか。

「そうです」

——全部で十三本ずつの契約書のようですが、契約の総額でいくらになりますか。

「約三十六億円です」

——この代金は、日西商事から支払われましたか。

「支払っていただきました」

——それでは、今回争いになっている契約について尋ねます。どのような話しあいをへてまとまったのですか。

「今年の四月初め、坂東社長が当社にやってきて、また三億七千万円ほどの工作機械の商売ができるから、いつものように坂東通商と日西商事とのあいだに入ってくれと頼まれました」

——つまり扶桑綜合リースとしては、やはり坂東通商から買って日西商事に売るわけですね。ところで何のために、扶桑綜合リースがあいだに入るんですか。

「日西商事の支払いは、半年先の手形払いとか、あるいは割賦払いなどのように遅いんですが、ウチは三ヵ月の手形で払えるので、坂東通商としてはウチに売ったほうが資金的に助かるのです。一方、ウチとしては、率のいい口銭をもらえます」

――その取引のいろいろな条件、つまり値段とか決済条件、受け渡し条件などは、だれが決めるのですか。

「坂東通商と日西商事で決めます」

「異議あり」

日西商事の側には、今回も指折りの法律事務所から三人の弁護士が出ていた。その中から、ほんの二、三年前に弁護士になったかのような若い弁護士が立ちあがった。おおがらで、のっぺりした顔だちだった。

「証人は自分にとって都合のいい推測をしているにすぎません。坂東通商と日西商事が売買の条件を決めるのを目撃しているわけではありません」

被告席のそばの傍聴席にすわっていた四人のうち二人が身を乗りだした。NISSEIと印刷された紙袋を持っている頭の禿げた男が、満足そうに何度もうなずいた。

――それでは、こうききます。

と財津がいった。

――売買の条件は、どのように決める約束になっていましたか。

「日西商事と坂東通商が決めることになってました」

――それは、いつ取り決めたのですか。

「当社を含む三社で、このような取引を始めるに当たって取り決めました」

――誰が取り決めたのですか。

「坂東社長、日西商事の栗山部長、そして私です」

若い弁護士が横の年かさの弁護士を見た。その男が二、三度首をふり、若い弁護士は腰をおろした。

――証人に、甲一号証を示します。

財津は何ごともなかったように続けた。

――この書類はなんですか。

「ウチと日西商事、ウチと坂東通商の契約書です」

――つまり、いま争いになっている三億七千万円の商売についての売買契約ですね。つぎに甲二号証を示します。これはなんですか。

「その商売についての、坂東通商からの請求書です」

――つぎに甲三号証を示します。

「日西商事の貨物受領書です」

――それらの契約書と、じっさいの取引の流れとの関係を説明してください。

「つまり、扶桑綜合リースとしては、坂東通商と日西商事のあいだで取り決められた内容で、その両者のあいだに介入し、それぞれと売りや買いの契約を結び、日西商事から貨物受領書をもらい、坂東通商から請求書をもらったので、坂東に三億七千万円支払ったのです」

被告席で、またあの弁護士が立とうとしたが、年かさの方が制止した。

それから財津は、三億七千万円の取引の後に結ばれた契約のひとつひとつについて、てぎわよく保坂の証言を引きだした。何度か財津の事務所や会社で行ったリハーサルどおりの証言で、完璧だった。

――それで、総額十二億円ほどになる三本の契約の一連の処理のしかたは、その前に日西商事や坂東通商と二年続いた三十六億円の契約と、どこか違いがありますか。

と、財津は仕上げの質問をした。

「いえ、まるで同じです」

――では、日西商事は原告に代金を払ってくれましたか。

「いいえ」

――なぜ払わないのですか。

「私にはわかりません」

――尋問を終わります。

そう告げて、財津は原告席に戻った。

保坂がふうっと大きく深呼吸するのが、後ろから見ていた甲斐にもわかった。

法廷にはりつめていた空気がゆるみ、あちこちで人の動く気配や椅子のきしむ音がした。

今日も甲斐たちや日西商事の社員のほかに、前回も傍聴していた二人連れが並んですわっていた。年上の方は相変わらず地味な服装をしていたが、若い方はこの季節にそぐわない白っぽいジャケットを着ていた。

「それでは、反対尋問をして下さい」

一呼吸置いてから裁判長がうながし、それにつれられて保坂のそばに歩み寄ったのは、あの若い弁護士の方だった。なめるように保坂を見、胸をそらして甲斐たちの傍聴席を一瞥する。

あらためて見るとかなり上背があり、肉づきのいい体を上質の背広に包んでいる。髪を短めに刈り上げているので若さがきわだつが、青年特有のもろさや未熟さというものは感じられない。さきほどの財津とのやりとりなどまるで気にしていないふうであった。

受験競争の最終勝者なのだと甲斐は思う。最高の大学に入り、最優秀の成績で司法試験に合格し、屈指の法律事務所に採用された。きっと、人に負けたという記憶は少ないだろう。

——まずうかがいますが、証人はいま争いになっている契約を結ぶに当たって、日西商事の誰と交渉しましたか。

「栗山機械第二部長ですが」

——工作機械などの担当の栗山泰郎氏ですか。

「そうです」

——栗山氏と交渉したのは、いま争いになっている契約のときですか。そうではなくて、もっと前の契約のときではありませんか。

うっ、と保坂がつまった。

「栗山さんとは、しょっちゅう会っていたものですから……」

――いいえ、おききしているのは、争いになっている三本の契約の交渉のときのことです。契約の数量だとか、金額、決済条件、そのような諸々のことを栗山部長と実際に交渉しましたか。

保坂の証言の弱点をついているにもかかわらず、弁護士は淡々と平静だった。ムキになったり、感情的になったりするタイプではなさそうだった。

「どうも、はっきりしません」

――そうですか。それでは、証人に甲一号証と三号証を示します。この日西商事の印のある契約書と貨物受領書は、誰から入手しましたか。

保坂はみがまえた。

どう答えればいいのだろう。しくじるわけにはいかない。尋問の裏には、どんな意図が隠されているのだろうか。そう考えているのが甲斐にはわかる。

――どうしました。単純な質問だと思いますが。

「……はっきりしません」

――そうですか。

若い弁護士は表情を変えなかった。

――坂東通商の坂東太一氏から入手したのではありませんか。

「いえ、日西商事から郵送されてきたように記憶していますが……」

──はっきりしませんか。

「……はい」

──それでは証人は、日西商事と坂東通商が契約の内容について協議しているところに立ちあったことがありますか。

「もちろん、あります」

──いえ、この訴訟の対象になっている三本の契約についての協議ですよ。以前のことではありません。この契約を結ぶときはどうだったんですか。

保坂はまた考えに沈んだ。

「異議あり」

財津が立上がった。

「被告代理人は、証人を誘導するため、不当に日時を狭く限定しています」

──そうではありません。

若い弁護士が反論した。

──契約の成立につき、正確な証言が欲しいのです。

「証人は、被告代理人の質問に答えて下さい」

と裁判長がいった。

「この三本の契約について日西商事と坂東通商の協議には立ちあったことはありません。なぜなら、契約の条件は両社で決めて、ウチは知らせてもらうことになっていたからです」

保坂の後ろ姿に力がこもっている。

——そうですか。それでは証人は、契約対象の旋盤などの工作機械や建設機械が実際に納入されたかどうか、日西商事に確認しましたか。

「取引が始まった当初は確認していましたが……」

——いえ、お訊きしているのは、本件についてです。

「……確認していません」

——尋問、終わります。

若い弁護士は、平然と席に戻った。それを、保坂が不安そうに眼で追った。

——主尋問の追加を少々……。

と財津が立ちあがった。

「長くかかりますか」

と裁判長が訊く。

——二点だけ。

「どうぞ」

——争いになっている三本の契約ですが、請求書などが送られてきたときに、何か坂東通商の方から連絡があったのですか。

「え？　ああ、そうです。坂東社長から、日西商事と話はついたと連絡がくるのです」

――それであなたは、そのことを日西商事に確認はしないんですか。

「以前は栗山氏にいちいち確認していたんですが、面倒だから請求書の送付だけでいいと栗山氏にいわれて以来、確認するのはやめました」

――それって、いつのことですか。

「四回目の取引のときからです」

――次に、三社の間で、物の引き渡しはどうする約束だったのですか。

保坂が慎重に答える。

「納め込み渡しでした」

――というと？

「坂東通商が最終的な買先に直接納めることになっていました」

――そのときの扶桑綜合リースの役割は？

「なにもありません」

――主尋問を終わります。

――反対尋問を若干。

若い弁護士が立ち上がる。

――面倒だからいちいち契約を確認しなくていいと、栗山氏がいったのは四回目の取引のときだと証言されましたが、どうして四回目だとわかるんですか。このことに限って、いやに記憶が鮮明ですねえ。

「ええ、仏の顔も三度までなんて、栗山さんが間違ったことわざをいっていましたから、覚えているんです」

女性の左陪席が顔をあげて保坂を見た。

弁護士が少し慌てているように見えた。すぐ尋問の内容をきりかえた。

――この取引は不自然だと思いませんでしたか。

「思いません」

――契約金額が大きすぎるとは？

「べつに……」

――取引が不自然であったり、金額が大きい場合には、扶桑綜合リースの内部でどのような社内手続きをとりますか。

「異議あり」

と財津。

「本件とは関係のない質問です」

――本件の異常性を立証する必要があります。

裁判長は顔をよせて左陪席と相談した。三十過ぎの女性裁判官は無表情にうなずいた。

「証人は答えて下さい」

「特別の稟議手続きをとって、幹部の決裁をえなければなりません」

――本件ではその手続きをとりましたか。

「いいえ、この程度の金額であれば、そのような手続きは不要です」

――それは社内規定に書いてあるのですか。

「もちろん」

若い弁護士は立ったまま自席の仲間に視線を移した。年かさの弁護士が、もういいと合図したように甲斐には見えた。

――反対尋問を終わります。

若い弁護士が告げた。

「証人はどうもご苦労さまでした。尋問はこれで終わりです」と裁判長はいった。「もう戻ってけっこうです」

保坂は背筋を伸ばして、傍聴席の甲斐のところまで歩いてきた。甲斐は次の期日を決める裁判長と弁護士たちのやり取りを背に法廷を出た。

「どうだった？」

保坂が心配そうにきいた。

「上出来だ。堂々として、ついこの間までの保坂とは大違いだ。一体、どうしたんだ？」

「酒を休んでいるんだ。この十日ほど」保坂は照れた。「もちろんやめたんじゃあないよ。三十数年続けてきた習慣は、そう簡単にはやめられない。また、そんなに意志の強い男ではない、このおれは」

「なんでまた、そんな一大決心を？」

「飲んでいてもろくなことがないんだな。飲んで、あれこれ後悔する。こうすればよかった、ああすれば引っかからなかったと考える。神経をしずめるため、飲み過ぎる。翌日は翌日で、酒が酒を呼んで、盛大に飲む。きりがない。壮大な無駄だ」

「よくわかるよ。しかも効果があったようだな」

「まず物理的には、二日酔いの苦しみがなくなった。それから、前夜の自分に対する不安、なにをやったか喋ったか、記憶のない自分に対する不安がなくなった。そして、最大の救いは、自己嫌悪がきれいさっぱり消えて、あと一週間か十日は生きて行くことが許されるような気がしてくる。爽快だね」

「地獄から解放されたんだな。おれなんかより、はるかに見事なきりかえだ」

エレベーターで一階に降り、ロビーで財津を取り囲む格好になった。

「先生、あれでよろしかったんでしょうか」と、保坂が訊く。「自分じゃあ、あれはまずかったか、これは不十分だったかと心配です」

「いや、けっこうでした。どうもご苦労様。日西商事は争いになっている契約のことは何も知らん、あれは坂東通商と扶桑綜合リースが勝手にやったことだという主張をしたかったのですけどね、ま、保坂さんの毅然たる証言につけいるすきはなかったようですね。今度の証人の栗山さんには、むこうの有利なように証言させるんでしょうけどね」

「なるほど。じゃあ、それを打ちくだく質問を準備するわけですね」

「ええ、日を改めてうちの事務所で打ち合わせさせて下さい」

一団となって、普段よりものものしい警備の裁判所を出た。

「嫌な事件が続くよって、警備が厳重で一般人まで迷惑でっせ」と河内がぶつぶついいながら、保坂と先を歩く。「でも、保坂さん、さすがですね。あの若い弁護士なんか、手も足も出なくて、最後は気の毒なくらいでしたな」

「そうかな。おれには、そうとも思えなかったが……」

「いえいえ、それは違いまっせ。完全に保坂さんの勝ちでっせ」

河内はふりむいて甲斐にウインクを送ってきた。どうです、ぼくでも営業部長の神経を安定させることぐらいは、できるようになったでしょうといっている。

「ところで」と財津が小声で甲斐に尋ねた。「例の調査は進んでますか」

「新宿に的をしぼって、支店長が調べています。なんとなく震源地はあそこのような気がしましてね。近いうちにご相談にうかがえると思います」

「それは楽しみだ。ときに甲斐さん、今日も二人連れがきてましたね。地味中年と派手派手青年」

「ギャラリーが多いと、先生もやりがいがあるでしょう?」

「いいや、私はギャラリーよりもギャラのほうがいい。引退後にそなえてね……」

お茶でも飲んでいきますかと、保坂が振り向いて誘い、財津は次の予定が入っていると断った。正門の前でタクシーを待ちながら、おお、寒いと財津が細い体をふるわせ、甲斐は今日北海道に初雪が降ったそうですよと教えた。東京の冬はかなわんなあと、大阪育ちの河内がつぶやいた。

2

虎ノ門の料理屋に、今夜も日野が先についた。

残業が嫌いなのではない。残業など必要とあればいくらでもやれるが、不必要なことはやりたくない。そして、不合理なことは憎む。やめるとなったら、たいがいの仕事はぱっとやめられる。行くと決めたら、さっさと行かないと気がすまない。それが、日野の性分なのである。

いつもの奥の十畳の座敷にはいり、ビールを持ってこさせる。甲斐を待つなどという不合理な気遣いはしない。

今日は朝から冷え込んで、初めてコートを着たが、夜になってさらに気温が落ちたようだ。タクシーの年配の運転手が、今年は秋がありませんねと味なことをいった。

こんな日、ビールは旨くない。ひとくち飲んで、すぐに日本酒を頼む。女将は日野のわがままと、せっかちに慣れている。すぐ熱燗を持ってくる。

つきだしで一本飲む。少し落ち着くが、このところ酒がはいると、ものごとを暗く考える傾向が強くなった。もっとありていにいうと、猜疑心がむらむらとわき上がってくるのだ。

本庄会長への警戒心、部下への不信感は日常的なものだが、なにごとかを人に期待し、それがつのってくると、陰惨な感情が影法師のように寄りそってくる。扶桑綜合リースの人間では、梶原、沢木、甲斐への不信感が、このところ強くなっている。裏がえしていえば、彼らへの期待が大きくなっているといえるのだが、それぞれの働きが目に見えない。

梶原は、あいもかわらずよそよそしく、公式的なことしか話そうとしない。沢木はどうもリースの生え抜きの社員に嫌われているようで、肝心な情報をつかめていない。自分の保身中心にものごとを考えているのが手にとるようにわかる。ばかなやつだ。保身なぞ考えたって、こちらはすぐに見抜けるのに。

甲斐は、いまいち本音がわからない。神谷のことを、あれだけあしざまにいっておいたのだから、よもや神谷と同じミスをするとも思えないが、日野が銀行にとどまったことを保坂のようにいまだに根にもっていて、感情的になられると困るのだ。協力さえしてくれれば、きちんと処遇するということを、もっと具体的にいわねばならんだろう。だがあいつ、扶桑綜合リースの実態をあらわす数字を、いつになったらおれに提供する気だろう。

沢木のばかは、自分で数字をつかむという野心をいだき、そのための手足がほしいというものだから、中堅の実務家を銀行からおくりこんでやったが、どれが不良債権かなどということは、営業が本当のことをいってくれないかぎり、絶対につかめないのだ。簡単にだまされるのがおちだ。あのばかは、そこのところがわかっていない。権力を使えば、ひとは真実を話すなどというおめでたい幻想をもっている。

ここのところは、やはり甲斐をその気にさせるしかない。アメだろうとブラフだろうと、なんでも使おう。しかし、あいつ、本当におれに協力する気か。いやいや、アメだアメ。とびっきり旨いアメをあいつにしゃぶらせてやろう。二期四年はもつ蜜の味だ。

二本目のお銚子に手をつけたときに、甲斐はあらわれた。

日野が先にきているのに驚いた顔だった。甲斐はていねいに上座を日野にすすめた。歓迎会は前回のことで、これからは多少けじめをつけたほうがいい。日野は席を移った。

女将がすぐに料理をはこばせてきた。

焼魚は、珍しく大きなハタハタだった。脂が乗っていて卵も旨い。鍋はきりたんぽ。鍋の底に沈んでいる鳥のレバーや砂肝が珍しい。酒は辛口の両国だった。

「日野は秋田の産だったっけ」

と、甲斐が鍋をつつきながら訊く。

「いや、おれは親父の仕事の関係で転々とした。故郷と呼ぶようなところはない。秋田にも短期間いたことはあるが、まだ小さくて料理の味は記憶に残っていない。……ここの女将が秋田の出身で、きまぐれに年に数回郷土の料理を出すんだな。そんなにいい思い出はないはずなんだが、年をとると昔の味が恋しくなるらしい」

「彼女とは長いのか」

意味深長なことを、さりげなく訊いてきた。

ふん、と日野は否定した。

「おれにはその気があるんだがな、残念ながら……」

「意外だな」

「政治家がいるのよ、あほな政治家が。それも将来を嘱望されているやつが二人、あの女を競いあっている。大蔵省にも顔のきく政治屋でな、危なくって手が出せないってとこだ」

「歯がゆいところだな」

「なに、やつらだって、そのうち力を失う。そもそも、失脚しない政治家なんていないんだからな。じっくり待つのも悪くはない。おれは四十を過ぎて、待つことを覚えた。待ってフルーツをたっぷり味わう」

「そういうものか。明日を信じることのできる人間にだけ吐けるせりふだな」

「あのとき、お前たちと行動を共にせずに、銀行に残ったおれのメリットかもしれんな、申し訳ないが。しかしまあ、せいぜいお返しはさせてもらうさ」

「うん。ぜひお願いしたいね」

甲斐の言葉には、ひがみっぽいニュアンスはなく、もくもくと料理を食べる。

注意してみると、甲斐は今日もさっぱりした顔をしている。転勤直前はまあ最悪の状態で、比較の対象にならないにしても、若いころにあった何か、情熱というか、その種の過激なものはきれいに抜けきった顔である。田舎の生活で多少はぼけたかもしれないが、それなりの苦労によって丸くなり、銀行を出る前後の甲斐とはもはや別人のおもむきがある。なんだったら、円熟といってもいい。

こんな甲斐であるなら、へんに気を回して疑うほうがむだというものだ。そう、空回りだ。もちろん若干の脚色は必要だろうが、率直に話したほうがいい。

「どこかのだれかが数字をつかもうと作業していてな、その数字がようやく出たらしい。なに、扶桑綜合リースの実態を表す数字だ。知っているか」

「沢木総合企画部長の情報かな」

「残念ながら違う。沢木だけがおれに報告してくるわけじゃない」

「そうだろうな。作業をしてるってのは、ひょっとするとおれのことかもしれないな。その情報源は優秀だよ」

「ありがとう。手先をほめられるのは気分がいいもんだ。それで、数字はまとまったか」

「まとまったね」

「もらえるか」

「もちろん。ここにあるよ」

甲斐は持参した焦げ茶の鞄を指し示した。

日野は仰天した。

雷に打たれたような思いがし、がらにもなく反省した。おれの邪推する癖は、いささか度をこしているのかもしれない。こう、むやみやたらに、だれかれかまわず疑っていたのでは、そのうち神経をやられる。よりによって、甲斐のように従順なやつを疑うなんて……。

若いときの仲間は、特別なのだ。

日野は甲斐の盃に酒をついだ。手を打って、熱燗を注文する。

「なあ、ときに、その鞄の中のレポートの見返りはなんだ？　率直にいってくれ。そう、率直にやろうや。おれも率直、甲斐も率直だ。その方が、手間もはぶけるというもんだ。扶桑綜合リースの取締役の地位か。それなら、次の役員改選期にどうにかしよう」

「ああ、それはありがたい。しかしどうなんだろう、率直にいわせてもらうと、被合併会社の取締役の地位は、安泰なんだろうか」

「なんだって」

またも出かかった猜疑心を、懸命におさえた。

「どこから、そんな情報をしいれた？　甲斐もすてたものではないな」

「いや、そんなおおげさなものじゃない。業界ではもっぱらの噂だ。営業の連中なんか、あちらこちらの取引先にきかれて、往生しているよ」

「そんなに？」

「うん、もう日常茶飯事だな」

参ったな、と思う。いったいどこから漏れたのだ。日野は取り皿にきりたんぽを二本盛る。白菜、レバー、それにスープを入れる。眼鏡のフレームの上から警戒の眼で甲斐を見て訊く。

「そこの鞄のレポートより、合併の情報のほうが値が高そうだな。で、真相を知ってどう使う気だ？」

「いや、どうする気もないさ。だいいち危なくって使いようもない。自分の身の振りかたを考える上で、知っておきたいだけだ。こちらは一千億円からの明細を出す。そちらは、いま進めている対策を教える。これは、ひょっとして対価関係にあるんじゃないか」

一千億円という数字を聞いて、日野が箸を止めた。

「対価関係か。なるほど上手いことをいうな。おれはこういうビジネスライクなやりとりが好きだ」

「自分のことだけじゃない。こっちとしても銀行の手のうちを知らなくては、このさき日野に協力のしようもないだろう？」

「なるほど」日野は取り皿を置いた。「そうか、協力してくれるか」

「当然だよ。日野にすがる以外、おれに他の選択肢があると思うか」

「そうか、そうかもしれんな。わかった。甲斐の地位は、おれが保証しよう。合併会社の役員の地位だろうと、あるいはまた銀行の別の関連会社だろうとな。……で、その合併の件、どうやら本庄会長が梶原社長に通告したらしい」

「らしい？」

「ああ、おれも本当のところはわからんのよ。トップ同士が密かに会談した」

「桂頭取じゃなくて」

「会長の癖だな。いや、スタイルというのかな。細かいことは桂頭取に任せるが、人事と戦略は自分で取り仕切る。第一、桂頭取のことをどれほど買っていることやら」

「天皇だからな」

「いや、いまじゃ法皇と呼ばれる方が多いんじゃないか。院政を敷いた法皇だな。そのくせ超法規的で、怖いもの知らずだ」

「なるほど。で、合併の相手先はどこなんだろう」

「わからんよ、そんなだいじなこと」

「嘘だろう。この件を実務的に取りしきっているのは、日野関連事業部長だというもっぱらの噂だ」

日野は腕組みし、鼻を鳴らして、それから笑った。

「人を乗せるのが、なかなかうまいな。甲斐も苦労しているようだ。おれの観測をいおうか。なに、第三者の観測に過ぎんぞ、あくまでも。それでいいのか」

「もちろん十分だよ」

「おれの見るところ、あまり銀行色の強い会社じゃないな。となると、独立色のつよいところか、はたまたメーカー系か……。いや、こんなことは甲斐のほうが推理がはたらくだろうが。なにせ業界に長いんだからな」

「いや、わからないな。かいもく見当がつかない」

日野は、しばらく黙ったまま、鍋をあさった。

日野はまだ、的をしぼりきれていなかった。できることなら合併の候補先を甲斐と相談したいくらいだったが、それはばかげた空想だった。

ざるに入った野菜や鶏肉を鍋にほうりこみ、煮えるはしからかたづけていった。食欲はいささかも衰えなかった。酒はコップにきりかえた。銚子があいたとき、日本酒はもう飽きたといって、スコッチをボトルで頼んだ。

「合併のためともなれば、人員整理は避けられないんだろうな」

甲斐も付き合ってスコッチを飲みながら尋ねてくる。

「避けられんだろう。収益構造が悪すぎるのを、人員整理して見ばえをよくしなくちゃならん。嫁に行くには、いろいろ化粧せにゃならんということよ」

「そりゃそうだ。そういや、この鞄の中のレポートを作った男は、適当なときに辞めたいと奥さんにいったそうだ」

「なるほど、数字を知ればそうなるのだろうな。で、女房はなんといった？」

「とんでもない、まだ子供が仕上っていない、働けるだけ働いてくれといったそうだ。彼は、ご苦労様と慰労されるのを期待していたらしくて怒っていたよ」

「そりゃ、怒る方がおかしいな。いまどき亭主にそんなことをいってくれる女なんか、いるはずがない。演歌の世界を真に受けているんじゃないか。かせいでくるから、人並みに扱ってくれるんだろうが」

「そうか、そうだよな」

「どうした、甲斐。なにか感じ入るところでもあるのか」

「いや、べつにどうということはないんだが……。なにやら哀れでね」

ボトルを三分の一ほどあけ、日野は甲斐と店を出た。女将が外まで送ってくれた。日野は機嫌よくなっていて、もう一軒歌でもうたいにいかないかと誘ったが、甲斐は風邪気味だと断った。むしろ、好都合だった。

呼んだ車の中で、日野は野村レポートと呼ばれる書類をしっかりと抱いていた。明日、ほかの仕事はそっちのけで、このレポートに目をとおし、要約版を作って本庄会長に提出しようと考えた。体が少し熱を帯びてきたようだった。

3

散歩道の銀杏《いちょう》がいつのまにか葉を落とし、カキの実の色が濃くなったと思ったら、やがて木枯らしが雨戸をたたくようになった。まことにはかない秋だった。

律子はこの秋の工芸展で入選はしたものの、大きな賞を逸した。鉄線《てっせん》の葉を紫で描いた大ぶりの花器で、華麗でありながら、どこか寂しげな作品だった。

甲斐は工芸展が催されたデパートまで律子について行って、七宝やガラスの茶碗、花器、皿、蓋物などを見物した。金、藍、朱、緑などの色彩に、妙に心がなごむものを感じた。

人の出は少なかったが、律子は何人かの同業者や知り合いと出会って楽しそうに談笑した。気落ちした様子などはみじんも見せなかった。甲斐は意識して離れていたが、老婦人や中年の女性がちらちらと甲斐を見た。後でおれを亭主だと教えたのかときくと、律子はまさかと鼻で笑い、私は美貌の独り者で通っているんだと不気味なことをいった。

工芸展のあと、律子は失望して少しは休むかと思ったが、その日の午後からOLや主婦の弟子に教えながら、どこかのデパートや専門店から取ってきた、あまり値のはらないグラスの注文をこなすという生活に戻った。そのかたわら、三年先には一流になる宿命だと甲斐に広言しながら、以前にもまして精力的に創作し続けている。その根気を見るにつけ、あるいは本当に一流になるかもしれないと思わせられる。結婚前は内気な印象を与える地味なOLだったといっても、誰も信じてくれないだろう。ちがう自分になりたいというのは若い頃の口癖だったが、もう十分に変身を遂げている。甲斐はときたま軽い嫉妬の情を覚えるときがある。

めずらしくからりと晴れた日、いつもより早く家に帰りつくと、律子はこの日も玄関脇のアトリエで一人作業をしていた。緑のTシャツの上に多分男物の、ポロの図柄の入ったベージュのダンガリーシャツをはおって、大ぶりの花瓶に巻きつけたビニールテープをカッターで切り取っていた。それは、どことなく治療中の歯科医のしぐさににていた。生徒が五、六人はゆうに座れる大きなテーブルの上には、例によってさまざまな工具やら材料が散らばっている。

「少しばかり早いんじゃないの」

律子は、ちらとも甲斐を見ずにいう。

「ああ、人間ドックの帰りだよ」

律子の正面の椅子に座る。部屋の隅のミニコンポからは、いつもはモーツァルトのピアノ曲などが流れているのだが、今日のアトリエは静まりかえっている。曲がいつしか終ってそれに気がつかないほど、律子は制作に集中している。

「人間ドックって、あなたが？　いつから真人間になったのよ。ここのところ変じゃないの。九州じゃご乱行のかぎりをつくして、ろくに帰って来なかったというのにね」

「まだ根に持っているのかな」

「当然よ。大阪や九州に行く前は会社人間で、家のことなんかほったらかしだった。私は放置され、そして自立した妻よ。だから、夫は当てにしない。こうやって、あらんかぎりの才能をふりしぼって、サンドブラストに挑戦する」

「千五百万円かけて家を改築し、アトリエと機械室を作った正当な理由をのべているんだな」

「そう、若い男を作るよりも、安いものよ。何歳も年上の老いた夫としては、感謝すべきなのよ」

注意して見ると、アトリエの南と東の出窓に所狭しとばかり並べてある花器やグラスが、常より多いような気がした。いや、そうではなくて、まともに律子の作品を見たことなどなかったのかもしれなかった。

「で、なんでドックなんかに行ったのよ。病院に行くと病気になるというのが、あなたの持論じゃなかったの？」

「真実はいえないでしょうね」

「なんで。まさか、どこか悪いんじゃあないでしょうね」

「いや、悪くない。いうと笑われそうだからな」

「ねえ、ひょっとして、役員ポストなんかちらつかされたんじゃないの？　頑張れ、君が頼りだ。そのためにはまず健康だ。たまにはドックに入ってくれなんていわれて……。おだてられて舞い上がるのは、愚か者よ」

「ほう、さすがにわかるんだ。そう、ポストをちらつかせる権力者が現れたよ。死にかかっている上司で似たようなことをいったやつもいるな。おだてられりゃあいい気になる。それが会社人間の宿命だな」

「あれ、まだ会社人間をやる気なの」

「うん。大根役者なもんだから、他の役をもらったことがなくて、これしか演技のやりかたを知らないんだ」

「それはわかるけど、役になりきれないのが辛いところよねえ。すんなり役に没頭できる人だけが評価を勝ち取り、生き残る。しんどい世界なのに」

「よく知っているな」

「当然よ。私がかつていた世界がそうだったし、いまいる世界だって似たようなものよ。私たちって、どうしてこんな世界しか作れないのかしらね。多少とも知性があれば、そうそう役に没頭なんかできないのにね」

律子と理解しあえる点が、まだかろうじて残っていた。

立ち上がって、出窓の作品のひとつひとつを見て回る。紫陽花《あじさい》の模様の鉢、野葡萄紋《のぶどうもん》の茶入、それに律子の十八番の、揺れる葉を描いた花器。それにしても、律子はなんでこんなに風にそよぐ葉が好きなんだろう。どこかから来て、ひとときも止まらず、どこかへ去って行く風。ひょっとすると、風そのものを描きたいのだろうか。

「いま、何に取りかかっているの？」

いじっている花瓶の図柄を判別しようとしながらきいた。

「麒麟《きりん》よ。どこかのビール会社に頼まれたんじゃなくってよ。もちろん頼まれれば、ギャラ次第でなんでもやるけどね。少し華やかでダイナミックなものが欲しいから麒麟に挑戦してみたんだけど、これがあんがい難しくてねえ」

「最終的には、金や銀の色を使って躍動感を出すんだな」

「通俗的な意匠となると、少しは見当がつくのね。でも、そうじゃないのよ。北斎の紺や紅を使ってみたい。そういうイメージよ。だけど色とデザインが今ひとつしっくりこないのよね。はたして個展に間にあうか……」

「個展？」

「そうよ。……なにをそんなに不思議そうな顔をしてるの」

「自分の女房が、個展を開くほどの工芸家だとは知らなかった」

「別に、そんなにたいしたことじゃないわよ。小さなギャラリーを数日借りるだけなんだから……。知らなかった？　年に一、二度やっていることよ」

「もうかるんだろうか」

「まさか。工芸家がもうかるような国だと思っているの。芸術は、この国では駄目なのよ。もうかるのは銀行、もしくは誰かさんの勤めているノンバンクとかいうえたいの知れない会社でしょうが」

「それは昔の話でね。いまは大競争の時代とかで、これからは銀行なんかもバンバン潰れるんだ」

「あなたのノンバンクや、昔いた銀行も危ないの？」

「今の会社はもちろん危ないが、そうか、あの銀行も危ないのかもしれないな」

律子は立上がってコーヒーをいれ、ミニコンポのボタンを押す。切れたままになっていた音楽が再生される。レクイエム。甲斐でも抵抗なく聞ける数少ない曲の一つだ。

花瓶やカッターから手を放してコーヒーを飲んでいると、律子の顔が知り合った頃の表情に近くなっている。首や胴回りには何がしかの肉が付き、若いときとは比べようもないが、好奇心に満ち、寂しげなどんぐり眼は昔のままだった。

「それで、人間ドックの結果はいつわかるのよ」

「おおまかなところは、今日のうちにわかったさ。なに、このような鎮魂歌はまだ少しばかり早いね。中性脂肪とガンマなんとかと、コレステロール。悪い数字が十近くあったね」

「ふうん。それで、医者の見解は？」

「とりあえず酒を控えた方がよさそうだとさ」

「同感ね。一度寝て、夜中の一時、二時にちょっと飲むことがあるでしょう。休みの前の日なんか」

「知っていたか」

「まあね。まだ夫婦だから。で、会社でなにかが起きているわけね」

「なぜ、そう思う？」

「なぜって、あなたは行き詰まると、すぐお酒に逃げる」

「ふん」

「で、なにが起きているの？」

一体何が起きているのだろうかと、コーヒーを味わいながら考えた。

坂東通商の事件は根っこの部分で、かつて甲斐を嵌《は》めた赤松商会とつながっている。主犯はもちろん坂東太一なんかではない。坂東と赤松順造をあやつっている誰かがいる。そいつは、扶桑綜合リースを一度食い物にし、その味が忘れられずにもう一度仕組んできた。たぶん甲斐が戻ってくるなんて知らずに……。そして、それは無理もないことだった。甲斐自身戻れるとは思っておらず、神谷の突然死がなければ定年まで九州で過ごしただろう。

扶桑綜合リースはどうなるのだろうか。扶桑銀行の本庄会長と日野が、高く売ろうと考えだしているのは間違いない。では、どこに？　そして、土屋を始めとする生え抜きは、団結して闘えるのだろうか。

いや、扶桑銀行自身が弱っているかもしれないことも、考えのなかに入れておいたほうがいいだろう。扶桑綜合リースだけでも大変なのに、ほかに扶桑ファイナンスのようなノンバンクを数社抱えているし、高値で不動産をつかんで苦しんでいる扶桑開発の面倒も見なければならない。決して楽ではないはずだ。

本庄会長と梶原社長の仲が、果たして昔のようにうまくいっているのかどうかも、よくわからない。それどころか、本庄会長と桂頭取が、扶桑綜合リースの処理について意見が一致しているかどうかも、疑ってかかる必要があるのかもしれない。そして、その桂が送り込んできたと評判の永井専務の腹の底はまるで読めない。

「倒産劇だか合併劇と、クーデター劇の幕が同時に開きつつあるみたいなんだな。それと、昔おれを罠に嵌《は》めたやつらがはい出してきた気配がある。だが、確かなことは何もわからないんだ。どうだ、面白そうだろう？」

「ずいぶん難しそうな舞台だわね。でもあなた、無理な演技はやめた方がいいわよ。あなたはそんなに器用ではないのよ」

「なにをやろうとしているか、見当がつくのか」

律子はヴァージニア・スリムに火をつけた。唇の端のほうで吸い、無表情に吐き出す。

「サラリーマン最後の仕事をやろうとしているんでしょうが……」少しかすれた声でいった。「会社への感情を清算できる仕事をしようとしているってとこかな。二階のリビングで林をながめてウイスキーを飲んでいるときなど、殺気じみたものを感じて、ぞっとすることもあるわ。仕上げのときなのかしらね。辞める準備というのかな。でも、無理はしない方がいいわよ。やろうとしている役回りが、はたしてあなたに向いているかどうか。例えばそれが復讐心だとすると、それはあなたの心を食いちぎるわよ」

「しかし、他のやりかたを思いつかないともいえる」

「そうかしらね。目と耳を塞《ふさ》いでいるだけじゃないの。塞いで、心を閉ざして、内に籠ろうとしている。本当はそんなこと、したくもないのに」

眼をつむって、コンポから流れてくるレクイエムに耳を傾けた。心が鎮まるような、勇気づけられるような妙な気分が押し寄せてきた。それに浸った。これからのことをあれこれ考えた。

音楽が終わって眼を開けると、律子が背を丸めて花瓶に貼ったテープを刻んでいた。夕陽が隣の雑木林に沈もうとしていた。どこかに帰る鳥が数羽、林の向こうに飛んで行った。時は、律子がいつも描こうとしている風のように、音も立てずに流れていた。

第八章　合併

1

日西商事機械第二部長の栗山泰郎は、とっくに五十をこえているはずだが、まだ十分に男盛りの精悍さを漂わせていて、しかも見るからにしぶとそうなサラリーマンだった。上背こそ百七十センチに満たないが、若い頃やっていたラグビーの痕跡が体のあちこちに残っていた。首は太く短く、盛り上がった肩に埋もれており、胸の厚さは人の倍はありそうだった。髪は短めに刈り上げ、皮膚は日に焼けて浅黒く、その顔色によく似合う太い縦縞の黒っぽい背広を着て、黄金色の模様の入ったタイをしめていた。左の手首には、腰痛もちが愛用する金のリングがはめてあった。

証人席にたつと、栗山はせいいっぱい胸をそらし、顎をあげ、下唇を突きだして宣誓した。態度は保坂とは違った意味で堂々としていて、その姿勢は尋問の間中ほとんど変わらなかった。常々男らしくありたいと願望している種類の人間にみえた。

尋問を開始したのは、例の上背のある若い弁護士だった。日西商事の顧問の法律事務所は、なぜかこの経験不足の弁護士を主任格に立ててきて、それを替えようとはしなかった。

弁護士は栗山の職歴、担当している仕事の内容などを手短にきいてから本題に移った。

――日西商事と坂東通商との取引は、いつから始まりましたか。

「たしか、三年ほど前でした」

――きっかけはどんなでしたか。

「坂東通商が、クレーン車かなにかの買い手を見つけてきて、当社に間に入ってくれといってきたのですな」

――どこかの紹介でやってきたのですか。

「当社とつながりのある機械のディーラーであったと記憶しています」

――クレーン車を欲しがっていた買い手はどんな会社でしたか。

「大手のゼネコン、いや中堅クラスだったかな」

――つまり、坂東通商が日西商事に売り、日西商事がゼネコンに売るという取引を持ちかけてきたということになりますか。

「そうです」

――どうして坂東が直接買い手に売らないんですか。日西の受け取る口銭分だけ商品代が高くなって、むだなように思われますが。

「前回の尋問のとき、扶桑綜合リースの担当部長が証言したのと同じ理由ですな」

——というと？　他の人の証言はともかく、栗山さんの考えをのべて下さい。

「細かいことまで覚えていませんが、買い手のゼネコンの決済条件が長かったんでしょう。例えばウチなら六ヵ月の手形で払えるが、ゼネコンだと二十四回の分割だという具合に。だからウチを入れたんでしょう」

——そうすると、日西商事の役割は金融をつけるという点にあったのですね。

「まあ、そうです。その他にも、ゼネコンにとってウチの方が信用があるという点もあるでしょうけどね」

——その取引のとき、商品の種類や値段、数量だとか引き渡し場所だとかは、だれが決めましたか。

「もちろん坂東社長が最終的な買い手と決めました」

——あなたは関与していませんか。

「ウチは間に入っただけです。契約条件は坂東社長から連絡があって知っていたのですから」

——売買の対象物の引き渡しは、どのようになされましたか。

「坂東通商の手配で、直接ゼネコンに納入されたと思います」

——日西商事は引き渡しには関与していないんですか。

「はい」

——そのような取引は何度くりかえされましたか。

「私の記憶では三度です」

弁護士は証言席にすわった栗山を包みこむかのようにぴたりと寄りそい、日西商事の会議室か法律事務所で何度もくりかえし練習されたはずの問答をなめらかに続けていく。財津が原告席から予想どおりですなと甲斐に目くばせしてくる。

巧妙なものだと、甲斐は思う。ごく自然な経緯であり、そしてごくありふれた取引のように裁判官は感じることだろう。だが、坂東太一はどのようにして日西商事に入りこんできたのか。栗山の証言を聞いても、扶桑綜合リースに入りこんできたときと同じように謎である。そしてまた、取引の手口は八、九年前、赤松順造が使ったのと瓜ふたつのようである。

――それでは、扶桑綜合リースとの取引についてうかがいます。

弁護士は長身を傾け、栗山の顔を凝視した。

――扶桑綜合リースと取引を始めたのは、今うかがった取引のあとですか先ですか。

「もちろんあとです」

――どのような経緯で始まりましたか。

「坂東通商の社長の紹介で、扶桑さんとの取引が始まったのです」

――紹介というと、具体的には？

「坂東太一社長が、扶桑の保坂部長を私どもの会社につれてこられたのですよ。これからは、扶桑綜合リースさんから買う形に変更してくれっていいだしましてね」

保坂が甲斐の隣で身をのりだして、ばかな、と小さくいった。

——それで、証人はどうしたのですか。

「突然のことですから、もちろん理由をききました。なんでも、ウチより扶桑さんの方が決済条件がよくて、坂東通商としては扶桑さん経由の取引としたいというような説明でしたね」

——というと、〈坂東通商→日西商事→ゼネコン〉のルートの商売が、〈坂東通商→扶桑綜合リース→日西商事→ゼネコン〉のルートに変わるということですか。

「そうです。ただ、そのゼネコンの部分、つまり最終的なユーザーと私たちは呼んでいますが、それは坂東通商が見つけてきたところになるわけで、ゼネコンであったり、メーカーだったり、あるいは機械のディーラーだったりといろいろですが、とにかく日西商事までのルートは変わりませんね」

——証人としては、扶桑綜合リースが入ってきて、買い契約の相手先が変わるのですが、それで構わなかったのですか。

「まあ、坂東から買おうと、扶桑さんから買おうと、そのかぎりでは大差ありませんからね」

——そのとき、つまり初めて扶桑綜合リースと会ったとき、これからの契約内容の取り決めかたについて相談しましたか。

「あまりくわしくはしなかったと思いますな」

——顔合わせ程度だったのですね。

「そうです」

——のちに行われる個々の契約交渉で、条件が決められたということですね。

「そういうことです」

——それでは、個々の契約は、どんなふうに行われるんですか。

「坂東社長から、取引の明細、つまり機械の種類だとか、値段だとか、相手先などについての連絡が入ります。それから扶桑綜合リースさんから、同じように連絡が入ります。次に扶桑綜合リースさんから契約書や請求書が送られてきて、私はその契約書に印鑑を押したり、貨物受領書を送ったりします。そして、あとでものが引き渡されて、私の方は回収や支払いをするのです」

——というと、被告の日西商事としては、契約の中身については、任せきりだったんですか。

「そうです。中身については坂東社長が、ゼネコンなどの買い手や扶桑綜合リースさんと、話し合った上でのことだと理解してました」

——扶桑綜合リースとの取引は十三回くりかえされ、それらが問題なく決済されたあとに、いま争いになっている三件が続くのですが、取引のやりかたは両方とも同じですか。

「はい」

——つまり、契約の中身は、坂東社長と扶桑綜合リースとで決めたということですね。

「そうです」

「異議あり」

財津がすっと立ち上がった。

「証人は自分の推測をのべたのであって、事実をのべているのではありません。契約の中身をだれとだれが決めたかは、厳密に証言されるべきだと思います」

財津は保坂尋問で自分が受けた異議と同じ異議を投げかえしたのだった。

裁判長が女性の左陪席のほうに顔をむけた。無表情ではあるが、甲斐には困惑をおし隠しているように見えた。保坂は契約の中身は坂東通商と日西商事とで決めると証言した。いま栗山は、それは坂東通商と扶桑綜合リースで決めると証言した。そして、それぞれの弁護士が異議を申したてた。果たして坂東が契約の内容を決めたのは、扶桑となのか、あるいは日西となのか。三十過ぎのショートカットの左陪席は、視線を栗山に当てたまま、小声で何かを裁判長にささやいた。

――それでは、質問を変えます。

被告代理人の弁護士が機先を制して尋問を切りかえた。若さに似合わない機敏さが顔をだした。

――証人は、その三回の取引にあたって、なにか坂東社長に確認しませんでしたか。

「そうそう。この契約は扶桑綜合リースさんは知っているんですねと確認しました」

身をのりだしたままの保坂が、ちっと舌打ちした。

――証人は、扶桑綜合リースの保坂部長と、十三回の取引について、契約の条件を話したことはありますか。

「ありますよ、それは……。契約の確認をしなければなりませんからね。もっとも、毎回というわけじゃない」

——そのときの保坂さんの反応ですが、すでに契約の内容について知っているふうでしたか。

「そうですねえ。はい、はいと答えてましたからね、知っていたんじゃないですか」

保坂が、「なに」というのと同時に、財津が立ちあがった。

「それは、証人の推測ですね？」

——いま争いになっている契約についての交渉は、どんなでしたか。

若い弁護士は財津を無視して続けた。

「もう十三回も続けたあとで、双方要領をのみこんでますから、交渉はまったくなかったと思いますよ」

——というと、書類のやりとりだけがあったということですか。

「そのとおりです。私としては、坂東通商や扶桑綜合リースにいわれたとおりに、書類のやりとりをしたという認識しか持っていませんね」

——取引の対象物は、どうなりましたか。

「いまだに引き渡されていないようですね」

——債務不履行の状態にあるわけですね。それで証人としては、扶桑綜合リースに支払う必要はないと考えるわけですね。

「法律はくわしくありませんが、扶桑綜合リースさんにいわれたとおりに書類をやりとりし、しかも物を受けとっていない以上、代金を払う理由はないんじゃないですか。肉屋で肉を買うときだって、これを下さいとはっきりいって、肉を受けとってからお金を払いますわね」

——物の引き渡しは、どのようにする取り決めだったのですか。

「それは、坂東通商と扶桑さんとで決めて、直接買い手に送られていたんだと思いますよ」

——あなたは、引き渡しには関与しない約束だったんですね。

「もちろんそうです。物を送りたくても、日西商事のところに物はないんですから、送りようがありませんからね」

弁護士は横にすわっているボスの顔をうかがった。白髪まじりのその男は、口を堅く結んだまま、うんとうなずいた。甲斐には、部下のできばえに満足している経営者の顔に見えた。

主尋問を終わりますと弁護士は告げて、大きな体を被告席に運んだ。

「……さてと」

裁判長は両方の弁護士を交互にながめながらいった。

「時間がたいして残っていないので、どうです、反対尋問は次回にまとめてやりませんか」

財津の視線を感じて、甲斐は小さくうなずいた。もういっぺん、復習と予習をやれるのは悪くない。

「けっこうです」

財津が裁判長に答えた。

「え、もう一回ですか」

と栗山はわざとらしくいったが、裁判長に軽くいなされた。

長い廊下を歩き、こみあうエレベーターで一階に降り、照明が控え目で殺風景なロビーの片隅で甲斐たちは立ち止まった。紺の制服の中年の男たちがあちこちに立っている中を、驚くほどたくさんの、職業がよくわからない人々が足早に行き来していた。緊張した面持ちだったり、怒っているようだったり、苦しそうだったりしているが、見るからに幸福そうな、いい顔はひとつもなかった。ロビーはどこか駅舎に似てなくもないが、旅に出る人の持つ華やぎや哀愁はなかった。

「嘘ばかりいっている」と、保坂がため息とともに、あきらめた口調でいった。「全部、あいつと坂東太一とで仕組んだのになあ」

「こんな仕事をやっていると、人間不信に陥りますよねえ」

河内があいづちをうってから、財津にいった。

「契約の実態も知らないし、物も引き渡されていないのだから、日西商事には支払う義務はない。そういいたいんですか」

「そのとおりですよ。さすがに河内さんは鋭く分析している」

「先生、書類まかせにしないで、いちいち栗山と契約の確認をすべきでしたかね。それと、物が実際に動いたかどうかの確認もね。うかつといえばうかつなような気がしてきました。どうなんでしょう？」

保坂がすがるように財津の顔を見た。

「どうなんです。現実にそんなことができたのかしら」

「いやあ、やってやれんことはないでしょうがね」

「そうそう」と河内が割りこんだ。「猿渡常務なんかは、そこまでやるべきだったと怒っていますね」

「よくいうよなあ。ま、あの人にどう思われようと、おれの命運はもう決まったようなものだから構わないけれど、会社に損をかけるのは耐えきれんな」

「物の確認については、ちゃんとやれというような判例もありますけどね。しかし、保坂さん、主尋問のときは、相手の方が有利に見えるもんなのですよ。まあ、私の反対尋問をきいてから感想をいって下さい。そうそう、河内さんもね……」

「そうでんな。まだ黒白をつけるのは早うおますなあ。なんせ裁判に負けたら保坂はんは、いま会社が募集している希望退職に応募せなりませんからな」

保坂の両肩がゆっくり回転すると、次の瞬間、河内はみぞおちのあたりを押さえてうずくまった。

「じゃあ、ここで、お先に失礼。おれは取引先のあいさつ回りに行ってくるわ」保坂が甲斐にウインクした。「退職じゃなく、年末のあいさつにね」

玄関を出て保坂は虎ノ門方面に歩いて行き、甲斐たちは門の所でタクシーを待った。財津は、いま河内が口にした希望退職について尋ねた。甲斐は、財津も顔見知りの野村が、ついに奥さんの了解を得て応募に踏みきったことを話した。河内は腹を押さえ、そしらぬ顔をして二人から離れていた。

タクシーが来て、甲斐は財津と並んで後部座席にすわった。道路はこんでおり、かなり乱暴な運転をする車が多かった。あちらこちらでクラクションが鳴り響き、パトカーや救急車のサイレンが聞こえた。

「師走ですな」

と財津がつぶやき、ふと気づいたように、

「私はあまり走っていないけれど……」

と、珍しく冗談めいたことをいった。誰も笑わず、神田に着くまでに交わした会話はそれだけだった。

2

裁判所からもどると、電話や来客の伝言メモが数枚、机の上に重ねてある。生命保険会社の外交員がくれた小さなメモ帳や、反故《ほご》になったコピー紙に、相手方のメッセージが残っている。甲斐が着任した当初は、専用の伝言メモ用紙があったものだが、いつの間にか姿を消した。これも経費節減の一環だ。そのメモが半日留守にすると、ざっと七、八枚はたまる。急ぎの用件と思われるものから、順番にかたづけてゆく。電話で回答したり、来てもらって相談に応じたりする。時間をかけて処理しなければならない案件は、可能な限り山県や土居にやってもらう。神谷のように、ひとりで抱えこむやり方はまずいと思うのが半分、ただたんに手を抜きたいからが半分。部下は最初のうちはみな面食らったようだが、いまでは不満も漏らさずにやっているところを見ると、当分このやり方でいい。

そのつぎは、山積みになった書類だ。回覧の類に印を押しながら、お局《つぼね》さまとかげで呼ばれている戸川洋子を呼ぶ。

「ねえ、たいして重要でもない書類は、おれんとこには回さないと決めようよ」

戸川女史はあきれたような顔で口をとがらせて反発する。ふたつみっつ年上なだけに遠慮がない。

「そんなことといわれたって、なにが重要でなにが重要でないかなんて区別つきませんよ」

「おおよそわかるんじゃないか。おおよそでいいんだ」

「いいえ、基準はひとによって違うものなんですよ。こんなとき、神谷さんだったら一覧表を作って、回す書類とそうでない書類とを分類して指示してくれますよ」

「戸川さんが、神谷に心を寄せていたとは知らなかったなあ」

「それは私じゃありませんよ。だいいち神谷さんはね、どんな書類だってきちんと読んでましたよ。面倒くさがらずにね」

橋口佐江子が遠くの席からこちらに注意を払っている。まだ、神谷という固有名詞に反応する。

「とにかく、戸川さんが重要だと思った書類だけ回して。多少の漏れがあったって構やしない。他の誰かが気づくさ」

「そうですか。……でも、部下の漏れに気づくのが上司の仕事なんじゃないかしら。なんか、反対みたいな気がするなあ」

「そりゃ戸川さん、それこそ基準の差ってやつだよ」

五件の稟議書のうち四件は、土居や山県の所見だけ読んで判をつく。中身は読まない。稟議書はオレンジのホルダーに挟んで橋口かひよりが役員室に回す。小島ら数人の役員が眼をとおし、たいがいの案件は永井専務が決裁する。

不動産がらみのものが一つあったが、それだけはたんねんに読む。またもゴルフ場の開発会社に対する融資金の返済猶予の申請である。思うように会員が集まらず、十億円ほどの融資金が返せないらしい。

会員権の相場はこの数年で軒並みピーク時の四分の一以下に下がり、まだ下げ止まらない。もともとが高すぎたのだと甲斐は割りきっている。ゴルフ場を利用できる権利が、二千万、三千万、はては何億という方が異常なのである。バブルに狂った企業と国民が欲ぼけして会員権を買いあさり、値をつり上げただけなのだ。ゴルフに熱心でないせいもあって、甲甲斐はゴルフ会社に対してもメンバーに対しても冷淡である。だが、ない袖はふれないだろう。稟議書には印を押して既決のボックスに入れる。

ゴルフ場と十億円の滞留との組み合わせから、ふと北竜山カントリークラブを思い出した。いつかあの十億円がどのようにして返済されたのか調べようと思いつつ、日常業務に追われて放置したままになっていた。すでに返ってきた融資金について調べるのは、どうしたって後回しになる。

それにしても、猿渡は幸運な男だとつくづく思う。幸運といったのでは本人は不本意かもしれないが、北竜山のクラブハウスからカートにいたるまで、何十億円という取り扱いを上げることをきっかけにして、猿渡の営業部は廃部の危機を脱するどころか、花形部門のひとつにまでのし上がったのだ。

北竜山はいま振り返れば猿渡の宝の山だが、会員権が思うように売れずに扶桑綜合リースの十億円の貸付金の返済が一時とどこおったときには、さすがの猿渡も冷や汗を流し、甲斐の顔をまともに見られないほどだった。ゴルフ場の完成さえおぼつかない状態だったのだ。それがどこからか資金が捻出されて、貸付金はきちんと返済されゴルフ場はオープンした。

いまにして思えば、あの北竜山が猿渡と甲斐の運命の分れ道だった。だが、あの十億円は、どうやって返済できたのだろうか。そもそも猿渡は、北竜山の経営者と、どこで知り合ったのだろうか。神谷はこの問題について、調べたことがあったのだろうか。そして、あれが扶桑銀行の紹介案件だという土屋の観測は正しいのだろうか。瞼《まぶた》を指でもんでいると電話が鳴った。

右手で眼鏡をかけ、左手で受話器を取る。右手に半月刀、左手にコーランとつぶやく。出陣せねばならぬ電話だと感じる。悪い予感はいつもあたる。

「いまなんていった？」

電話の相手が甲斐に訊く。

「聞こえましたか」

「もちろん。なにやらイスラムの世界の台詞のようだった」

「いよいよ狂ったか、と思いましたか」

「もちろん」

「二時間ばかり、楽しい書類と首っぴきでしたからね」

「ひょっとして、十二桁の数字に関することじゃないか」

野村レポートの不良債権の総額だ。

「ご名答」

「ふん。そりゃちょっと気の毒だが、もうひとつ楽しい話があるんだ。出られないか。例のところにいる」

午後三時。十二月の陽射しはすっかり弱くなっている。ただし、寒さはこの数日いくらかゆるんでいる。冷えることは冷えるが、七、八分なら歩くのも苦ではない。熱くなった頭をさますにはちょうどいい。

一歩街に出ると、師走の喧騒《けんそう》に巻きこまれる。何を急ぐのか、ぶつかりそうになりながら、みな不機嫌な顔をして早足に歩いて行く。縫うように歩くのは実にたくみだが、誰もが道を譲ろうとはしない。大阪から福岡へと回り道をしている八年ほどの間に、この街の人の習俗はすっかり変わってしまった。庶民の街であったはずなのに、老人や子供の姿はほとんど見かけない。若者とビジネスマンばかりだ。

スポーツ店がけたたましくクリスマス向けの音楽を流し、路上で黄色のミニスカートと白いブーツの娘がビラを配っている。プラスチックのモミの木や点滅する豆電球が、そこらじゅうの店頭を飾っている。

そんな大通りを左に折れて、書籍問屋や雑居ビル、花屋に蕎麦屋が雑然とならぶ路地を歩くと目ざす店がある。七、八人しか座れないカウンターとテーブルが四つだけの小さな店だが、ちょっとしたイタリア風の料理を食べさせてくれるというのでなじみの客がついている。

もっとも小島は、パスタやペリエが好物なわけではなく、この店がいつでもワインや洋酒を飲ませてくれるので気にいっている。午後の三時か四時、一杯飲みたくなったときはここに来て、カウンターの隅でちょっと引っかける。運のいいときには、カウンターの向こうで、眼のぱっちりしたうりざね顔の四十前後のママが特別に相手をしてくれる。

甲斐が店に入ると、小島は定席でスコッチを生《き》で飲んでいた。お気に入りのママは不在なようで、カウンターに肘をついてグラスの底をのぞきこんでいる。後ろ姿の肩は落ちていた。

甲斐はするりと横に座り、アメリカンを頼む。

「よくない話でしたね?」

「ああ。だが、いやな話には慣れたろう?」

「ええ、着任以来、そればっかりですからね」

「会社を辞めようとは思わないのか」

「二百十回は思ってますよ」

「何だ、その台風と関係のありそうな数字は?」

「東京に戻って来てからの日数ですね」

「しかし、辞めない。なぜ?」

「食べるためですよ」

「嘘だろう。住宅ローンはあらかた済んだはずだし、一人息子の学費も、もうかからないと聞いた」

「他にやることがないからですよ」

「そうかな。私の場合は、そのとおりだが……。ときに、アルコールでなくていいのか?」

「保坂が訴訟期間は禁酒中でしてね。私も付き合って見ようかと思ったんですよ」

万事けりがつくまでは、酒に酔っている暇はなさそうだった。

酒を断ってみると、人生まことに味気ない。それに、九州の女からの連絡も、いつしかとだえた。転勤してきて、なにひとつろくなことがない。

「実は雲ゆきがあやしくなってきたんだ」

小島が眼を細め、酒瓶の並ぶ棚をながめながらいった。小島もなにごとかをつかんでいる。

「天候不良は今に始まったことではないが、近く台風が襲ってくるな。それも、超大型のな。そう、二百十日だ」

どうにか猛暑の季節は越したものの、小島はめっきり衰えて、この店で夕刻からアルコールの力を借りることが多くなったようだ。

――何度も目撃しましたよ、それもまだ陽の高いうちに、妙に色っぽい女のやっている店で。

と、河内は声をひそめていったものだ。常務取締役が昼のうちから酒浸りとは、あまり見好い図ではない。そのうち小島にそれとなく注意しようと思いながら、甲斐は切り出せないでいる。

「台風が発生したのは、丸の内界隈？」

「ああ、そのとおり。この流れだと、最悪のところまで行くな。まず間違いない」

衰えるにつれて、小島は予言者めいたことを口にすることが多くなった。暗い未来を予言する、無力な魔法使いだ。

「何があったんですか」

「永井専務と江頭財務本部長、それにあの沢木総合企画部長までついて行って、——やつまで行くことはないんだが、銀行に忠義面を見せたかったんだろう——丸の内に中間決算の報告やら希望退職者の募集の現状とかを説明してきたらしい。そうしたら、こっぴどく叱られたそうだ。だいたい今ごろになって中間決算の説明とはなんだ、遅すぎるというわけだな。遅すぎるったって、なあ三十五億円もの赤字なんだ。慎重な上にも慎重に確かめようとするよな、臆病な子会社としては……。そうだろう？」

「まあね。で、叱ったとかいうのは誰？」

「関連事業部長。日野といったかな……。けしからんことに、役員は誰一人出てこなかったらしい。江頭さんとしては、それだけで不安だったんだ。軽く見られているんじゃないかと勘ぐってな。ところで、その部長、叱りついでに、いつまでに何名削減する予定だときいてきた」

「そうか、約束させようって腹ですね」

「まあ、そういうことだろうな。なかなかの役者だぜ。しかし、ことはそれだけではすまなかった。三割、百五十名程度を減らすべく検討中ですと答えたら、その次になんて詰問されたと思う？　赤字はこれだけか、潜在的なのを計算すると、一千億円を超えるのか超えないのかと口にしたそうだ」

「………」

「江頭さん、かわいそうに肝が冷えたそうだ。どうして、そんな数字を挙げてきたのか。一体どこまでこっちの実態をつかんでいるものやら、不安になった」

「なるほど」

「しかし、あの人は大したものだ。一千億円とはどういうことですか、どこから出た数字かと切り返した。ところが敵もさるもので、胸を反らせて、いまどきノンバンクの一千億や二千億は珍しくもない、常識だ、とうそぶいたそうだ。こいつはとんでもない悪党だと、江頭さん、感じたそうだ。いつの間にやら、江頭さんの知らないやつが台頭してきていたというわけだ。もっとも、私も知らないが……」

「永井専務は、彼を知っているのでしょうが」

「さあ、どうかな。なにしろ、日野とやらのいうことをふんふんと聞いていただけのようだからな。そして日野は、わが系列ノンバンクの債権の質はどうなっているのか、近いうちにじっくり聞かせてもらいたいと締めくくったらしい」

「その日にちは？」

「おって沢木に連絡してくるそうだ。しかし、そんなに先のことではないな」

「沢木は、そのやりとりの時、どうしていました？」

「知らんな。特に興味もないな。どうせ愛想よく振るまっていたんだろうさ。……ところで、銀行はこちらの実情をどの程度知っているんだろうな。君はどう思う？」

「かなり正確に知ってますね。先日、小島さんに提出したレポート程度の知識はありますね。なんだったら、保証してもいい」

「沢木が漏らしているかな」

「いえ、彼はまだくわしくはつかんでいないでしょうよ。時間の問題ではありますがね。それに沢木が動かなくとも、銀行には情報は流れると考えた方がいいでしょうよ」

「そうだな。自分ではいまだに銀行の人間だと思いこんでいるやつ、銀行に色目を使って、いつか得をしようと考えているやつはいくらでもいるからな」

「私だって、その一人ですよ」

「ばかな。……こんな話をしているときに、冗談はやめてくれ。君を疑ったら、私は信じるものがなくなるよ。しかし、話をしてよかった。だいぶ気が楽になったよ。今週中にも、不良債権についてどう説明するか、江頭さんを入れて相談させてくれ」

日野がついに動き始めた。野村レポートを読み、いよいよ一刻の猶予もできないと考えたのは、甲斐にも察しがつく。だが、あのレポートの数字は、本庄の耳に達したのだろうか。

そして、本庄は何かを指示したのだろうか。特に、合併について、具体的な何かを……。

残されている時間は、どのくらいあるのだろうか。

「……ところで、話はもうひとつあるんだ」

小島がグラスの氷を鳴らしながらいった。

「さっきまで役員会をやっていたんだが、会社の再建策を作るのは当然として、——まあ、これといった妙手はないんだが——、実はすでに永井専務や江頭さんが中心になって作業を進めているが、今日梶原社長が妙なことをいいだした。自力再建を目ざすのは当然として、それが万一困難な場合のことも考えてくれってな。どういう意味かと、私は本郷常務や江頭さんと顔を見合わせたが、永井さんや猿渡常務あたりは、前もって社長から耳打ちされていたな、あの分では」

「いよいよ合併ですか」

「あれ、私はいまそんな言葉を使ったかな」

「いいえ。しかし、もっぱらの噂ですね」

「それは知らなかった。で、君が最初に聞いたのはいつだ？」

「もうかれこれ二百日くらい前でしょうか」

「なるほど。会社を辞めようと思いだして十日後だ」

小島は二度目のウイスキーのお代わりをした。しかし臭いからすると、甲斐の来る前に三杯は飲んでいる。

「梶原社長は、合併とはいわなかった」と小島はつぶやいた。「しかし、そんなことはどうでもいい。問題は、それが誰の発案か、だ。なあ、そうだろう？」

小島は例の農夫のような顔をした。内心の動きを表情には出さないが、苦しみに耐えている顔である。ただ、その心を裏切って、ウイスキーをいかにも旨そうに飲む。それも、喉を鳴らして飲む。酒に溺れている人間は、みなそうだ。

「銀行の本庄会長は、梶原さんに合併を命じたんだろうか」

つぶやくような、力のない声だった。見放された子会社の悲哀じみたものが、魔法使いの体から立ちのぼっていた。

「まず、間違いないでしょうね」

「それも、保証してくれるのか」

「ええ、なんでしたらね。ただ、どうにもわからないのは、梶原社長の意志ですね。あの人は合併すべきだと考えているんですかね」

「本庄法皇が指示したのなら、梶原さんはそれに従うだけじゃないのか」

「まあ、それはそうなんですが……」

そこのところが、わからない。そして、梶原と腹を割って話せるのは、猿渡くらいだ。はて、その猿渡は合併についてどう聞かされ、どう思っているんだろう。

「そこらへんを、探ってみてくれませんか」

と甲斐はいった。

小島は無表情のままうなずき、またウイスキーを口に含んだ。今夜は徹底的に飲むつもりだと甲斐は察した。廃人になるのは、そう先ではない。

包囲網が、じわりと縮められてきていた。そして、ピッチが早くなった。まことに、酒に酔う暇はない。

3

日野は少しばかり焦っていた。

というのも、甲斐から入手した不良債権のレポートを、まる二日かけて自己流に要約しなおし——これは簡潔でありながら緊張感あふれていて、我ながらいいできだと思った——本庄会長あてに提出したのに、すぐにあると予測した反応が、一週間たち十日たっても、なんの音沙汰もないのである。

日野は大いに賞賛されることを期待しただけに、失望も大きく、そして不安になった。不安の第一は、本庄会長が扶桑綜合リースの梶原社長と会って、自分の報告書の信憑性を検証したりしているのではないかというものである。不安の第二は、あの報告書をたたき台に、銀行内部で日野の頭ごしに、扶桑綜合リースの対策が検討されているのではないかというものである。いずれの場合も、日野はたんに事務屋として扱われているにすぎないことを意味した。取締役候補どころの話ではない。

甲斐を呼び出したのは、日野の不安感が頂点に達し、いても立ってもいられなくなったからである。ただし、ゆっくりと酒を飲む心境ではなかった。場所はお濠端にある会館に指定した。

会館は十階建てのビルで、一階部分はロビーや受付けのほかに、ラウンジやレストランからなっているが、ラウンジは道路からガラス窓を通してのぞけるつくりになっているため、人目をはばかる密談にはむかない。それに反し、ロビーから階段であがれる吹き抜けの二階部分が穴場で、ぐるりと回廊が巡らしてあり、その半分はギャラリー、もう半分は喫茶のコーナーとして使われている。日野が指定したのは、その喫茶コーナーのほうだった。

ギャラリーの壁には、今日は同じ画家のリトグラフがかけられていた。海を描くのが得意な画家とみえて、昼下がりのけだるい港町や、油を流したような海に浮かぶヨットの絵が多かった。なかに見ようによっては四、五艘とも一艘ともとれる幻想的な構図のヨットが、朝の白い光を浴びている絵があり、意外なことに甲斐がその前で腕をくみ、われを忘れたように熱心に鑑賞していた。日野は一瞬、よおと声をかけるのがためらわれるほどだったが、すぐにこの非常時に何をのどかにと、軽蔑する気持ちが生じた。

奥の喫茶コーナーに甲斐をいざない、黒のカシミアのコートとバーバリーのマフラーを空いた席に投げて、すこし皮肉な調子でいった。

「絵心があるとは知らなかったな」

甲斐は茶のトレンチコートを脱ぎながらいった。

「いや、暇だから見ていただけだよ」

「そうかな、あの絵がほしそうな顔をしていた」

図星だとみえて、甲斐は少し顔を赤らめた。案外、かわいいところがある。八年の田舎生活は、やはり甲斐から厳しさと過激さを抜き取った。もはや東京の第一線は向かない。

「いくらか合理化は進んでいるようだな。多少は効果があったか」

エスプレッソを飲みながら、日野はリースの社内事情をきいた。

「多少どころか、みなふるえあがっているよ。ずいぶんと手きびしかったそうじゃないか。沢木なんかは、あれ以来、合理化のことしか頭にないね。このつぎ銀行にどのような報告を持っていけるかと、そればかり気にしている」

「そうか？　株主として赤字の子会社、ひょっとしたらとんでもない含み損を抱えているかもしれない子会社に、しごく当然のことをいっただけだ。手きびしいとは、不本意だな」

しかし、このところずっと続いている苛立ちは、話しだすと少しばかり穏やかになった。自分の力を実感することが何よりの良薬だ。

「それで、再建策はどんな具合だ」

「国内支店を三つか四つ閉鎖するね。静岡、新潟、金沢、それに広島も候補に上がっている」

「ああ、もうからんからな」

「海外もいずれ全面撤退だが、まずタイの合弁事業から手を引く」

「あのプロジェクトは、猿渡常務のきもいりで始めたんじゃなかったか。大丈夫か」

「国際担当の本郷常務が見きりをつけた。大赤字でね。現場もひいひいいっている」

「なるほどな。で、経費は？」

「三割程度は減らさざるをえないね」

「じゃあ、人員の合理化もやるわけだ。どのくらいの規模だ？」

「三割目標で希望退職をつのる」

「うん。妥当なところだな。おれの経験をいわせてもらうと、この種の交渉では、このままだと誰もが退職金をもらえなくなるという点をはっきりさせて置くのが肝心だぞ」

「だろうね。また、事実そうだしな。これらの措置をとることによって、三年後には期間損益で、なんとか黒字にもっていけるかもしれない」

「その線で役員の意思は一致してるのか」

「なんとか」

「けっこうなことだ。そういう内容なら、上の方も安心してくれるだろう。甲斐の名前は、おりを見て上に伝えておく」

甲斐は扶桑綜合リースの情報を流す。おれは甲斐の栄達を約束する。その裏判を押してもらうため、本庄会長に甲斐の名前を伝える。協定どおりの進行だ。

「しかし、このような再建案では万全ではないよな？」

甲斐の顔に、権力者の意向を打診するサラリーマンのおびえがあった。

「いや、黒字化は歓迎すべきことに決まっているじゃないか」

「でも、期間損益は黒字になっても、一千億円からの含み損のほうはいつまでたっても片づかないよ。それ抜きでは、本当の再建策とはいえない。現に決算説明会のとき、近いうちに潜在不良債権について報告を聞きたいといったそうじゃないか」

「……そうだったかな、そんな覚えはないけどな」

ピシャリといった。

口を堅く閉じ、眼を階下のロビーに転じて考えた。本庄会長の反応がない以上、甲斐とあの非公式のレポートについて、突っ込んで話さない方がいいのかもしれない。場合によっては、あのレポートは見なかったことにして、闇から闇に葬る可能性だってある。

「ときに、梶原社長のところに、本庄会長から連絡がはいっている気配はないか」

それが何より気がかりだった。

「連絡って、なんの？」

「いや、まあ全般的なことだが、一番はやはり合併のことだろうな」

「さあ、特にないと思うけどな、おれなんかにはわからんことも多いからな」

「で、どうなんだ、合併準備会の方は順調なのか？」

甲斐はコーヒーを飲んで、顔をしかめた。

「沢木から報告がいっているだろう。あのとおりだよ、不本意ながら」

「うん？　……ああ、そうか、そうだろうな」

沢木からは、この一週間ほど、具体的な報告はない。あのばかは、いったい何をやっているんだろう。

「やはり反対している役員もいて、なかなか一枚岩というわけにはいかんのだろうな？」

思い切って、かまをかけた。

「そうなんだ。自力再建派とでもいうのかな、近視眼的にしかものごとを見られない困った人たちがいるんだよな」

「五対二、そんな見当か？」

甲斐が眼をみはった。

「この段階で票読みまでできているとは恐れいったな」

「それくらいできなきゃ、おれの仕事は勤まらないのさ。賛成が梶原に永井は当然として、猿渡と戸塚に沢木。反対が江頭と小島、不明が本郷、そんなところだろう？」

「永井専務が、ちょっとなあ」

これは意外だった。永井の後ろ盾は桂頭取なだけに気になる。

「やはり、そうか。おれもちょっと心配だったんだが、どんな調子だ？」

「もっと積極的に引っ張るかと思ったけどね、もうひとつピリッとしないようだ。あの人、体制順応型かと思ったんだが、なにか変なんだな。まあ、そのうち変わってくるだろうけどな」

またひとつ、不安材料がふえた。桂頭取は、本庄会長の合併路線に同意しているのだろうか。こんなこと、関連事業部長ごときが考えても、わかりゃしない……。

「なに、五対二だろうが四対三だろうが、どのみち同じことよ」

そういい放つ日野の頬の肉が、少し痙攣《けいれん》した。

「サラリーマン重役なんて弱いもんだ。反逆なんかできやせん。それなりに処遇すればいいんだ。最後は条件次第で、な」

「だれが何といおうと、ギリギリまで合理化させて、身軽にした上でどこかと合併させるという日野プランに、いささかも変更はないというわけだ」

「日野プランか……」

日野は破顔して甲斐を見た。

「なるほど日野プランな。ふふ、それも悪くない呼称だな。なにやら銀行の歴史に残りそうな呼称だ」

「残るさ。いや、扶桑銀行の歴史どころじゃない。ノンバンクの統廃合のさきがけとして、日野の名は金融界の歴史に残るよ」

「はは……。そうおだてるなよ。まだ始まったばかりなんだからな。それに、甲斐にはこの先しっかり協力してもらわんとな」

「うん。それはもう、こちらこそ。……で、どうなの、相手先は独立色の濃いところに絞った？」

日野は甲斐の無邪気な顔から眼をそらして、一階ロビーを見た。

クリスマスに名を借りた何かの集まりがあると見えて、着飾った年配の女たちが集まりだしていた。ほとんどが高価そうな着物姿だが、まれに洋装の女性もまじっていた。遠目ではあるが、ドレスの人は比較的若いか、スタイルに自信のある人に見えた。

甲斐は、ぼんやりしているかと思うと、突然急所をついてくる。やりにくいといえば、やりにくい。

「さすが、いい勘をしているな。有力な候補だ。だが今のところは、いくら甲斐でもそれ以上のことはいえない」

日野は味わいながらエスプレッソを飲み干し、金融界の情勢、とくに都銀クラスの統廃合の予想について、ひとくさりぶった。

「だから、急がんとな。系列のノンバンクの整理どころの話じゃない。こっちの身だって危ないんだからな。甲斐、さっさととり進めようぜ」

喋るだけ喋ると、日野は立ち上がった。興味深い話も二、三あったが、いささか長居しすぎた。

伝票をもってレジの方へ行く甲斐に手をあげて、日野は先に階段を降りた。女性客の間を縫ってロビーを横切り、玄関で振り返ると、甲斐はまたあの幻想的なヨットの絵の前に立っていた。しょうがないやつだと吐き捨てるようにつぶやいた。

第九章　反撃

1

——証人は前回の尋問のとき、坂東通商との最初の取引は、ゼネコン向けのクレーン車などの建設機械だったと証言していますが、間違いありませんか。なにしろずいぶん前のことです。契約書などを確認した上での証言でしたか。

財津は痩身をのばし、細く長い指の先だけを机について、原告席から尋問した。

日西商事機械第二部長の栗山は、少し離れた証人席でやや体を固くしている。最初に教えられた心得のとおり、裁判長の方に顔をむけているが、その質問にどう答えればいいかわからず、真意を探るように眼のすみで財津を盗み見た。

「ええ、……たしか当時の坂東社長のふれこみでは、建設機械を求めているゼネコンにコネがあるということでしたので、てっきりそうだと記憶しているのです」

——いえ、どう記憶しているのかときいているのではなくて、証言するに当たって契約書などの記録を事前に見たかどうかをお尋ねしているのです。見ましたか、見ませんでしたか。

栗山は裁判長の頭の上のあたりに視線を漂わせた。やはり、財津が何を突こうとしているのか見当もつかない。反対尋問は、あらかじめ何度も練習してのぞんだ主尋問と違って、調子が狂うときいていたが、出だしからこうだとは予想もしなかった。

「……見てません。見る必要もないと思いましたから」

おのずと声がとがる。

――契約書や帳簿を確認すれば、最初の取引の相手先はわかりますね。

「いや、会計の帳簿には保存の内規というものがあって、現に保存されているかどうかはわかりませんね」

少しむっとして抵抗した。弁護士には会計のことはわからないだろうという考えが、ちらりと頭をかすめたのだ。

――そうですか。ところで、日西商事は商法をきちんと守る会社ですか。

「それは守りますよ。これでも上場企業ですから」

――商法では、何年分かの帳簿を保存しなければならないことになっているんですよ。わずか二、三年前の帳簿は、どうなんです、当然あるでしょうね。

栗山は左手に巻いた金のブレスレットを、右手の指でしきりにさすった。都合が悪くなったときの癖だった。

「いや、私は会計の規則にはくわしくなくて……」

――会計上の保存の規則を持ち出したのは、証人の方なんですよ。どうなんです、帳簿や契約書はあるんですか。

「そういうことなら、あるんでしょうよ」

栗山はすっかり嫌気がさした。証人になるときだだをこねたのは、こんなこともあろうかと思ったからだ。相手の財津とかいう弁護士が年寄りで、とてもこちらの、日本でも有数の法律事務所にはかなわないと聞かされたので、いくらか安心していたのだが、やはり甘くはなかった。

――よく思い出してほしいんですが、最初の取引の買い手は誰でしたか。本当にゼネコンでしたか。

「いや、ちょっとはっきりしませんね」

――坂東通商との記念すべき取引でしょうに、買い手が思い出せませんか。

「ちょっと、記憶があいまいです。なにせ、古いことで……」

――扶桑綜合リースと取引を開始するまで三度坂東通商と取引をしたようですが、買い手はすべて同じでしたか。

「いや、違います」

――記憶が曖昧なのに、どうして違うといいきれるのですか。帳簿を見た上で証言していただいてもいいんですよ。

上場会社の部長ともなれば、このように理づめでぐいぐい質問されることはめったにない。担当重役に嫌味をいわれるのさえ辛抱すれば、部下は少なくとも表面的には大事に扱ってくれるし、取引先だってそれ相応の態度で接してくれる。居心地のよい世界なのだ、企業社会は。法廷だって、もう少し人を遇する道を知ってもいいではないか。こんなところに、もう一度、引っぱり出されるのはかなわない。答えても支障のなさそうな点は、率直に答えたほうが賢明なようだと栗山は判断した。

「あ、一社思い出しました。常陽《じょうよう》土木です」

——その常陽土木というのが、坂東通商との取引で一番目の買い手ですか。

「そうです。間違いありません」

被告席の側の傍聴席に陣取っていた、日西商事の三人の社員の体がゆれた。そして、後部座席のふたりづれのうち、いつもは寝ている中年男が、目を剝《む》いて栗山を凝視した。だが、それは栗山の視界には入らない。

——二度目と三度目の買い手も常陽土木でしたか。

財津がたたみかけた。

「いいえ。違います」

——では、どこでしたか。違うとおっしゃるなら、思い出したのでしょう?

「たしか風栄《ふうえい》産業といいました」

誰かが、ごほん、ごほんと咳をした。

――二件ともそうですか。

「いや、一件だけです」

――もう一件は？

「記憶がはっきりしません」

――証人は、契約の内容は坂東通商が買い手と決めると証言していますが、一番最初の例でいうと、坂東社長と常陽土木のだれかが決めるんですね。

「私はそう理解していました」

――証人は関与していないんですか。

「全然」

――契約が決まったあとで、売買契約書などの書類はどのように発行していたんですか。

「坂東社長から連絡があって、いわれるとおりの金額や数量を書いて渡してましたね」

――誰に渡したのですか？

「坂東通商にです」

――買い手の常陽土木にはどうしてましたか。

「坂東の方から渡していたんでしょうね」

――証人は坂東太一さんとは特別に懇意で、よく付き合っていたのではありませんか。

この手の質問への受け答えについては、弁護士から何度も注意されていた。

「営業部長ですからね、私は……。コミュニケーションをよくするために、二、三度お付き合いしたことはありますね。必ず部下がいっしょで、ふたりだけということはなかったし、そう、軽く食事をした程度ですよ」

──契約をまとめるたびに、食事などしながら相談していたのではありませんか。

「まとめるたびにということはないですな。そりゃ、まとまったときに祝杯を上げるということはあったかもしれないけれど……」

──それでは、つぎに扶桑綜合リースが介入させられてからの取引についてうかがいます。坂東太一氏が扶桑綜合リースの保坂部長をつれてあなたのところにやってきたと証言されましたが、あなたの方から坂東社長と一緒に保坂部長を訪問したのではありませんか。

「いや、保坂さんが来たのが先だった」

──というと、あなたも挨拶に扶桑綜合リースを訪ねたことがあるんですね。

「そう。でも、私の方があとです」

──扶桑綜合リースを間にいれることによって、取引ルートは、〈坂東通商→日西商事→常陽土木・風栄産業など〉から、〈坂東通商→扶桑綜合リース→日西商事→客先〉に変わるのですね。

「そうです」

──扶桑綜合リースを、坂東通商と日西商事の取引の間にいれるというのは誰が考えだしたんですか。

「さあ、坂東通商か、さもなくば扶桑綜合リースさんでしょうな」

——日西商事、つまり栗山さんの方には事情はありませんでしたか。

「特にないですな」

——坂東通商との取引が増え出したので、管理部門の方から注意されたことはありませんでしたか。

「いや、べつに……」

——ではなぜ日西商事として扶桑綜合リースを間に入れる必要性があったんですか。いままでどおりで、何か不都合なんですか。

「別に何も……。ああ、そうそう、扶桑綜合リースさんの方が、ウチよりもいい条件で坂東通商から買えたから、坂東が扶桑綜合リースさんに持ちかけたんでしょうな」

——それは、扶桑綜合リースの支払条件が短いから、という意味ですね。つまり、坂東通商にしてみれば、扶桑綜合リースの方が金払いがいいからですね。

「まあ、そうでしょう」

——そうすると、間にいれようと考えたのは坂東通商になりますか。

「そうです」

——扶桑綜合リースではないのですね。

「え？　ああ、そうか、そういうことになりますな」

日西商事の三人の傍聴人が、そろって身を乗りだした。三人の顔には不安の色が浮かんでいたが、これも栗山には見えない。

――証人に甲十一号証の一を示します。

財津は考える間を与えず栗山に歩みよって、書証をさしだした。

――栗山さん、これは何ですか。

「契約書のようですな」

――そう。扶桑綜合リースと、栗山さんの会社である日西商事との契約書ですね。もっと正確にいうと、いわゆる十三回の取引の最初のものの契約書ですね。さて、この隅を見て下さい。十一号証の一には風間《かざま》コーポレーション向けと書いてありますね。どういう意味ですか。

「ええと、ウチが扶桑綜合リースから買って、風間コーポレーションに売る取引です。あれ、変だな」

――どうかしましたか。

「どうして、ここに風間コーポレーションの名前が出てるんだろう。扶桑綜合リースは、坂東通商から買って、日西商事に売るだけだから、風間は関係ないのにな」

――そう、関係ないのですよ。しかし、扶桑綜合リースの契約書式には、どこ向けの取引か注記する欄があったんですな。ご存じなかったですか。

「ああ、そうだったかな。私は細かに契約書をチェックしなかったから」

――扶桑綜合リースとの取引に関係するあなたの売り先は、もちろん全部記録されているんですよ。何から何までね。

日西商事側の若い弁護士が長老の顔を見、そして傍聴席の三人に問いかけるような眼差しを向けた。傍聴人はなんでもないことだ、契約書にはよくある決まりきったことだと首をふったが、それは証人には見えない。栗山に見えたのは、商取引の契約書に慣れない若い弁護士の不安そうな表情だけで、それが栗山をひどく落ち着かない気分にした。

——さて、扶桑綜合リースとの取引は、実務的にはどのように行われるのですか。この第一回目の契約に即して、順をおって説明して下さい。まず契約ルートは、〈坂東通商↓扶桑綜合リース↓日西商事↓風間コーポレーション〉となるのですね。

「そうです」

——そこで、まず坂東通商の方から連絡がくるのですか。

栗山は、率直に認めていいものかどうか考えた。何か罠はないのだろうか。

——どうしました。十三回プラス三回で、計十六回もやった取引のしかたを忘れましたか。

財津の表情は変わらなかったが、裁判官が疑わしそうに見ているような気がした。慌てて答えた。

「そうです。坂東からどこそこに、何が、いくらで売れるというような話があって、ウチが同意すると、しばらくして風間コーポレーションの貨物受領書や、扶桑綜合リースの売買契約書や請求書が順次送られてきます」

——貨物受領書というのはなんですか。

「風間コーポレーションが貨物を受け取ったという証拠ですな、当然」

——請求書は扶桑綜合リースからくるんでしょうが、貨物受領書はどこからくるんですか。風間コーポレーションからですか。

「いや、話をまとめているのが坂東通商だから、坂東通商が風間から取って送ってきますな」

——それで、あなたの方も貨物受領書を扶桑綜合リースに送る。

「そう」

——それから、扶桑綜合リースから請求書がくるんですね。同じころ、あなたの方も風間に請求書を送る。そうですね？

「そうです」

——次に、扶桑綜合リースに支払いをし、風間コーポレーションからは回収するんですね。それで取引は完結するんですか。

その通りなのだから、認めるしかないではないかと腹をくくった。しかし、法律事務所で何度も繰り返したリハーサルのとき、ここの部分はどう答えることになっていただろうか……。

——どうなんです？

「そうです。完結します」

——それまでの一連の流れで扶桑綜合リースの保坂さんとは、どんなやりとりをしますか。

「さて……」

ここのところは、何か弁護士から注文がついて、うまくいうことになっていたのだが、忘れてしまった。度忘れというやつだ。

「よく覚えていません。なにせ回数が多かったものですから」

我ながら、うまいいいかただと思う。

——なるほど、では、こうお尋ねしましょう。扶桑綜合リースとの取引は、争いがなくすんだのは全部で十三件ですが、それら契約に際して保坂とどのような話をしたか、記憶にあることをいって下さい。

「いやあ、そういわれても」

——何も思い出せませんか。

また、裁判官が嫌な眼で見たような気がした。

——それでは、こういうことはありませんでしたか。保坂の方から、坂東通商から聞いたところによるとこういう取引だが、日西商事としては承知しているかという確認の電話が入りませんでしたか。

「ああ、そういうことなら、ありました。お会いしたことも二、三度あったと思いますな。食事をしたことは一度かな」

——食事はともかく、十三回の取引で、毎回保坂から確認の電話などがありましたか。

「いや、最初のうちですね。まめにやっていたのは」

——取引内容の確認は、保坂の方が尋ねたんですね。

「そうです。その照会に対して、間違いないと答えましたね」

——なんで間違いないとわかるんですか。

虚をつかれた。

そう、なんで間違いないといえるんだ。ああ、そうだ……。

「そりゃ、坂東から聞いてますからね」

——坂東通商とあらかじめ契約の内容について相談しているからですね。

「そうです。いやいや、違う。坂東から報告を受けているからわかるんです」

——報告というと、坂東通商に契約をまとめることを任せていたんですか。

「いや、そういう意味ではないですよ。あげ足を取られては困るんだな。なんていうかな、そう、連絡だな、連絡を受けていたんですよ、坂東から」

——保坂は、ずっと確認を取り続けたんですか。

「いや。そのうちわずらわしくなって、保坂さんに書類のやり取りだけで済ませましょうよといったんです。いちいち電話をくれなくったっていい、と。それで、それ以降は書類だけ」

——それは、何回目の取引からですか？

「四回目ですな」

——ほう。記憶が鮮明ですね。

財津が賞賛しているように見えた。

「そう、いってやったんだ。保坂さん、仏の顔も三度までというが、もう三度も続いているんだから書類だけでいいだろうってね。面倒だし……。そしたら保坂さん、面白がって、そりゃあ断る時の台詞だよ、栗山さんってね。大笑いでしたよ」

——証人は、いいかげん、保坂のしつこさに辟易《へきえき》していたんでしょうね。

「ええ、ま、ありていにいえばね」

——ところで、保坂が坂東通商と契約の中味を決めていたのなら、そんなにしつこくあなたに確認を取らなくてもよさそうなものだと思いますが、どうでしょう？

女性の左陪席がきつい眼で見ていることに気付いた。

「そりゃそうだな。あ、いや、どうなんだろう。あの人、慎重だからな」

——さて、そのようにして行われた十三回の取引で、日西商事の売り先はどんなところですか。さきほど出た風間コーポレーションは多かったんですか。

「いや、ちょっと記憶が……」

——では、もう一度証人に甲十一号証を示します。

財津が寄ってきた。瘦せているとばかり思っていたのに、大きな影におおわれるような恐怖を感じた。

——この契約書から、どこ向けの取引か読み取って下さい。まず、十一号証の二はどうですか？

「風栄産業」

――十一号証の三は？

「風間コーポレーションですな」

――同じく四は？

「また、風間」

――結局、日西商事の売り先は、風間コーポレーションが五回、風栄産業と風栄精機が三回ずつ、常陽土木とが二回ですね。風間コーポレーションとはどのような会社ですか。

「え、ああ……。一種のコングロマリットですな。もとは土建業者で、機械販売などの商事部門を持ち、スーパーやホテルの経営もやり、その他にレジャーなどいろいろ」

――あの有名な急成長の会社ですか。

「そう。社長はマスコミ嫌いだからあまり表には出ないが、立志伝中の人物ですな」

――風栄産業と風栄精機は？

「風間の機械などの商事部門です」

――常陽土木は？

「よく知りません。部下の誰かの担当でしてね」

――風間との関係は？

「たしか、風間が出資しているとか」

――どうです、だいぶ記憶がはっきりしてきたようですね。このように日西商事の売り先は記録されているのですが、そもそも日西商事が直接坂東通商とやった、記念すべき最初の取引も常陽土木だから、風間グループ向けですね。

「……はい」

――直接取引の二回目は風栄産業だったと証言されましたが、これも風間グループ向けですね？

日西商事の年かさの弁護士が、財津の尋問に異議を述べるために立ち上がるのと、栗山が「はい」と答えるのは同時だった。

――直接取引の三回目も風間でしたか。

と、財津は早口で続けた。

「いえ、風栄精機でした」

――そうですか、思い出しましたね。やはり風間グループ向けだったんですね。

「そうです」

そう答えながら、栗山は崩れ落ちそうに座る弁護士を見た。

――そうすると、そもそも坂東通商との取引はゼネコン向けの商売で開始したと、前回の証言でも、また今回の証言でも主張していますが、じつは風間グループ向けの商売だったんですね。

やられたなと栗山が認めるのと、後ろの傍聴席で、日西商事の社員たちが顔を見合わせたのと同時だった。栗山は風間とのことは社内でも、また弁護士に対してもあまりきわだたせないように努めていたのに、この風采のあがらない財津によって取引の構図があばかれてしまった。

——坂東通商は、そもそも風間グループに顔がきくということで、日西商事に近づいてきたのじゃありませんか。

財津がいやに穏やかな声音でたたみかけてきた。

「いや、そんなんじゃありません」

力をこめて反撃した。

「もっと広く、いろんなところに顔がきくということで、やってきたんですよ」

——そうですか。さて、日西商事としては坂東通商から買って風間コーポレーションなどに売る取引が目立ってきて、しかも坂東通商に対する立替金もばかにならないので、坂東通商は扶桑綜合リースに売り、扶桑綜合リースが日西商事に売り、日西商事が風間などに売るというルートに変えようとしたわけですね。

「異議あり」若い弁護士が姿勢を立て直していった。「誘導尋問です」

——取引の動機を訊いているだけです。

「証人は答えるように」

裁判長は迷わなかった。

「いや、なんていうか……」

栗山は、またブレスレットをいじった。

「まあ、多少はそういう気持ちもあったでしょうな」

——どうなんです？

声が小さい。

——ところで、そのような取引が十三回繰り返されたあとで、本件で争いになっている三件の取引に入るのですが、それは風栄産業向けが二件、常陽土木向けが一件ですが、証人は風栄や常陽と話し合いましたか。

「ええ」

——交渉の結果はどうでしたか。

「交渉と呼べるかどうか……。話はしましたがね。風栄は契約の書類はあるが、物が納入されていないじゃないかというし、常陽は契約そのものも知らないといってますな。そこのところを解決してもらわないと、扶桑綜合リースさんにお支払いできませんね」

——どうして扶桑綜合リースが解決しなければならないんですか。

「契約をまとめるのは、坂東通商と扶桑綜合リースの仕事だからですよ」

——坂東通商と日西商事との間に何があったか知りませんが、なんで扶桑綜合リースが風間グループとの契約をまとめる責任があるんですか。さきほど証人がいったように、風間グループと取引歴が長く、かつ取引の相手先なのは日西商事の方で、しかも日西商事の都合で扶桑綜合リースを間に入れたんでしょう？　それを扶桑綜合リースが解決しなければならない特段の理由があるんですか。

「いや、それは……」

栗山は絶句した。そして、弁護士の事務所でのリハーサルのことを懸命に考えた。だから、証人になるのは嫌だといったんだと、また思い出した。人のふりつけどおりに喋るなんてやったことがない。役者じゃないんだから……。

「そうだ、物が納入されていないのは、扶桑綜合リースの責任でしょう？　うちとしては、物がないのに扶桑綜合リースにお金は払えませんね」

やっと、ひとつ思い出した。

――なるほど。ときに、この三件の取引のしかたは、前の十三件と何か違いがありますか。

「どういう意味でしょう」

――いや、文字どおりですよ。たいして違いなんかないでしょう？

「……はい」

――ところで、栗山さんは、風間や風栄、常陽と取引の話をしたことはありませんか。

「一度や二度は坂東通商と会っていますよ。しかし、儀礼的なもので、こみいった話はしていませんな」

――しかし、日西商事の売り先でしょうが。大事なお客さんですよね。

「なに、そこら辺は坂東通商の受け持ちですからね」

——個々の契約について、風間グループの人と相談してませんか。

「まったくありませんな」

——頻繁に連絡を取り合ったということも？

「もちろん」

——反対尋問は以上です。


「いやあ、おもろかった。痛快でしたなあ」

ロビーに降りると、河内が満面に笑みを浮かべていった。

「財津先生が前回の証人尋問が終わったときに、私の尋問を聞いてから感想をいえとおっしゃったけど、ほんまですな。あのあほ、最後は支離滅裂になって、立ち往生でしたな」

「嘘ばかりつくから、つじつまが合わなくなるんだ。自業自得だな」

保坂も満足していた。

「取引の進め方が前の十三回のと同じなら、今回に限って代金を支払わなくていい理由はないですよね。それに、荷物の引き渡しの問題だって、日西商事が自分で貨物受領書を出しているんだから、あとで受け取っていなかったということは許されないというのが判例の見解でしたよね、先生。おかげさまで、完勝というところですか。こんなに気分のいい証人尋問は初めてですよ」

「いやあ、山県さん。楽観は禁物。裁判は判決を貰うまではわからんのですよ」

「というと、日西側はまだ何かやってくると？」

「もちろん。一筋縄で行く法律事務所じゃありませんよ。弁護士を二十人も抱えているんですからね、あらゆる方法を検討するでしょうよ」

「しかし、このあとやりようがあるんですかね。坂東太一でも引っぱり出してきて、偽証させればともかく、あの坂東のやつは雲隠れしたままですからね」

ロビーを突っきり、またいつものように正面玄関の前でタクシーを拾おうとした。

「この後、敵は何をやるんだろう？」

保坂がコートの襟を立てながら、山県と同じ疑問を口にした。

財津は苦笑して甲斐を見た。

「たとえようもなく不愉快なことさ。不愉快で、強烈なことだ」

甲斐は財津にかわって答えた。

「なんだ、甲斐。それは？」

タクシーがすべるように来て止まった。

「もちろん日西商事に有利なことさ」

乗り込みながら、甲斐はいった。

「そして、保坂の怒りそうなことだな」

2

新年会を兼ねた土屋との会合を、保坂は神田の寿司屋の隠れ座敷に設営した。それもふぐ料理とはりこんだ。

「来年の正月は、どこで迎えているやら見当もつかない。会社が残っているかどうかもわからないからな。何かの記念にこんな同期会もいいだろう」

それが保坂のいい分だった。

「それにしても、このようなものを食べていると、何か申し訳ないような気分になりますな」

口ではそういいながらも、土屋は相好をくずしてしきりに箸を動かす。薄づくりのふぐ刺しを二、三枚まとめてすくい取り、ほとんど嚙まずに飲み込んでしまう。ひれ酒の飲みっぷりもいい。土屋はなかなかの美食家のようで、四角の大きな顔が浅黒く光っているのは、これまでに食べた魚や肉の脂のせいに違いない。

「何年かにいっぺんのことだ。バチは当らんだろう」

保坂も、手と口を休めない。証人尋問が首尾よく終わったせいか、何日か続けていた禁酒もやめにして、好きなウイスキーをロックであおる。酒をやめていた間はいくらか健康そうに見えたものだが、すっかり元に戻って、ときおり大酒飲みの放心した表情が顔に出る。何かを考えているようでもあり、そうでもないような顔だ。その顔で、しつこく酒を勧めてくるが、甲斐はあまり飲まない。

「なんでまた？　あんなに好きだったのに」

「おばあちゃんの遺言だ」

「へえ、知らなかった。いつ亡くなったの？」

「二十年前だよ」

「それが、なんで今ごろ？」

「保坂が禁酒を始めたときに、遺言を思い出したんだ」

酔っている余裕がないと思いはじめていた。

「それにしても、バブルがはじけてこのかた、ろくなことがないですなあ」と土屋が嘆く。

「証券や金融だけじゃなく、だれもかれもが欲まみれになって、らせん状になって落ちて行くように報道されているけど、私はにぶいせいか何だかピンとこないんですよ。本当にみんな、そんなに悪いことをやっているんですかね。どう思います、保坂さん？」

「みんな、今までどおりのやり方で、まじめに過激にやったということじゃないのかなあ。ただ、その今までどおりってやつが通用しなくなったんだな、どうやら」

そうだな、と甲斐も同調する。

「みんな、別のやり方を知らないからな。だって、人と違うやり方をしないやつが偉いとされてきたんだから。……ただ、おれ個人としては、やはり八年前の事件がきいているなあ」

「ほう、どんなふうにだ？」

「あれ以来、職場があって地道に働けて、酒が飲めれば、もうそれだけで幸せなのかもしれないと思うようになったな。過激なことは避けるようになったね。それと、それまでは運がよければ別荘の一つくらいは持ちたいもんだなんて夢を抱いていたのに、その夢が消え、そんな夢を見ていたおれ自身も消えた。そのかわり、会社に対する別の愛着みたいなものが生まれてきたんだ。ま、笑ってくれ」

「笑いはせんが、おれもそうなるのかな」

　土屋が意外だという顔をしていった。

「そう思うってことは甲斐さん、失礼ながらあなたは、とてもまともな人間ですよ。それでその職場なんですがね、希望退職はどれほど集っているんですか。お聞きになってますでしょう？」

「二、三十ってとこかな。正確な数字は知らない。希望退職を募ろうにも、まだ若い会社だから、中高年はそんなに居ない。生え抜きの人たちではなく、中途入社の人が辞めてゆくことになるんだな。例えば、私や保坂のような……」

「ご冗談を……。ところで、会社の本当の目標は？」

「まあ、ざっと五十名になればいいというところかな」

　戸塚人事部長は、公式の発表では百といっているが、万事裏表のある男である。

「うちの新宿支店でも二名希望してますな。保坂さんの営業一部はどんな具合ですか」

「うちも二名」

「優秀な人が辞めますか」

「とびきり優秀なのは辞めない。辞めるのは、その次のクラスだな」

「いや、油断はいけませんよ。そのうちトップクラスが突然、辞表を出してくる」

いずれそうなる、と甲斐も読んでいる。会社の行く末に不安を抱く優秀な人々が、愛想をつかして見きる。そうなれば、会社の再生は無理だろう。ノンバンクは人材の他になにもない。

刺身を食べ終わると、鍋が運ばれてきた。

土屋は取り皿に大盛りに取り、次々にほおばる。保坂は面倒な顔をしつつ、ふぐだけをつまむ。

「合理化と希望退職の募集。そこまでならなんとか我慢もできますが、自主再建は無理なんですか。どうでしょう、そろそろ数字を教えて下さいよ。私の方にも極上のプレゼントがあります」

食べる方が一段落すると土屋が尋ねる。浅黒い顔が湯気か汗で濡れて光っており、一種独特の迫力がある。甲斐は保坂の顔を見てから答えた。

「不良債権は、一千億円を超えている。さらに五、六百億円増えるかもしれない。大ざっぱに聞こえるだろうが、基準の取り方、対処の仕方でそのくらいの幅は出る。例えば、いま不良取引先を潰して資産をたたき売ると仮定すれば、五、六百億円くらいはすぐ増える」

土屋は、やはりそうかという顔をした。

「そんな大事なことを、これまで隠してきたんですな」

「さあ、それはどうかな。かばうわけじゃないが、つかみきれなかったというのが正しいところだろうな」

「まさか……」

「いや、誰も求めないとなると、数字というものは出てこないものなんだ。うちだけじゃない。よそを見てごらん。ノンバンクに管財人が就任して、強烈に求めて初めてまともな数字が出てくる例があるだろう？　しかも、それまでの公表数字と称するものの倍三倍になって出てくる。経営者をはじめとして誰もが本当の数字をほしがらなかった結果、そういう信じがたいことがおきるんだな」

「無責任というものだ」

「いったん会社の中にそういう雰囲気ができあがると、誰もが求めなくなるものなんだよ。どうもサラリーマンというのは、自分の会社の本当の姿を、実は知りたくはないんじゃないかと私は疑うね。なぜだかわからんが、私が自分の健康状態を知ろうとしないのと似たようなものかもしれない」

土屋は箸をテーブルに立て、トントンとたたきながら考えに沈んでいる。年間の経常利益の額から、何年で取り戻せるか計算している。

「やはり、合併させる腹ですか」

と、上目遣いに甲斐を見た。

「銀行は、そうだな」

「うちの経営陣は？」

「意見が割れているようだ」

「相手は？」

「独立色の濃いリース会社かもしれない。銀行直系は軒並み手傷を負っていて、自分のことで精一杯だから」

「日野に会ったんだな」

と、保坂が口をはさんだ。酔った頭で敏感に察したようだ。

「そう。しかし、それ以上は教えてくれない」

「だろうな、そういうやつだ、あいつは。独立色が濃いところとなると、はて、どこだろう……」

「伍代リースかもしれませんね。あそこが一番元気がいい」

土屋がそういい、ふたりで見つめあった。

「……伍代か」保坂はうんざりした顔をした。「そりゃ、ありうるわ。強烈な拡張路線を取っているもんな。ほかのリース会社が青息吐息のいまをチャンスと見て、合併やら業務提携をしかけている」

「私はまだ半信半疑なんだけどな」と甲斐は土屋にいった。「リース会社って、合併の効果があるんだろうか。生き残り策として、はたして有効なのかどうか……」

「それはわかりませんね。なにせ実例が少ないんだから。ただ、あそこは去年も地銀の息のかかった地方のリース会社を吸収している。最終的な生き残り策なんてもんじゃなく、首位の座を狙っていますね。なんせ、リース業本体は、まだまだ将来性のある業種ですからね」

「いよいよ淘汰の時代が始まるってことなのかな」

「ただね、たまらんのは合併された会社の社員でしてね。去年の例だと、今も残っているのはほんの一握りです。あとはみな辞めるか伍代の子会社に飛ばされた。ま、合併といったって、完全に飲みこまれてしまうでしょうね。扶桑綜合リースの人間は、冷遇されるでしょうよ。なにせ銀行から売られてしまうわけですからね」

「それで、おふたりは伍代リースとは何かつながりはないんだろうか？」

「伍代と？」保坂が土屋の顔を見ていった。「そりゃ、同じ業界だ。営業部長どうしの連絡会ぐらいはあるさ。だが、なんでだ」

「それで伍代リースの実力者は？」

「営業の方なら松永専務だ」

「どんな人？」

「独裁者よ。さっき土屋のいった地方リース会社吸収の指揮をとったのは彼だ」

「怖そうだな」

「ああ、おっかない。彼ににらまれたら、まず出世の見込みはない。それどころか、ノイローゼになった部下も三人や四人じゃきかない。自殺した人だっているという評判だね」

床の間に、すらりとした茎のラッパ水仙が三本ばかり活けてある。素朴な黄の花のまわりが、まるで灯火のようにぼんやりと明るく、なごやかな光を放っていた。しばし三人とも花に見入った。

「……さてと、それでは私の方から、ご報告がふたつばかり」

土屋がテーブルに両ひじをつき、背筋をのばした。黒光りする大きな顔にまた迫力が出た。

「その後、生え抜きの管理職たちで連絡を取りあいました。そして、一種の組合のようなものを作ることで合意しました。メンバーはいまのところ部店長クラスにしぼったので、二十人弱。進行具合によって、課長クラスまで広げます。連絡会の座長には私がつきました。いつでも旗揚げできます。前回の甲斐さんの話から、昔大銀行との合併に抵抗した相互銀行のケースを参考にさせてもらいました。既存の従業員組合にも、それとなくこの組織のことはにおわせていますが、正直なところ当てにはしていません」

「いやに素早いじゃないか。で、どう闘うの?」

「なんでもやりますよ。必要に応じてストも打ちます。しかし、一番効果的なのは、扶桑銀行へデモをかけることかもしれませんね。銀行のおかげで不良債権を抱えて行き詰まったノンバンクが、その責任を問うというのは非常にわかりやすいでしょうね。全共闘世代の成れの果てがおりますんでね、そこそこ闘えるかもしれないと思っているんです。ノンバンク、最後の抵抗です。いや、最初の抵抗ということになるんでしょうかね」

「どうだろう、甲斐」と保坂がいった。「それでもなお、銀行は強行するだろうか」

日野の顔が脳裏に浮かんだ。追いつめられれば、日野のようなエリートは何を考えるのだろうか。自暴自棄になるということはあるのだろうか。やけになって、扶桑綜合リースを潰しにかかるだろうか。

「わからないな。勝手に生きてみろと、見捨てるかもしれんな」

それが最もありそうであった。

「行くも地獄、残るも地獄ってやつだな」

と保坂がいった。

「吸収されれば無残だし、かといって独力では悲劇が待っていそうだ。でも、私ら生え抜きは、独自の道を歩きたい。銀行の都合で、押しつけられて合併なんかしたくない。それで潰れるなら、それはそれでやむをえない」

土屋は座長の口振りだった。

いつの間にか、一本あいてしまっていた。保坂が手をたたいてウイスキーを頼んだ。ときおり鍋をかき回し、保坂と土屋は黙って飲みつづけた。話題が話題なだけに酔いが回らず、二人ともいくらでも飲めるようだった。三十分足らずで、また半分あいた。

「ご報告がもうひとつ」

と土屋がいった。

「前回お約束した件ですがね、坂東太一の痕跡を見つけましたよ」

「………」

甲斐はラッパ水仙に眼を向けた。保坂は原液のようなウイスキーをあおり、またドクドクとついだ。それも一息で飲む。

「坂東太一って、誰だっけ」と保坂がしゃがれた声でとぼけた。「甲斐、知っているか?」

「さあ、どっかで聞いたことがあるような気がするな」

「保坂さん、エステポーナってご存じですか?」

「イタリアかどっかにありそうな名前だ」

「南スペイン屈指の保養地らしいんですよ。コスタ・デル・ソル、つまり太陽海岸の真ん中あたり。晴れた日には水平線のかなたに、アフリカの山並みが見えるそうです。日本人もけっこう移住しているらしい」

「そこに逃亡した?」

「いえ、そういう名前の新宿のクラブです。そこが坂東太一の巣だったんです」

土屋は坂東通商の債権者のリストを手に入れることから始めたのだといった。もちろん、ブローカー程度の坂東通商の債権者リストなどそろっているはずもなく、興信所には特別の調査を依頼しなければならなかった。その費用は、保坂の営業第一部に回しますと土屋はいった。ただ、調査の結果、やはり坂東通商に焦げついた会社を三、四社知ることができた。

「あの坂東太一のやつ、うちだけじゃないんだな、だましたのは……」

保坂の表情に怒りが戻ってきた。

「もっとも、うちほどの被害にはあっていませんでしたけどね」

「そうだろう、そうだろう。おれほどのお人好しはそんなにいないだろうからな」

「でも、怒っていましたよ、みんな。訪ねて行くと、こちらも被害者で同じ立場なもんだから、誰も警戒なんかしやしません。被害にあって、坂東を追跡しているくらいにしか思わないんですな。また、事実その通りなんだから……。同情してくれて、知っていることは教えてくれました」

「ふうん。土屋君はおれとは行動力が違うようだ。まいったな」

「いや、そうじゃありませんね。私は当事者じゃないから、外聞をはばからずに出かけて行ける。新鮮な眼でも見られる」

聞いたことを頼りに、坂東の立ち回りそうなところに行ってみた。渋谷の風間コーポレーションなどにも行ったが、玄関払いを食わせられたりで、結局坂東の取引関係から手がかりは得られなかった。

捜索が夜までかかったある日、駄目でもともとと思い、債権者たちが接待されたバーやクラブを回って見た。

三軒目か四軒目のクラブで、坂東の名前を出したら反応したホステスがいた。だが、その日は突っ込まずに、週に二度通った。それを三週繰り返した。ホステスとも親しくなったし、ママも席につくようになった。

「いやあ、すまん。だがなんでそこまでやってくれたんだ？　おれへの愛と同情か？」

保坂が身を乗り出してきく。酔いがすっかり飛んでいる。

「そうです、といいたいところですが、ほんのちょっぴり打算がはいってます。それはあとでいった方がよさそうですね」

「そうか。それは楽しみだ。で、なにがわかった？」

「坂東のやつ、ツケを残していたんですな。どうせ逃げるなら、きれいにして逃げればいいものを、やっこさん、当時は気に入ったホステスがいたらしくて、そのバーを整理するつもりがなかったのか、あるいはあとで払うのが馬鹿馬鹿しくなったのか、何十万単位のツケを残したままにしてあったんですね。ママはかんかんでしてね。こっちも坂東にだまされたと打ち明け、レミーだかなんかを注文して機嫌を取ったら、いろいろ喋ってくれましてね。坂東といっしょによく飲みに来ていた仲間の名前だとか、ね」

「おまえさん、色仕掛けで喋らせたな」と保坂が喜びのあまりまぜっかえした。「その顔の色艶《いろつや》だ。酒だけじゃなく、あっちの方も強いともっぱらの評判だよ」

「それは縄文時代のころの話ですね。今はちっとも駄目。なに、ほんの少し多く交際費を使っただけですよ。それも、いずれ保坂さんの方に回っていきます」

「私の方に回してくれたっていい」と甲斐はいった。「赤松順造の名前が出たんだな」

「よくわかりましたね」

「それに、栗山某の名前だ」

と、甲斐が追加した。

「これでおれは救われるかもしれない、ありがたい」

「まだありますよ。S《エス》さんと愛称で呼ばれていた客。それから会長と呼ばれていた男は、いつもいい女を伴っていたらしい。聞きたくありませんか、保坂さん、それに甲斐さん。どうです?」

土屋の細い眼が光った。大きな顔に、したたかで狡猾な表情を浮かべた。

「ただし、条件があります。扶桑綜合リースの独立を守ること。口先だけの協力ではだめですよ。私ら生え抜きと手を組んで銀行の横暴と戦うこと。きれいさっぱりと銀行と決別すること。どうです、この条件を飲めますか?」

3

年が改まってから日野が会長に呼ばれたのは、二週ほどたった水曜日だった。去年の暮れも二週ほど呼びだしがなかったから、合わせてほぼ一月《ひとつき》になる。

年末年始の行事や来客で会長は忙しいとは知りつつも、日野は胸深く巣くった不安が、日増しにふくらんでくるのを自分でも制御できなかった。

絶えず最高権力者と会って、その声を聞き、その顔を見る。褒められることはめったにないが、なにごとかを報告し、その指示を受ける。皮肉られ、嘲笑され、容赦なくしかられる。だが、そのそばにいないと心が落ち着かなくなっている。関連事業部長に就任して、いつしかそんな習性が身についた。

年が明けてからというもの、いつ呼び出しがあってもいいように、日野は問題関連会社のデータを頭に入れた。扶桑綜合リース、扶桑ファイナンス、扶桑開発などなど。今年は、金融界や不動産業界にとって、大変な年になりそうだった。しかし、その情報を会長に披瀝《ひれき》するまでには半月を要したのだ。

「リースの合理化の方はどうだ？」

会長は執務室で、例によって日野を立たせたまま訊いた。

日野は沢木からの公式報告と、甲斐からきいたことをアレンジして答えた。他社にさきがけての希望退職の募集や、さまざまな合理化案。ものごとを要領よく整理する能力にかけて、日野はいささかの自信があった。

「ふん。それなりに進んでいるということか」

会長は手を頭の後ろに組んで、椅子にもたれて胸をそらした。そして、口をへの字に結び、眼をつむる。何かを考えるときの癖だったが、ちょっと不機嫌そうであった。そう、会長はいつも不機嫌そうだった。

日野は扶桑綜合リースの不良債権の話をもちだすべきかどうか迷っていた。ひところは日野の顔を見さえすれば、口ぐせのように実態把握を求めていたのに、例のレポートを提出して以来いっこうに御下問がない。会長はあの数字のことなど忘れてしまいたいと思っているのではないかと日野は疑いだしていた。知れば責任が生じる。この世の中には、知らない方がいいことが一杯あるのだ。

ただし、それは権力者の身勝手であって、日野のような立場の者にはそれなりの義務がある。知らせれば怒られるかもしれないが、かといって知らせなければ、また怒られる。それが宮仕えというもので、その難所をひとつひとつ切り抜けたものだけが出世を許される。日野はそう信じていた。

「不良債権の数字の方は、やはりあんなもののようです」

日野は、まずそういった。いって、会長の様子をうかがう。会長は眼を閉じたままで、食いついてこない。案の定だ。それで、用意の一言をいう。

「梶原社長以下、圧縮に尽力されているようです」

下駄は現場に預けるに限る。

会長は眼を開けた。そんなことは当たり前だ、どうでもいいといっているような気がした。

「合併の方は、どうだ？」

と尋ねてきた。合併しさえすれば、不良債権など知ったことではない。合併会社の方で、しかるべく処理すればいい。そういう風情《ふぜい》だ。

「年末から、伍代リースと接触を取り始めました」

「相手は誰だ。松永専務か」

「いえ、私のルートでは、いきなりあの実力者までには……」

「時間がないぞ、時間が」

「は？」

「今年は金融の再編が一挙に進む。雑音が大きくなった。マスコミだけじゃない。海外の格付け会社もうるさいことをいっている。とばっちりを食わんようにせんとな。ろくでもない関係会社は整理して、どこをつつかれても大丈夫なようになっておくことが肝心だぞ。身軽になって強い立場を維持し、再編で主導権を握る。それが銀行の最大の課題だ。——それで、扶桑綜合リース内部の意思は統一されているのか」

「いくらか慎重論もあるようですが、なに、徐々に理解は深まって行くでしょう」

甲斐の情報が生きた。

「どこらへんに慎重論があるんだ？」

「管理部門担当の役員クラスです」

「誰だ？」

「小島常務と江頭取締役です」

「小島は頑固で愚直なやつだ。あいつ体が悪いときいたが、まだ現役がつとまってるのか……。江頭？　知らんな。梶原は、伍代に働きかけているのか」

「さあ、それは私がうかがっていいことでしょうか」

「構わん。おれからだといえ。機会を見て、そういって訊いてくれ」

——何かが生じている。

日野の敏感な感覚は、会長と梶原の間に生じた異変をとらえた。梶原は会長にそむきつつあるのか。まさか……。

しかし、何にせよ、会長から梶原を問いただす権限を与えられたのは大きい。梶原は会長の片腕だった。その人を問いただせる。おれはついに、会長と梶原の間に立つ男になったのだ。

「慎重論は、それだけか」

会長が冷やかな眼でじっと見ていた。

「はい、それだけです。探ってみたところ、部長クラスには合併大賛成というのもおりまして……」

甲斐の名前を出そうかと思ったが止めた。まだ、後でいい。

「そんなんじゃない」

「は？」

「社員の中に、不穏な動きはないんだろうな？　組織的な動きのことだ」

「まさか」

「いや、なに老婆心までよ。なければないで、それでいい。まあ、君が見ていてくれるんだ、おれとしては安心だ。さてと、次はなんだ？」

背筋を、すうっと冷たいものが流れた。

謀反《むほん》?

まさか。一体、誰が謀反をおこすというのだ。この銀行にそむくなんて……。

第十章　弁護士

1

日西商事が証人として呼んだのは、意外にも村上という坂東通商の営業部長だった。

「あんな詐欺師の会社に、営業部長なんてたいそうなのが居たんでっか」

河内は鼻で笑ったが、被害の当事者の保坂は、少しばかり気に触ったようだ。

「確かに詐欺師だろうが、一応事務所をかまえて十年以上営業していたんだ。営業部長もおれば、経理部長だっていたさ」

「保坂さんは接触があったんですか」

「いや、まったくないね。ろくに口をきいたこともない。おれのトイメンは坂東太一だった」

「社長が行方不明になった倒産会社の営業部長をどっかから引張りだして、日西商事はいったい何を証言させようというのでっしゃろ」

「わからん。見当もつかんな。でも、きっとおれが不愉快になることなんだろうな。おまえの上司が、前回そう予言したとおり……」

「上司？」

「甲斐のことよ」

村上はいくつかの職を転々とした男だった。経歴に関する質問でも、答えられない空白があった。それが七、八年ほど前に坂東太一に拾われて、営業の手伝いをするようになった。冒頭の尋問で、そう答えた。まだ四十前だが、腹が出ており、目付きに尖ったところがある。やくざではないが、裏街道を歩いてきた人間の匂いがした。

——証人は坂東通商の営業部長だったということですが、日西商事や扶桑綜合リースに関連して、どのような仕事を担当されていましたか。

例の若い弁護士が、証言席に座っている村上を見おろしながら、よくとおる声できいた。

「営業部長といっても、名前だけですよ。裏方です。社長の坂東さんをサポートする仕事というのかな」

——というと、日西商事や扶桑綜合リースとの取引では、どんなことですか。

「雑用ですよ、しょせん」

村上は自嘲するようにいい捨てた。それが妙に似合った。

——もっと具体的におっしゃって下さい。

弁護士は感情を表さず、丁寧にいった。

――取引の流れに沿って、証言していただきましょうか。まず、取引自体は、坂東社長がまとめるというか、あるいは考えつくというか、そこから始まるのですね。どんな具合に、できてくるのですか。

「頻繁に、あちらこちらに電話したり、人に会ったりしてましたね。売り買いのネゴですな。そして、いつの間にか、取引が形になって現れてくる。立ち上がってくるとでもいうのですかね。それがとぎれることがないのだから、なかなか見事なものでしたね」

――あなたも立ち会ったりしたのですか。

「はい。いや、たまにはといったところですかね」

――扶桑綜合リースの保坂さんとも、頻繁に会ってましたか。

「会っていたようですね」

――取引は書類、つまり契約書にしなければなりませんが、あなたの仕事のひとつに、それを手伝うというのもあったんですか。

「そうです。社長の指示で、契約書だとか請求書を作って、郵送するのも仕事でした」

――その中には、扶桑綜合リース宛のものもありましたね？

「もちろん、ありました」

――以前は日西商事が坂東通商と直接やっていた取引に、途中から扶桑綜合リースを間に入れるようになったのですが、どうして入れるようになったか証人はご存じですか。

「それは、なんというか、扶桑綜合リースさんが、売上が欲しかったからでしょう」

——というと、扶桑綜合リースの希望で、間に入ったのですか。

「そうです」

保坂がかっと眼を見開き、そして悔しそうに唇を噛んだ。

——取引をまとめるとき、扶桑綜合リースにはいちいち連絡していましたか。

「もちろん、してました」

——どうやって、連絡するのですか。

「電話のときもあれば、どこかで会って話をするということもありました」

——会うときは、どこですか。扶桑綜合リースの会社ですか。

「いや、料理屋とかバーが多かったようですね」

——あなたは、同席していないんですか。

「はい。もっぱら、社長がやってましたから」

——ほう、それなのに、どうして料理屋とかバーだとわかるんですか。

「そりゃあ、交際費で処理するからですよ」

——あ、なるほど。伝票を見ればわかるわけですね。交際費というと、接待ですね。誰を接待していたのですか。

「保坂さんです」

保坂が、救いを求めるように財津を見た。だが、財津はそしらぬ顔で視線を合わせず、異議を申し立てるそぶりも見せない。やむなく保坂は甲斐を見て、それから河内を見た。河内が声を出さずに、ひでえですねといった。

——いま、お尋ねしたのは、坂東通商と扶桑綜合リースとの間の契約関係のことですが、証人は扶桑綜合リースと日西商事との取引については知ってますか。

弁護士の声が一段となめらかになった。

「いいえ、それは坂東通商とは直接関係ありませんから」

——ということは、扶桑綜合リースと日西商事との間に契約が成立したかどうかは、その両社間のことだという意味ですね。

「そうです。私にはわかりません」

——証人は、日西商事に扶桑綜合リースとこういう取引について契約してくれと連絡したことがありますか。

「いいえ」

保坂の眼が険しくなった。

——つぎに荷物の引き渡しについてうかがいますが、あなたは引き渡しに関与していたんですか。

「いいえ、それは社長がやっていました」

——引き渡しがいつなされるかなどということは、扶桑綜合リースに連絡していたんでしょうね。

「もちろん、そうでしょう」

――取引の中には、まだ荷物が引き渡されていないのもあるようですが、それは扶桑綜合リースも知っていたか、あるいは知りえたものなんでしょうか。

「ええ、社長が逐一保坂さんに連絡してましたからね」

――くどいですが、それは引き渡しも含めてですね。

「保坂さんは、何でも知っていると社長がいってましたよ」

保坂は怒りを表して、村上の背中を凝視した。膝に置いた手が固く握りしめられている。

傍聴していた日西商事の社員が、表情を殺して顔を見合わせた。眼が満足そうだった。

後ろの席の二人連れの若い方が、愉快そうに笑った。中年の方は、面白くもなさそうに、眠そうな顔をしたままだった。

あの若いの、案外賢いのかもしれんなと、甲斐は思った。

坂東太一は保坂と懇意だった。その保坂が売上を上げるために坂東に頼んで、坂東通商と日西商事の間の取引に介入した。保坂は、坂東から、取引の実態、つまり架空取引であることまで教えられていた。日西商事はかやの外だった。だから、扶桑綜合リースが変な取引の代金まで日西商事に請求するのはおかしい。――それが、この尋問の趣旨だった。それを、あの若いのは理解したようだ。

それにしても、日西商事はこの村上にいくら払ったのか。

――主尋問を終わります。

弁護士は顎をあげて傍聴席をながめてから、自分の席に戻った。

「さて、原告、反対尋問をどうぞ」

裁判長が興味深そうな眼で財津をうながした。

——ずいぶんと想像力を働かせた証言のように聞こえました。きわめて豊かなイマジネーションの持ち主ですね。

財津は、日西商事の弁護士と違って、今日も自分の席を動かず、机に指を突いたままだった。

——いちいち異議を申しのべるのも面倒ですからさし控えてました。これからまとめておききしますから、証人は宣誓のことを思い浮かべて答えて下さい。そう、偽証罪のことです。

村上は財津を流し目でにらんだ。

——まず、事実の確認から。扶桑綜合リースが、坂東通商と日西商事の間に入った理由を、証人は誰から聞きましたか。

「商売をやっているのなら、売上が欲しいに決まっているんじゃないですかね。サラリーマンの出世は、それで決まるんだから」

ニヤリと笑っていった。

——そういうことを訊いているんじゃない。誰から聞いたかという質問です。どうです。誰から聞きましたか。

「…………」

――はっきり答えて下さい。

「聞いてませんよ。しかし、聞かなくたってわかりますな」

――それが、想像力だというのですよ。次。取引に当たって、証人は扶桑綜合リースと連絡を取ったことがありますか。

「私はありませんが、社長が……」

――次。証人は料理屋とかバーで、保坂と同席したことがありますか。

「それも、社長が……」

――次。引き渡しについて、証人は保坂に連絡したことがありますか。

「それも、同じですよ」

――保坂が何でも知っているとは、いつ、どこで、何について、坂東社長がいったんですか。

「よくいってましたよ。何度か」

――質問に答えて下さい。

「答えてるじゃないか」

また財津をにらんだ。

――営業部長をやっていたのなら、風間グループを知ってますね。

財津をにらんでいた眼を、慌てて正面に戻した。ドスをきかしたつもりが、虚をつかれたといったふうだった。日西商事の社員たちが、居住《いず》まいを正して村上を注視した。後ろの二人が身構えた。

——どうなんです？

「私はあまり知りません」

——変ですね。日西商事の栗山さんは、坂東通商は風間グループと親しく、風間向けの商売ということで日西商事に近付いてきたと証言しているのですよ。それでも、知らないのですか。

「それは、坂東社長がやってましたからね」

——しかし、証人は裏方として、社長の仕事をサポートしていたのでしょう。風間向けの仕事だって、契約書を作ったり、受け取ったりしていたんでしょうが。

「その程度のことなら……」

——坂東通商としては、付き合いが古い順からいうとどうなるんですか。

「え？　どういう意味か……」

——じゃあ、こうききます。坂東通商の取引歴からいうと、風間グループ、日西商事、扶桑総合リースの順に古いんですね。

「まあ、いちおうそうですが、しかし最近の取引量となると……」

——証人は風間グループから契約書を受け取ったり、届けたりしてましたね。やはり栗山証人が、風間とのことは、坂東通商でまとめていたと証言していますよ。

「……」

――どうなんです。

「やってました」

――風間グループは、誰が担当でしたか。

「いや、ちょっと」

――風間から、誰か証人として来てもらう必要があるかもしれない。風間会長が直接担当していたんじゃないですか。

法廷の空気が、一瞬真空状態のようになった。うしろの二人づれの椅子が、ぎいときしんだ。村上がぶるっと身をふるわせた。

「そうです。……あ、いや、違います」

――では、誰ですか。

「………」

――妙ですね。

財津が笑った。

――想像力も働きませんか。反対尋問を終わります。

裁判所の玄関前で、いつものようにタクシーを待った。

財津は寒そうに両腕で体を抱いていた。

「先生」と保坂がいった。「先生、今夜はあいてらっしゃいませんか。向島あたりの料亭を取りますが」

「わっ、いいな。若い芸者も呼ぶんでんな」と河内がいった。「先生、ぜひ繰り出しましょ」

「ありがたいが、今夜はだめなんだ」

「どうしてでっか？」

「女房と、晩飯を食う約束なんだ。今日の料理番は私で、寄せ鍋でも作ろうかと思っているんだ」

「先生でも、料理をなさるんでっか」

「うん。引退後に備えて、メニューをひとつずつふやしているんだよ。家に入ったとたん、女房に愛想をつかされたり、離婚されるんじゃかなわないからね。定年離婚ってのが、多いらしいじゃない。自立しようと思っているんだ」

「……じゃあ、保坂さん、私らだけでいきましょ」

「いや、おれも久しぶりに女房と飯でも食うことにするわ。そうだな、私の定年だってそんな先ではないし、希望退職やら指名解雇だってありうる話だ。先生、またにしましょう。しかし、本当にありがとうございました。救われた思いがします」

「私は、どないしたらよろしいの？」

「河内も、かかあと飯でも食えよ」

「それが、離婚調停中なんですよ。ああ、寂しいなあ」

「へえ、定年前に、か」と保坂がいった。「それなら、いい弁護士を紹介しようか」

2

雲ひとつない晴れた日だった。しかも南房総という土地柄もあって、手袋をしていない方の手がかじかむということもなかった。東北と北海道、それに日本海側の多くで雪が降っているというのに、ここは別天地だった。

伍代リース専務取締役の松永は、右手の指でティーグラウンドの芝生をつまみ、それを宙にまいた。数本の芝草が、少しだけ右手前方に流れる。あるかなきかの弱いフォローの風。ボールがやや右に伸びるかもしれない。しかし、警戒するほどのことはない。

構えてから、ゆっくりと肩を回し、頭を残すことだけ考えて、振り抜いた。左足一本で立ち、クラブが背中に当たるのを感じる。

ボールは狙った左バンカーの方向へ飛び出し、伸びてから右にフェードし、フェアウエイの中央に落ちた。多分、二〇〇ヤードは超えている。狙いどおり。

距離がいまひとつなのは仕方ない。五十の半ばを過ぎたあたりから、ずっとこんなもので、二〇〇が出ないようになったら、道具を評判のいいものに替えようと思っている。

ナイスショットというパートナーの声に応えて、松永は右手を軽く上げた。仕事のときはめったに出ない笑顔が、ゴルフ場では自然に出る。

一月末の寒い季節ともなると、ふだんのゴルフ仲間は遊んでくれない。人が脳溢血で倒れるのは、一番目がティーグラウンドで、二番目がパットをやっているときだとかいう俗説を持ち出して尻込みする年寄りもいる。そんな連中に限って、温泉なんかに行って、麻雀などという不健康な遊びをして寿命を縮めているのだから、まったく気がしれない。かといって、会社の若い部下に職圧をかけて連れ出すのはためらわれた。

松永はすこぶる元気だった。血糖値が若干高い他は異常はなかったし、それを下げるために医者は運動を勧めた。そのお陰でおおっぴらにゴルフができた。他に趣味らしいものは何もなかったから、松永はゴルフの回数の減る冬の季節が嫌いだった。

会社の顧問弁護士の宮島から誘いがあったときは、だから二つ返事で承諾した。宮島とは年に三、四回やるあいだがらだが、ほぼ同年配なのに松永に負けず劣らず元気がいい。プレイをするのは真夏とか真冬であることが多かった。どうも宮島は、季節のいいときは、他のメンバーと遊ぶ習性のようだった。

「あまり上手な相手ではありませんよ。構いませんか」

宮島は珍しく念を押したが、松永は気にとめなかった。この季節に、仲間でもない者とやろうというからには、それ相応の腕だろうと勝手に察したのだ。しかしプレイを始めてすぐ、ロー・ハンディーのゴルファーとはいいがたいことがわかった。

松永の後に打った財津とかいう老人は、宮島が若い頃に世話になった弁護士らしいが、十分に肩が回らないままティーショットを打ち、それがスライスになって、あわや右の池に入ろうかという当たりだった。その次の、財津が顧問をしている会社の甲斐という男は、財津の打ちそこねの影響か、ティーショットを左に曲げ、斜面に突き刺した。そのため宮島まで調子が狂って、大きなテンプラを打ち上げた。

松永は、人がどうであろうと、気にする方ではなかった。そのかわり、人が打ち損なったボールを捜してやるなどという精神も持ち合わせていなかった。財津や甲斐が走り回っているのを意に介せず、自分のボールのそばでパートナーのプレイをゆっくり値踏みした。

財津は池の端から割合うまくフェアウエイにのせたが、第三打でボールの頭をたたいてチョロにし、その次はダフリで、グリーンまで五打を要した。パットはふたつで、スコアは七だった。

甲斐という男も似たり寄ったりで、斜面から打った第二打がスライスしてフェアウエイバンカーに入り、それは一打で出せたものの第四打がダフリ、こちらもファイブオンだった。おまけにスリーパットで、スコアは八。

宮島はテンプラの後、フェアウエイウッドを見事に使ってグリーン側まで寄せ、手堅くボギーでまとめた。

たっぷり待たされた松永は、これがいつもの悪い癖だが、第二打を三番アイアンで思い切り打って、グリーンの左奥に外した。ツーオンならず。しかし難しい残り六〇ヤードの下りをサンドウェッジで転がし、一〇ヤードのパットをねじ込んでパーを取った。大方の人は嫌がるこのような展開が、松永は苦にはならなかった。刻むなど論外で、攻めて攻め抜く。うまくいけばバーディーをとることもあるし、まずければダブルボギーだ。その紙一重のところがゴルフの醍醐味だ。今日はまずは、幸先《さいさき》がよかった。そして、三番ホールこそボギーにしたが、二番、四番とパーを取り、順調だった。

四番ホールあたりから、財津がなんとかキャリアを発揮しだした。四番のショートホールでは、一三五ヤードを六番で打ってワンオンし、パー。飛ばないが肩が回り出して、まっすぐ行くようになった。五番からは、ボギーペースになった。

宮島はいつものことながら手堅いゴルフで、出だしのボギーの後は、パーを三つ続けた。

甲斐という男は相変わらずだった。ショットが安定せず、たまにナイスショットが出たと思うと、すぐチョロを打った。アプローチやパットも上手くはなかった。ほぼダボペース。不思議なのは、それなのに実に楽しそうにプレイをすることだった。こいつ、スコアの相場というものを知らないのではないか、と松永は疑った。

八番のロングホール、松永は目の覚めるような第二打を放った。スプーンでグリーンまで七〇ヤードに寄せた。フォローの風とはいえ、二〇〇ヤード近く飛んだ計算になる。そこからピッチングウェッジで軽く打って、ピンそばにつけ、余裕のバーディーを取った。宮島はパー。財津はボギー。甲斐はウッドが散々で、九だった。

松永のゴルフには、人に嫌われる癖があった。プレイの最中、遠慮なく人にアドバイスするのだ。つつしもうと思っていても、有頂天になっているときにそれが出る。

「ウッドがいまひとつしっくりこないようだね」

胸を張って九番ホールに向かいながら、松永はせいぜい月一ゴルファーにしか見えない甲斐にいった。

「どうなの、体がなじむまで長いのはやめて、アイアン、それもできれば七番以下のを多用してみたら？」

「その方がいいですか。じゃあ、そうしましょう」

よその会社の社員なのに、いやに素直だった。おまけに甲斐は、ティーショットもスプーンに替え、フェアウエイをキープした。四〇ヤードほど先に打った松永が振り返ると、笑って白い歯を見せた。人懐っこい男のようだった。

松永は第二打をひっかけ気味に打ってバンカーに入れ、なんとかスリーオンしたものの、グリーンのはしにのせ、スリーパットでこの日二度目のダボにした。

一方甲斐は、第二打を七番アイアンで刻んでバンカーを避け、花道から同じクラブで転がしてワンパットで入れた。初めてのパーだった。甲斐はまた、松永の顔を見て笑った。珍しく松永のアドバイスが効いたケースだった。松永は苦笑した。

それで前半が終わり、昼食の休憩になった。

「最後のバンカーが痛かったなあ」と松永は嘆いた。「あと三〇センチでツーオンだった。そうすればパー、うまくいけばバーディーだったが、それができないのが実力だな」

松永は結局四三で、できとしてはまずまずだが、宮島に一打負けた。

「あそこは、いくら残ってましたか。一七〇ヤードですか。ツーオンを狙うとバンカーにつかまりかねないところで、まあ、仕方ないんじゃないですか」

カレーの薬味のラッキョウをつまみにビールを飲みながら、宮島が慰めた。どのみち刻むなんて芸当はできないのだから、諦めなさいというわけだ。

「しかし、先生、後半は調子が出てきましたね。もうちょっとで、五〇を切るところでしたね」

宮島はざるそばを食べている財津に、愛想をいった。財津のスコアは五二だった。

「どのくらいのペースで、コースに出てらっしゃるのですか」

「月に一、二度がやっとだね。健康のためにはもう少しやらなきゃならんのだが、おっくうでね」

「財津先生は、ですね」と宮島は松永に紹介した。「私が修行時代にお世話になった先生と親友でしてね、よくお酒とかゴルフをごいっしょさせていただいたりしたんですよ。たしか初めてコースに出たのも、財津先生とでした。ですから先生、ご恩返しといってはなんですが、プレイされるんなら、いつでもお相手しますよ」

「ああ、ありがたい。じゃあ少し回数をふやそうかな。仕事を加減しだしてきたんで、時間もとれるしね。……ときに松永さん、この甲斐さんはあなたとご同業でしてね。審査部長なんて固い仕事だが」

「いやあ先生、そんな同業だなんて。松永さんのような業界きっての実力者といっしょにしたんでは、ご迷惑というもので……」

甲斐は社交辞令ではなく、本当に照れているようだった。それが松永には好ましく見え、質問した。

「ほう、じゃあやはりリース会社で？」

「はい。扶桑綜合リースです。伍代リースさんの足元にも及びませんが……」

松永は内心の驚きを抑え、てんぷらそばをすすって一呼吸置いてからいった。

「いやあ、そんなことはないですな。売上ではうちなんかがトップグループに入っていますが、甲斐さん、企業は中身ですよ、中身。あ、こりゃ釈迦に説法だったかな。審査部長さん相手に、そんなことをいったんじゃあな」

松永にしては、飛びっきり愛想のいい顔を作った。それを見て、宮島がけげんそうな表情を浮かべた。

なんたる偶然だ、と松永は思った。扶桑銀行の日野とかいう男が、実力会長の本庄の密使としてやってきて、扶桑綜合リースとの合併を打診してきたのは、ついこの間のことだ。さて、この甲斐という男、それを知っていておれに近づいてきたのか。……いや、そんなはずはない。日野は、扶桑綜合リースはまだ誰も知らない、くれぐれも内密にと念を押した。そんなことを考えつつ、如才なく話を続けた。

「だいいち御社は堅実経営で有名じゃないですか。おまけに銀行のバックアップも強いし、株主が寄合所帯のうちのような会社にとっては、羨ましい限りですよ」

ちょうど、いい機会だ。聞き出せることがあれば、この際聞きだしてやろうと思いつついた。松永はゴルフに仕事は持ち込まない主義だったが、たまには例外があってもいい。そういえば、ゴルフクラブを緑の待ち合いと呼んだ評論家もいた。

「堅実経営だなんて松永さんほどの人にいわれると、本当に穴があったら入りたい気持になりますねえ」

そういって、甲斐は財津を見た。財津は曖昧に笑った。

「ほう、というと何か問題でも？」

松永は無表情をよそおってきいた。日野のやつは、扶桑綜合リースの中身に重大な問題はないと保証した。保証？　注意深く言葉を選んでいたが、太鼓判を押したことに変わりはない。

「いやあ、ちょっと不良債権の方が、ですね。連日その処理に追われて、ゴルフもままならぬというところです。いやいや、松永さんにお話するのは恥ずかしい話でして……」

「いえ、そんなことはありませんよ。この時節がら、リース会社はどこだってそうじゃないですか。うちだって、似たりよったりですよ」

「それで、甲斐さん、ゴルフは月に何回ぐらい？」

肝心なところで、宮島が口を挟んできた。有能でエネルギッシュな弁護士だが、体重と口数を思いきってダイエットする必要がある。弁護士という稼業は、どうしてこうもお喋りなやつが多いのだろうか。

「いえ、もう年に二、三回というところですよ」

「それは甲斐さん、宝の持ち腐れですよ。最後のホールのコースマネージメントなんて、とてもクレバーでおみごとでした。あれはなかなか難しいんですよ」

「いやあ、たまたま松永さんのアドバイス通りやったら、うまく行っただけでしてね」

「そんなことはない。やろうと思ってできることじゃあないな」

松永はまた笑みを作り、めったにいわないことをいった。

「甲斐さん、素質があると思うな。実に筋がよさそうだ。また、財津さんとごいっしょにどうかな」

「そうそう、ぜひやりましょう」

宮島が同調した。

後半に入ると、宮島が快調に飛ばし出した。パー、ボギーときて、一二番で一五ヤードのバーディーパットを沈める。その次はまたパー。

「やるじゃない。この分だと七二も夢じゃないな」

松永はプレッシャーをかけるが効果はなく、一四番もパー。手がつけられなくなってきた。

一方松永の方は、どうにもパーが取れなくなった。懸命に気持を集中しようとするのだが、つまらぬパットを外したりしてしまう。ボギーが三つにダボが二つ。

一五番のティーショット。体の軸に不安を感じたまま打つと、案の定ボールは左の林に飛び込んでしまう。悪い足場で木の間を狙うとき、日野の顔が眼に浮かび、甲斐の言葉を思い出した。ままよと打つと、ボールは飛びすぎて向こうのラフに転がる。

「どうもいかんな」

「お仕事のことでも考えているんじゃないですか」

宮島のその言葉が神経をさかなでし、第三打は突っ込みすぎて左のバンカーに。久しぶりのトリプルボギーになった。そこで、ついに腹がすわった。ゲームを捨て、今度は仕事のことに集中しようと決めた。さまざまなことを考えた。

何とか四九でホールアウトし、風呂に入り、酒になった。松永はキープしてあるウイスキーをしきりに甲斐に勧めた。松永は酒豪と呼ばれる男だが、甲斐もなかなか酒好きなようだった。財津と宮島が昔話をしだしたとき、甲斐に話しかけた。

「いっぺんに安定してきましたな。五三ですか、私と少しも変わらない」

「いやあ、九番のときの松永さんのアドバイスのおかげですね」

「そんなことはない。実に手堅い。まるで御社のようだ」

水を向けて見た。

「うちはボロボロなんですよ。そういう意味では、私のスコアそっくりですが」

食いついてきた。

「ボロボロって、さっきの不良債権のこと？　しかし、三桁でしょう。いまどき、どうってことないでしょうが」

百億の単位だろうと松永は鎌をかけたのだ。

「いやあ、それが……」

「四桁？」

甲斐は困った顔をした。

「しかし、扶桑銀行がついているのだから、心配はいらんでしょうが」

「その扶桑銀行が、何かとうるさいのですよ。やれ合理化しろとかいってですね、もちろん不良債権も一桁下げろといわんばかりですが、そう簡単にはいきませんよね」

「そりゃそうでしょうな」

暗に、四桁であることを認めた。日野の説明とは、大分違う。ただごとではない。

「合理化の方は進んどるんですかな。いや、なに、わが社も大変でね」

「いえ、組合のみならず、管理職が団結して反対する動きがあります。私はメンバーではありませんけどね」

「反対っていうと、合理化に？」

「もちろん、あらゆる合理化に、ですね」

合併どころの騒ぎではないではないか。あやうく、あの日野にだまされるところだった。そういえば、あいつ、どこか油断のならないところがあった。腹が立ってきた。

それにしても、今日はいい日だった。おれは、まだまだついている。スコアは散々だが、学ぶことが多かった。甲斐は当分使える。

「ゴルフもいいけど甲斐さん、今度銀座あたりで一杯やりませんか。同業者の情報交換会ということで……。お互い、しっかり自衛せにゃならん時代のような気がしますな。私の方も、なにかお役に立てるかもしれない。どうです？」

甲斐は、また素直な笑顔を見せて同意した。

3

──証人の職業はクラブ経営ということですが、場所はどちらですか。

「新宿です。御苑《ぎょえん》よりの新宿三丁目」

──はじめられて、どれくらいたちますか。

「オープンして、そう、間もなく八年というところね」

──どのようなお店でしょうか。

「そんなに大きな店じゃありませんよ。三十人がやっとというところ。壁にそってテーブルがぐるりと並んでいて、真ん中に小さなフロアがあって、お客さんが女の子と踊ろうと思えば、なんとか踊れるだけのスペースがあります。ギターの生演奏があって、もちろん歌えます。カラオケよりはるかにいいですよ。ホステスは二十人前後。国際色が豊かだけど、変な店ではありません。テイクアウトなんかできません。日本人だっていますよ。……こんな説明でいいのかしら」

──ええ、大変けっこうです。一部わからない言葉がありましたが、本筋には関係なさそうですし……。

こほんと、財津は老人特有のからせきをした。

福井春江は、色っぽさでいまだに主演を張っている年増の女優をまねたのか、豪勢に髪を結い上げ、その髪型がよく似合う紫がかった和服を着て、椅子にもたれかからずに証人席に座っていた。裁判長は興味を押し殺したような顔をして証人を見続けていたが、左陪席の若い女性裁判官は、テイクアウトという言葉に反応して、読んでいた書類から眼を上げた。

クラブ「エステポーナ」のママ福井春江を裁判所に引っ張り出すのは困難だろうと甲斐は踏んだのだったが、土屋はさすがに芸達者で、たっぷり時間と金をかけて春江の警戒心を解いていた。甲斐たちがそろって店を訪ねた夜、春江は土屋の誘導するままに、坂東太一の人脈について語った。予想していた名前も出たが、およそ予想していなかった名前も出た。ただ、彼女に証人として出廷して貰うには、若干の条件の提示が必要だった。

財津は昔からたんねんなリハーサルをやる弁護士だったが、春江の場合は店と事務所で一度ずつ話を聞いただけで、覚えていることをそのまま話してもらえば十分と判断したようだった。嘘をついてもらう必要はない。聞きたくないことは、尋問しなければいい。それだけだ。

――それで、お店の客層はどんなですか。

「お客は社用族も多いけど、商店をやっている人とか、中小企業のオーナーも結構いますよ。医者と弁護士と教師はいません。向いてないのね、わたし、先生と呼ばれる理屈っぽいのは……。あら、失礼なこといったかしら」

——いいえ、わりあい平均的なご趣味だと思いますよ。さて、お客さんの中に、坂東太一さんという方がいましたか。

「ええ、いましたよ。よくいらっしゃってました」

「異議あり」待ち構えていた猛獣のように、若くて大きな弁護士が立ち上がる。「その坂東なにがしが、坂東通商の坂東太一と一致しているかどうかはわかりません」

あら、と春江は、驚いて弁護士を見た。

「そんなことありませんよ、検事さん。坂東通商にまちがいありません」

「私は検事ではありませんが、どうしてそういいきれるのですか。なにか証拠でもありますか」

「証拠になるかどうか知りませんが、私ずうっと請求書を坂東通商に送ってましたから。そして、きちんと坂東通商から振り込まれてきてましたからね。ついこの間までは……」

若い弁護士が腰を落とし、財津が尋問を続ける。

——ついこの間というと?

「坂東通商が不渡りを出すまでですよ。それっきり梨のつぶてですけどね。二百四十万円もツケがあるというのに、踏み倒すなんて……」

——え? ツケは何十万円という金額ではないんですか。

「それがですね、よく計算してみたら、二百四十万円でしたね」

——なるほど。それで、坂東太一は何年くらい前からの客なんですか。

「もうちょっとで五年というところね」

――ほう。ずいぶんはっきりしてますね。

「チイママをやってくれてる子が五年になりますからね。坂東さん、その子がお気に入りで通ってたんですよ」

――坂東さんが連れてきた客についておききします。日西商事の栗山泰郎という名の客はいましたか。

「はい。しょっちゅういらっしゃってました。多いときは週に二度も三度も……。坂東さんが一所懸命接待してましたね」

「異議あり」再び被告側の弁護士が立ち上がった。「その栗山が日西商事の栗山泰郎と一致している証拠がありますか。まさか、栗山の会社に請求書を送っていたわけじゃないでしょう。だいいち、泰郎という名前がどうしてわかったのか疑問です」

「あら、私ちゃんとお名刺をいただいたのよ」

「その名刺と同一の人物とは限りません。他人の名刺を使うことはままあることです」

「まあ、ずいぶん疑い深いかたね。でも、絶対まちがいありませんよ」

「だから、どうしてそう断言できるのですか」

「だって、私、お会いしてますもの」

「そりゃそうでしょうよ。客なんだから」

「いや、そんなんじゃなくって、日西商事で会っているんですよ」

「なんでまた？」

「坂東さんのツケを、持ってもらえないかと頼みにいったんですよ。だって、ツケの半分とはいわないけれど、三分の一は栗山さんが飲んだんですからね。だから一部負担してもらえないかと……」

傍聴していた日西商事の社員が顔を見合わせた。

——栗山さんは払ってくれましたか。

財津が、とぼけてきく。

「とんでもない。それどころか、どこの世界に接待されたがわに勘定を取りに来るやつがいるかって散々でしたね。お店でもそうだったけれど、真っ昼間、場所が会社となると、それはもう偉そうで、ここはおまえなんかの来るところじゃないって追い返されましたよ」

——しかし、今の話だと接待されていたという認識はあったようですね。栗山証人は、坂東太一と食事をしたのは二、三度で、バーには行ったことがないようにいってますが。

「それは正しいかもしれませんね」

——は？

「いえね。ほら、ウチはクラブですから」

——ああ、そうでした。ところで、栗山さんはいつごろからお店にやって来るようになったんですか。

「三年ほど前です」

——三年ほど前というと、坂東通商と日西商事の取引の始まったあたりですが、栗山さんは全部で何回くらい接待されてましたか。

「七十六回です」

日西商事の誰かが舌打ちし、その音が案外大きく法廷に響いた。

——三年間で七十六回とははんぱじゃありませんね。どうして七十六回とわかるのですか。

「栗山さんにつっけんどんにされたので、帰って帳簿を調べてみたのですよ。だけど、回数を数えているうちに、また腹が立ってきて。どうにかならないんですかねえ」

——それで、お酒の話題は仕事のことが多かったですか。

「そうですよ。なにせ坂東さんは、これからは二人で組んで、じゃんじゃん仕事をふやすんだ、栗山さんはおれの兄貴分だ、と私に紹介したくらいですからね。だから、お店に来たらまずビールで乾杯して、ざっと仕事の下相談をして、それから本格的に酒盛りが始まって、栗山さんが久美ちゃんにふざけるといったパターンでしたね。ああ、久美ちゃんというのはチイママなんですけどね」

——仕事がひと区切りついたときにも、その酒盛りとやらをやったんでしょうね。

「そりゃあもちろんですよ。仕事の節目節目には、女の子たちにもシャンペンかなんか振舞った上にレミーなんかも入れてくれて、フルーツもじゃんじゃん取って、それはもう大騒ぎですよ」

――仕事の下相談って、どんなことを相談してたんでしょう？

「くわしくはわかりませんよ。いつも私がついていたわけじゃないし、聞いててもチンプンカンプンだから。なんとかいう機械をどこから仕入れて、どこに売るというような、そんな話が多かったようよね」

――詳しいことは、その久美ちゃんとかいうチイママにきけば、もっとはっきりしますか。

「多分ね。でも彼女、辞めちゃったんです、突然」

――え？　原因はなんですか。

「それがわからないのよね。電話で辞めますって、それっきり。住んでたところに行ってみたら、引っ越したあとで……。ずいぶん長かったし、そんな子じゃなかったのに、どうしたのかしら」

――それは、坂東が来なくなったのと同じ頃ですか。

「ああ、そういやそうですが、まさか……」

――ところで、仕事の話のとき、扶桑綜合リースの保坂という名は出ませんでしたか。

三人の裁判官に強い眼で見詰められたが、春江は臆するところがなかった。

「それはもう、しょっちゅうでしたよ。あまり頻繁に出るもんだから、坂東さんにその保坂さんも連れてきてよと何度か頼んだんですよ。いいお客さんになるような気がしましたからね」

——保坂さんはお店に来ましたか。

「いいえ。坂東さんはともかく、栗山さんが連れてくるのに反対してましたね。あいつはああ見えても堅物だからやめておいたほうがいい、なんていってね。結局、一度もお見えになることがありませんでしたね」

——栗山さんは七十六回も来たくらいだから、坂東さんのいないときもあったんでしょうね。

「それはそうです。だって坂東さんが、おれが来ないときでも飲ませてやってくれっていってましたからね」

——比率からいったら、どんなでしたか。

「三回に一回は、栗山さんだけでしたよ。だから私、栗山さんに払ってもらおうと思ったんですよ。それなのにあの人、顔色ひとつ変えずにとぼけるんだから……」

——そのほかに、坂東さんの連れてきた客に、風間竜司という人はいませんでしたか。

日西商事の社員の体が凍りついた。傍聴席の奥の二人の動く気配がした。

「その人かどうか知りませんが、坂東さんが一目も二目も置いているお客さんに、風間会長という人がいましたね」

——よく来ていましたか。

「そうですね、四、五回といったところですね」

——いくつくらいの人ですか。

「さあ、五十前後じゃないかしら。ちょっと年のわからない人ですね。髪が黒くて、締まった体つきの人で若く見えるけれど、貫禄があって落ち着いてましたからね」

——経営者でしょうか。

「ええ、会長というくらいですからね。でもね……」

——なんですか。

「会長といっても、別の組織の会長だって勤まりそうな人でしたね」

——暴力団ですか。

「いえ、そういうわけではないんですが……。話したり、笑ったりしているときは普通なんですが、黙っていると一種の凄味があって、皆なんとなく怖がってましたね。そう、眼の鋭い人よね。栗山さんだって風間さんがいると、久美ちゃんに絡むとか、いつもの悪ふざけはしませんでしたね」

——栗山さんと、その風間さんは知り合いですか。

「ええ、坂東さんを通してですね。でも、格が違うっていうか、栗山さんは頭が上がりませんでしたね」

——風間さんを入れて、仕事の相談をするということもあったんですか。

「少しはあったかもしれないけれど、そんなには……」

——風間さんは、連れはいないんですか。

「いいえ。いつも秘書のような女性と一緒でしたね。三十なかばの、すらっとした綺麗な人でしたね。気は強そうでしたが」

——その他には？

「ときどき赤松という人がついてました。たぶん部下だと思いますが、風間さんに忠実な太った中年の人です」

——赤松順造といいませんでしたか。

「いえ、名前までは」

——さて、坂東通商が倒産して以来、そういった人たちは来なくなったのですね。

「はい、ピタッと来なくなりました。だから私、だれか弁護士さんにでも頼んで、すくなくとも栗山さんあたりからお金をいただかなきゃ気がすみませんね」

いい弁護士を紹介しましょうか、と河内が甲斐の横でつぶやいた。

退廷し、固まって廊下を歩いていると、奥の傍聴席にいた二人づれのうち若い方が財津の顔を無遠慮に見て追い越して行った。おかしがるような、挑むような、とても嫌な目つきだった。

第十一章　対決

1

甲斐は何年ぶりかに、財津の執務室に入った。

八畳ほどの、たいして広くはない部屋が、法律書と書類とで埋めつくされている。左右の壁の棚が書籍であふれているのはもちろんのこと、窓を背にした大きな机の上にも、読みかけの本や、書類をとじたバインダーや紙袋が山と積んである。低いところで三十センチ、高いところでは六、七十センチはある。昔のまま、いや昔より乱雑になっている。

「少しは片付けなきゃいかんのだけどね。まして引退しようと思っているのなら、なおのことだが……」

椅子にもたれた財津が、書類の山越しに恥かしそうな眼で甲斐を見た。

微量ながら、古い本の持つ独特の匂いが漂っていて、甲斐を懐かしい気分にさせる。

「わざわざお越しいただいたのは、ほかでもない。日西商事の顧問弁護士から、和解の打診があったんだ。それで二人っきりで相談したかった。私が会社にうかがえば、皆さんが出てこられるだろうからね」

「ギャラリーが取り囲むでしょうね」

「そして、和解の話どころではなくなるんだろうね」

「そりゃもう。担当の山県も河内も、完全勝利を確信してますからね。河内なんか、舞い上がっていますよ」

「無理もないだろうなあ。エステポーナのママから、ミスター・S《エス》のことを聞いたのは、甲斐さんのほかには、保坂さんと土屋さんだけだし、裁判でもSのことは出てないんだからね。出てないということは、存在しないということなんだ、そんなSなんて忌《いま》わしい男はね。……で、小島さんとか会社の他の幹部も、和解を許してはくれないだろうね？」

「ええ、判決をもらって勝つ。これが社内の統一意見になるでしょうね。先生のおかげでここまで持ち込めたのですが、皮肉なものですね、今度は社内説得のために知恵を絞らなきゃならない」

「甲斐さんの仕事も因果なものだ」

財津はコーヒーカップを手に取り、甲斐にも飲むよう仕草で勧めた。中年の女子事務員が、散々苦労して机の上に空地を作り、ようやく置いたコーヒーである。飲まないわけにはいかない。

「ところで、和解の条件は？」

「はっきりとはいわないよ。だが察するに、二対一というところかな」

「というと？」

「十二億円の損害を、八億円と四億円で分ける」

「うちの負担は四億円？」

「そう」

口に含むと、コーヒーはびっくりするほど旨かった。そういえば、古参の事務員は、昔から旨いコーヒーをいれてくれたものだ。何度、それをご馳走になったことか。

「その条件は、あの若い弁護士がいってきましたか」

「いや、年かさの弁護士が法廷に出ていたのを覚えているよね。彼の提案だ」

「もっと叩けますか」

「いや、多分無理だね。あれこれ取引するような弁護士じゃないんだ」

「よくご存じなんですか」

「うん。きわめて有能な実務家だね。あれだけ大きな事務所を作ったんだ。経営能力もずばぬけている。しかも、意外に思うかもしれないが、潔癖で男らしい男だ。彼はたぶん、この事件にうんざりしているように思うな。若い弁護士にやらせているのも、教育的な狙いももちろんあるが、その心理と無関係ではないと思うよ。さっさと止めたいと思っているうちに、手を打った方がいいな」

「判決を取ってはまずいですか」

「負ければ、日西商事は必ず控訴してくる。そして、あの男も営業上、本腰を入れざるをえなくなる」

「じっくり調べられて、Sのことなど引っ張り出されたんでは、眼も当てられませんか」

「そういうことだね。Sと坂東たちが組んでいたことを立証されると、二対一どころの負担ではすまない。そして、あの弁護士なら、嗅ぎ付けかねない。しかし社内を説得できるの、甲斐さん？」

甲斐はしばし空になったコーヒーカップをいじり、財津は机の上を少しばかり片付けるふりをした。しかし、すぐに時間をもてあました。

「どうだろう、扶桑綜合リースにもなにがしかの過失があったから、その程度の負担はやむを得ないという弁護士意見を、私が会社あてに出そうか」

「いやあ、それだと今度は保坂の立場が微妙なものになりますね。自分の過失を認めることにつながりますからね」

「そうか、保坂さんに響くか。それもまずいしなあ」

窓の外はこの上ない好天で、真冬の低い陽射しが部屋の中に入り込み、財津のやや猫背の背中を温めていた。財津は白いワイシャツの腕をたくしあげ、腕を組んで考えに沈んだ。趣味の碁で次の一手を考えるときよりも、少しばかり深刻に違いない。

「まあ、なんとかなるでしょうよ」

甲斐は努めて明るくいった。

「どうにか収拾しますから、先生、相手には和解に乗ると匂わせて置いていただけませんか」

財津はちらりと甲斐を見たが、思考から抜け切れない顔のままだった。妙手のありようはずがなかった。

しばらくして、財津は唐突に別のことを思い出していった。

「ああ、甲斐さん、例の宮島弁護士が、伍代リースのなんとかさんと飯でも食わないかといってきたよ。なんだか、伍代の人は甲斐さんがえらく気に入ったようなんだな。受けてくれるなら、場所は伍代の方で手配するそうだ。どう答えようか」

「もちろん、喜んで」

「食べ物のお好みは、ときいているが」

「おいしいものなら何でも。例えば、アワビのステーキなんかどうですか」

「ほう、いいね。ニンニクをたっぷり利かせてね。よだれが出そうだ。……そうだな、遠慮することなんかないよな。情報提供料と考えれば、まことに安いものだ。しかも松永さんは、会社の進路を誤らなかった経営者として、伍代の歴史に名を残すことになるんだしな。いやいや、この功績で、社長に抜擢されるってことだってありうるな」

「そうですよ。それくらいの価値はあります。ねえ、財津さん、人助けってのは気持のいいもんですねえ」

「まったくだね。……いや冗談じゃなくて、むかし甲斐さんといっしょにやった仕事というのは、多かれ少なかれ人助けの要素があったような気がするな。そうか、だから思い出しても楽しいのか。それが、いつからかなくなったねえ。これはなぜなんだろうな。一度ゆっくり考えてみたいもんだ」

財津は、また元の顔に戻った。

「なあ、甲斐さんよ」

「なんです？」

「これは弁護士としての意見じゃないが、古い友人として、ひとつアドバイスさせてくれんか」

「なんなりと」

「赤松商会の事件は、もう忘れたらどうだろう？　あなたがこの先、Sのことをどう決着つけるつもりか知らんが、どのみちSはもう終りだ。それで幕を引いたらいいんじゃないか。そして、今度の事件だって、もう少しのところでけりがつく。社員としては、完璧に義務を果たしたさ。日西商事から、和解金をもらう。そして、架空取引がかつてあり、いまもあったということは、きれいさっぱり忘れる。それで、どうだろう？」

「極めて実際的な処理終了宣言ってことになりますね」

「そう、私は極めて実際的な弁護士なんだ。そして、ついでにいうと、例の伍代リースの件だって、もう一度松永さんと一緒に飯を食って、酒を飲んで、お喋りすれば、間違いなくご破算になるだろう。いくら扶桑銀行だって、これ以上馬鹿なことを思いついたりしないさ。

会社を救ったのは松永さんだけじゃない。会社は表彰してはくれないけれど、そのことは私や保坂さん、土屋さんなど知るべき人は知っている。もうこれでいいだろう。甲斐さん、あなたは十分に働いた。役員に登用されるかどうかは知らないけれど、ほぼ十年ぶりに元の心穏やかなサラリーマンに戻って、定年までを過ごしたらどうだろう。残された仕事に全力を尽くす。いや、そうじゃないな、半分くらいの力、半力という言葉はないだろうが、半力を尽くして、そして松永さんの褒《ほ》めてくれたゴルフをやる。大丈夫、素質があるのだから、きっとうまくなる。そうだ、それに奥さんと旅行するのもいいな。例えば、懐かしい関西や九州をゆっくり回って見る。どうだ、そのように過ごして見たら？」

「とっても魅力的な提案ですね」

「そう、私はもともとアイディアマンなんだ。弁護士なんかやらせて置くのは惜しいほどの、ね。わかっていただけただろうか」

「ええ、もちろん……」

「甲斐さん、私の好きな碁の用語を使わせてもらうと、駄目を押す必要はないんだ。いっている意味がわかるよね」

「……風間竜司には近付くな、と」

「そう、彼は危険な男だ。私たちが相手にする世界に棲んでいる男ではない」

「よくわかります」

「約束してくれるか、やつには近付かない、と」

甲斐は深く息を吸った。

「はい、お約束します。なんだったら、宣誓しましょうか」

財津は、しかし笑わなかった。

2

常磐線の小さな駅で拾ったタクシーが、国道から県道に抜けて三、四十分走り、やがて取付け道路に入ってしばらく行くと、杉や雑木林の間から白い異国風の建物が見え隠れしだした。それは西洋のシャトーを模した意匠のようで、小高い丘の上に立って昼の陽を浴びて、ゴルフ場のグリーンやあたりの野や田畑を見下ろしていた。

「あれがクラブハウス?」

甲斐がきくと、日焼けした中年の運転手は、

「まるで遊園地かモーテルみてえだべ」

と茨城訛《なま》りで答え、

「もっともゴルフ場なんてのは大人の遊園地だから、それで一向に構わねえんだけどな」

と鼻で笑った。

客は入っているのかと質問すると、

「バブルがはじけてこの方、さっぱしだな。なんせ東京から遠すぎる。三時間近くかかっ

ちゃ、いけねえやな」

せっかく地場にあるというのに、どうやらこのゴルフ場にほとんど好意を抱いていない。

「じゃあ、あんた方の商売も上がったりだ」

「そうさな。しかし、あれは最初から期待外れでね」

「なんで？　ゴルフ場が繁盛すればタクシーの利用客も増えたんじゃないの」

「それが案外車で来る客の方が多くてな、思ったほど客は増えねえんだ。それに、こういっちゃあなんだが、柄の悪い客が多くて、おれなんかでも神経を使う」

「柄が悪いったって、しょせん社用族だろうが」

「いや、あれはちょっと違うんだな」

「違うって、どんな風に？」

「うん、そうだな、なんていうか……」

車が何度かバウンドし、甲斐は思わず前の座席の背をつかんだ。窓の外に眼を凝らすと、取付け道路のところどころに亀裂が走っていた。道の両側の土手に沿って植えられた玉柘植《たまつげ》や松の手入れの悪さも眼につく。

登りつめ、クラブハウスの前で車を降りたが、場違いのグレーの背広姿の甲斐に、緑色の制服を着て頬かむりした中年のキャディーは近づかない。玄関の横に二人並んで、寒そうに手をこすりあわせながら、うさん臭そうに眺めているだけである。

二階まで吹き抜けになっているロビーに、客は一人もいない。がらんとして、けだるい空気が漂っている。春まだ浅い季節、ただでさえ客の入りの少ない平日だ。カウンターに歩み寄り、手持ち無沙汰にしている茶髪の娘に名乗ると、二階の貴賓室とやらに通された。広くて豪華な部屋だった。中央に十人は座れる革張りの応接セットがあり、いかにもシャンデリアと呼ぶにふさわしい大きな照明が吊されている。

壁の一方には、煉瓦作りの大きな暖炉が組みこまれていて、白樺かなにかの丸木が無造作に投げこんであった。ちょっと見ただけでは、本物の暖炉なのかイミテーションなのか区別がつかない。別の壁際のサイドボードや作り付けの棚には、世界各地の人形や皿が飾ってある。そして、入り口の正面にかけられた大きな絵は、画家に特別に注文してこのゴルフ場の名物ホールを描かせたものだろう。ティーグラウンドが打ち下ろしになっていて、その下の広々とした池にはハスの花が咲いている。いずれもが金のかかった什器《じゅうき》備品と見える。

しかし、ひとつひとつがどことなくふぞろいで、客にくつろぎを与える雰囲気とはほど遠い。使いこまれた部屋に備わっている生活感が感じられない。手入れが行き届かず、暖炉やサイドボードは、触れれば手に埃《ほこり》がつきそうである。空気がざらざらしていて落着かない。座って出されたお茶をすすっていても、なぜか不安になる。ゴルフ場なのに、どこからも物音ひとつ聞こえて来ない。

突然、ノックもなしにドアが開いたとき、甲斐は思わず竜巻か何かが飛び込んで来たと錯覚した。異様な風圧に全身を打たれて、そちらに眼を向けると、一匹の鬼が甲斐に立ち向かっていた。鬼は大きな眼をかっと見開き、赤い口を開け、身の回りに風を巻いていた。甲斐は髪が逆毛立ち、肌に粟が生じる思いがした。かつて味わったことのない恐怖感だった。それが風間竜司だった。

人の話を総合すると、風間は小柄な男のはずだった。身長はせいぜい百六十五センチで、体重も六十キロあるかないかだと、福井春江たちはいっていた。だが、その二回りも三回りも大きく感じられた。それでいて、身のこなしは敏捷《びんしょう》だった。入口から甲斐のところまで、黒い怪鳥が飛ぶように迫ってきた。

髪を短く刈り上げ、黒に近い濃紺のシャツとスラックスが浅黒い顔に良く似合っていた。そのシャツからのぞいている首筋は意外に太く、肩の筋肉も盛り上がっていた。だが、腹は少しも出ていない。ボクサーを思わせる体つきだった。五十を越えているが、とてもそうは見えなかった。

「いらっしゃい。まあ、時間の問題だとは思っていたが……」

低音の、まるで声優のようないい声でいって、風間竜司は瞬《また》きしない大きな眼で甲斐を見た。厚い唇がほころんでいるが、愛想笑いしているのではなく、子供っぽく危険な好奇心を現していた。近寄って体臭をかげば、あるいは硝煙の匂いがするかもしれない。

「私を証人として呼ぶそうだね」

他人事のようにいってソファに座り、節くれ立ち傷跡のある指で両切りの煙草を摘み、黄《こ》金色《がね》のライターで火をつけた。そして、

「いったい、なんのために？」

と訊いた。

小さな体から発散する何か――異様なエネルギーに似たものが、さっきから甲斐を金縛りにしていた。まるで、凶暴な光をたたえた眼を持つ猛禽の前に、身をさらしている小動物になったような気分だった。こんなことは生まれて初めての経験であり、訳がわからなかった。

「首謀者であることを裁判で立証するため、ですね」

かろうじてそう答えたが、声はかすれていた。喉の渇きを覚えた。

「首謀者ってなんの?」

面白そうに風間竜司の眼が笑った。

「坂東通商がたくらみ、日西商事がからんだ空荷事件の……。あなたは手形を詐取するグループの首謀者で、当社の損害はこの件だけで十二億円になる」

風間は甲斐を凝視したまま、紫煙を吐き出した。

「ほう、そりゃ穏やかじゃないな。で、いったいどこに私が首謀者だという証拠があるんだ?」

「坂東太一や日西商事の栗山部長とはご懇意でしょうが」

「日西商事は割りといい取引相手だな。さまざまな商品を注文できるからな。納めてもいないものの代金を払えなんて馬鹿なことをいわなけりゃあ、長くお付き合い願いたい先だ。そして、もう一方の坂東太一とかいうブローカーまがいの男には、たしか新宿のクラブで酒をご馳走になった。日西商事と一緒だったと記憶している。それが質問への回答だが、なにか犯罪に結びつくかね」

「それだけでは無理ですね。しかし、坂東太一と仕組んだとなると、話は簡単ではないでしょうよ」

「それを誰が証言するんだ。まさか失踪中の坂東太一が姿を現して、事細かに喋るとも思えんが……」

「どこかから、坂東とあなたの特別な関係を現すものが出てくれば、話は別かもしれませんね」

ほう、といいかけて風間は立上がり、窓際まで歩いて行った。空気の密度が変わったと思ったら、圧迫感がふうっと遠のいていた。

その窓からは、一八番ホールが見える構造になっていた。ごく緩やかな上り勾配のロングコース。薄茶色に枯れた芝生の上にはプレーヤーの姿はなかった。手前のグリーンのガードバンカーの向こうでは、紅梅が数本咲きこぼれていた。

「特別な関係を示すものといわれても、なんのことやらわからんが、伝家の宝刀は抜かない方がいいという諺《ことわざ》があったような気がするな。ほら、自分で自分を傷つけかねないからな」

風間は煙草をくわえたまま、うむをいわさぬ口調でいった。長年部下に命令し、敵対者を恐喝してきた声音に違いなかった。高い額と盛り上がった頬骨、飛び出しそうな大きな眼球、そして量感のある鼻とぶ厚い唇は、鎌倉時代あたりの仁王の彫像を思わせる厳しさがあった。それがきっと福井春江たちを畏怖させた表情だった。

「伝家の宝刀などといえるかどうか。しかし、多分あなたの想像しているものとは違いますよ」

甲斐は近付き、四枚綴りの書類のコピーを手渡した。体の震えはだいぶ収まっていた。

風間は立ったまま頭を後ろに引いて眼を細め、手を遠ざけて書類を読んだ。いかに若く見えようとも、甲斐同様老眼が入っている。引き締まった横顔に一瞬驚愕の表情が浮かび、やがてふっと凄味のある笑いが広がった。

窓際から引き返し、風間は暖炉のある側のウォールキャビネットを開けた。それはホームバーの仕様になっていて、値の張る洋酒がずらりと並んでいた。ふたつの大ぶりのカットグラスに無造作に注いで、そのひとつを甲斐に手渡した。もちろん、氷も水も入れない。

「こんな時間から?」

「もう昼すぎだ。嫌いじゃないんだろう? おれはこれでも酒飲みについては詳しいんだ。顔を見ただけでそれがわかる。昔は朝からずいぶん飲んだものだと、その取り澄ました顔に書いてある」

「はて、誰のせいで朝から飲んだものやら……」

「しらんな。そんな大昔のことは」

「それにしても、酒の痕跡は顔に残るのでしょうか」

「ああ、残るさ。四十を過ぎたら、苦い酒、放蕩の酒の一本一本が、顔に刻み込まれて残るんだ」

「ずいぶん詩的なことで」

「ああ。この稼業が向いてなければ、詩人になりたかったんだ」

まだわずかばかり震える手でグラスを口に運ぶ。少し口に含み、ゆっくり舌で味わうと、芳香が口に満ち鼻を刺激した。飲み込むとスッと喉を通り過ぎた。いがらっぽい抵抗感がない。もう一口。今度はぐいと喉で飲む。

「案の定、大酒飲みだ。酒の味わい方を知っている」

風間は無造作に、しかし小粋にグラスをほした。

「それにしても、こんな古い商業登記簿の謄本が、よくぞ残っていたもんだ。おれは赤松商会という名前さえ忘れかけていたよ。敬意を表するね」

「私じゃありません。前任の部長が几帳面な男でしてね、しっかり残しておいてくれたんですよ」

「そりゃあ、たいしたもんだ。ウチにスカウトしたいくらいだな」

「残念ながら、もういませんね。一年ほど前に、別の世界にスカウトされてしまった」

「ふん、神谷啓一だな」

「そう。よくご存知でしょう。あなたの犯罪に最も肉薄してきた男だ」

風間がまた笑った。今度は少しばかり愉快そうだった。

「なんのことかわからんな。しかし、それにしても懐かしい。ちゃんと載っているじゃあないか。風間竜司、坂東太一、みな赤松商会の役員だと一目でわかる。代表取締役赤松順造。うん、あいつはこのころ社長をやっていたんだな。はて、何年前だ？」

「ほぼ十年前の謄本ですよ。そのあとすぐ、私は大阪に左遷された」

「十年か。長いようで短いな。おれはあんたをこっちに戻すなと、あれ程くどくいったのにな。馬鹿な奴は先を見通す力がない。困ったもんだ」

「舐《な》めていたんでしょうよ。もう十年近く経過した。あの事件は処理済みで風化した。甲斐ももう忘れただろうし、もはや闘争心はない、と」

「まあな、処分され挫折したサラリーマンが、再び向かって来るなんて話は聞いたことがないからな。……それに、このおれにしたところで、赤松順造を隠して置けば架空取引だとは気付かんだろうと、たかをくっていたのよ。大企業は書類ばかりで商売するから、わかりゃせんとな。だいいち架空取引なんて、リース会社じゃ日常茶飯事だよな。実は取扱高の一割は架空なんだって？」

「まさか。しかし一応傾聴に値する意見かもしれませんね。で、私を戻すなと、誰にいったんですか」

「当ててみな」

風間の眼が、また面白そうに笑った。

「Sというイニシャルの男でしょうが」

「ほう。どうしておれとSの関係に気付いた？」

「ゴルフ場のガイドブックが発端ですよ」

「ガイドブック？　あれはプレイを予約したり、会員権を買うときに使うもんじゃなかったのか」

「ゴルフ場のガイドブックを見れば、風間竜司がここ北竜山カントリークラブのオーナーだということはすぐにわかる。そして十年ほど前に、北竜山向けのクラブハウスなどのリース代金が滞って、四苦八苦していた男がいた。かれのイニシャルはS」

「ずいぶんと記憶力のいいことだ」

「それから、むかし赤松順造を私に引き合わせた男のイニシャルもS」

「なるほど、それでそのSって男と、おれや赤松がつながるってわけだ。だが、それだけではSってのがみな同じ男で、いまもおれと付き合っているという証明にはならないんじゃないのか」

「福井春江に写真を見せたら、すぐにわかりましたね。男臭くて、ある種の女性にはもてるタイプだ。そのSとあなたがたは親友に見えたそうだ」

あはは、と風間は声を上げて笑った。

「なるほど。要するにそのSってのが悪いんだ」

「そう。しかし十年前、金が必要だったのは、北竜山カントリークラブだった。会員権が思うように集まらず、資金不足に陥った。それで、ここの商売に一枚かんでいたSをまきこんで、金を作るために赤松商会、扶桑綜合リース、総武交易のルートの架空取引をでっち上げた。私は左遷されただけですんだが、総武の担当者の小坂は解雇された。きっと小坂は、今度の栗山と同じように、ときおり飴をしゃぶらされていたんでしょうよ」

「少しばかり、しゃぶりすぎたのかもしれんな」

「そして、バブルの崩壊でゴルフ場の入りが悪くなるわ不動産投資は失敗するわで、またぞろ資金不足になって仕組んだのが坂東通商、扶桑綜合リース、日西商事のルートの架空取引。したがって首謀者はあなただ。Sは利用された小悪党という役どころ。そうでしょうが」

風間はグラスになみなみと高価なウイスキーを注ぎ、喉を動かして半分ほど飲んだ。いくらかペースが早いかもしれない。飲むにつれ酷薄で荒涼とした表情があらわになってきた。

「少しばかり買い被《かぶ》りってもんじゃあねえか。いや、わかっているくせに……」

「何がって、とぼけなさんな」

風間は、ふんと鼻を鳴らし、甲斐のグラスにもたっぷり注いだ。

「まあ、そう警戒せずにもっと飲んだらどうだ。……それにしても日西商事の馬鹿弁護士は、なんで春江からS、つまり猿渡のことを聞き出さなかったのかな。まるっきり調査不足じゃないか」

「うちの弁護士は、敗訴のもっとも大きな原因は、弁護士の過誤だといってますがね」

「そうかもな。少なくとも医者が人を殺すのと同じくらいは、人や事件を殺しているだろうな。猿渡を法廷に引っ張り出せばいいんだよ。そうすりゃ、扶桑綜合リースと互角近くまでは持っていけたんだ。それに引き換え、あの財津というやつはなかなかの玉だ。嘘つきではないが、真実をすべて訊こうとはしなかった。そう、下手な嘘なんかつくこたあないんだよな。聞きたくないことは訊かなきゃいいんだ。それが、世の常識ってもんだわな。その結果、あの事件は扶桑綜合リースはまったくのシロで、日西商事だけがババを引くことになる。作戦勝ちってやつだ、おめでとう」

「さすが詳しいですね。密偵をふたり、常時法廷に送り込んできただけのことはある。しかしそれだけ見通しているなら、武士の情けで猿渡の存在を日西商事に、いやせめて栗山個人にアドバイスしてやる気にはならんもんですかね。もっとも栗山は、エステポーナでたまに見かけたSって男が、扶桑綜合リースの猿渡だと知ったら、眼《む》を剝いて驚いたでしょうがね」

「教えてやる気にはならんもんだぜ。おれは偽善は嫌いだ。それから馬鹿も嫌いだが、そのなかでも大会社や、そこでぬくぬくと生きている馬鹿が一番嫌いだ」

「それと、用済みということもあるのかな。かつての総武交易と小坂のように」

「利用される方が愚かなだけよ。相手の力が弱いと油断してすきを見せた。しゃあないな」

「私も保坂も無意識のうちに利用されたって訳だ」

「それは、恨みっこなしだ。ビジネスなんだからな」

「猿渡は？」

「なに？」

「彼の役回りは？」

「だから、さっきからとぼけるなといってるだろうが。いや、待てよ……」

風間は喉を見せてウイスキーを飲み、甲斐は立ち上がって窓べに歩み寄った。雲ひとつない水色の空のどこかで、鳥の甲高い鳴き声が聞こえた。物音といえばそれきりで、ボールを打つ音やキャディーの叫び声は聞こえず、ゴルフ場にいるというより、人里離れた別荘で昼から酒を飲んでいるような気分だった。ときおり襲ってくる異様な恐怖感を除けばだが……。

「どこまでさかのぼれたんだ、そっちの調査は」

すぐ背後の風間の声は低いながらに十分威圧的だった。

「猿渡の新宿支店長の時代まで。残念ながら、それ以上は無理だった」

「それなら上できじゃないか。それ以前はないんだからな」

「上できとはいえないでしょう。猿渡の役回りがなんだったのか、正確にはわかっていないんだから。それで訊いた」

「いや、おまえはわかっているのよ、なにもかもな。わかったうえで、猿渡の役割をおれに小さく限定してほしいんだろうが……。だが残念だな、おれは嘘もあまり好きじゃあないんだ。猿渡はパートナーよ。相互援助条約を結んだ相手だ。銀行ではうだつの上がらなかったあいつは、扶桑綜合リースの新宿支店長に抜擢されて野心を抱いた。そのとき、おれを受け入れた。おれはあいつにリースの取引先を紹介し、あいつはおれの仕組んだ架空取引の片棒をかついだ。やりくちはだんだん巧妙になっていったがな」

「廃部の危機にさらされた本店の部長のとき、大々的にその技を使った」

「そう。邪魔なやつは追い出してな。この北竜山のリース取引では、結構利益を上げたはずだ。それが役員に昇進する伏線のひとつになったんじゃないか」

「それにしたって、今度のことは余分だった」

「そうはいかんさ。ちょっと困れば、すぐ手を出してしまう。まあ、麻薬みたいなものだな、架空取引は。契約書一枚で何億かの金になるからな。それに、猿渡のようないい協力者に恵まれる舞台ってのは、そうそうないんだ。赤松商会から坂東通商にいたるまで、おれたちがいくつヤマを踏んだかは、残念ながら教えられないが……。で、おれがなんでこんなにペラペラ喋っているか、わかっているんだろうな」

冬の低い陽を正面に受けて風間は眼を細めていたが、瞳は嫌な焦茶色に光っていた。

「理解しているつもりですよ。あんたは首謀者じゃないっていいたいんだ」

「まあ、せめて共謀者くらいで勘弁してほしいもんだな。この意味もわかるな？」

「扶桑綜合リースと風間コーポレーションは貸し借りなしってわけだ」

「そう。少なくともおたくの重役連中はその見解に理解を示して、これまでのことは表沙汰にはしないだろうよ。おれがたったひとつ大会社が好きなのは、その分別ってやつだな。例えば、つまらんマスコミにいろいろ書かれちゃかなわんだろう？　今度の件は、もともと扶桑綜合リースと日西商事の痛み分けってことで処理できるだろうが……。あんたに自信がないなら、おれが梶原社長に話してやろうか、どうだ？」

「会社は、ね……」

「なんていった？」

「会社はそれでいいかもしれない。しかし、私はそれだけでここに来ているわけじゃない」

「なんだ、そりゃあ」風間は心持ち顎を上げ、眼を大きく見開いて甲斐を見た。「どういう意味だ？」

「私は個人としてあなたを訴えることができる」声が少しかすれた。「民事もあるが、それより詐欺かなんかの刑事事件として」

「本気でそんな馬鹿なことを考えているのか？」

風間の瞳に凶暴な光が宿った。

「警察や税務署は、あなたとあなたの事業に並々ならぬ関心を抱いているそうだ」

風間は怒りを抑えて甲斐を凝視し、やがて信じられないというふうに首を振り、肩をすくめた。

「やっぱり素人だな」と風間は蔑《さげす》むように甲斐を見た。「いいか、警察がいくら調べたって、おれの周りからはなにも出ないさ。また、おれを引っ張ったところで、とろい尋問でおれが自供するとでも思ってるのか」

「あなたの方からは、出ないでしょうよ。しかし、栗山は尋問に耐え、否定し続けられますかね。七十六回も坂東に供応を受けていたという事実ひとつ取ってみても、どうやって説明できますか。私の数少ない体験では、警察の取り調べは、それこそ素人には結構きつい。そう、それから猿渡はどうでしょうかね。彼は耐えうれると思いますか」

「なにをいってるかわかっているのか。それをやれば、扶桑綜合リースは社会的な信用とやらを失うんじゃないのか。いいのかよ、それで」

風間は眼に力を込め、どっと気を放った。

「構いませんよ」

甲斐は懸命に耐えた。

「なに？」

「会社はいっぺん実態をさらけ出した方がいいんですよ。そして、やり直せばいい」

「潰《つぶ》れるぞ。あるいは、銀行が潰す」

「それで潰れるような会社なら、いつかは潰れる。仕方ない」

実態を見せれば、この会社を買おうという野心を抱いたところだって、手を引くだろう。いや、松永は、もう諦めているにちがいない。

風間はソファに戻り、ぐったりと座り込んだ。

「相当な変わり者だな」また水を飲むようにウイスキーを飲む。「おれは少々誤解していたらしい。で、ここに来た本当の目的は何だ？　そろそろ教えてくれたっていいだろう？」

「私はあなたに預けていたものがある」

風間は、あきれた眼で見た。

「このおれを相手に、金を取り戻そうって気か。なかなかいい度胸をしてるじゃないか。法廷にいたふたりの経歴を知りたくないか」

「私には、いい弁護士が付いている。妙な気を起こさないで下さいよ。素人は過敏に反応して、警察に飛び込むなんてことをやりかねないし、いつでも警察に手紙が届くように手配していないとも限らない」

「ああ、あのじいさんな。確かにしぶとそうだわ。長い間コンビを組んでいるんだろうな、息が合っていそうだな」

「しかし、そろそろ引退したがってましてね。私としては、彼に充分な報酬を差し上げたい」

「なるほどな、浮き世の義理とはそういうもんだろうな」

風間は自分のグラスにたっぷり注いでから、甲斐のグラスも満たしていった。

「なあ、どうだろう。あのじいさんが引退するのは勝手だが、あんただっていつまでもあのつまらんリース会社にいるわけじゃないんだろう？　どうだ、あんたの退職慰労金とやらを、おれにもひと口払わせてくれんか。そして、おれのところで働いてみないか？　悪いようにはしない」

「詩人よりも、政治家の方が向いているかもしれない」

「なんだ、そりゃあ？」

「話をすりかえるのが、実に巧みだ」

「ふん。そうかい。だがよ、十年前の金をいまごろ入れたって、会社としては処理のしようがないんじゃないか」

「そこまで心配してくれなくともけっこうなんですがね」

「……おまえ、ひょっとしてろくでもないことを考えちゃいないか」

「まさか……。しかし、それはあなたの問題じゃない。とにかくノンバンクから十年間無金利で借りていた金を返すだけの話ですよ。べつにどうってことないでしょう?」

「冗談じゃない。そのうえ顔に一本皺を刻み込むのは、おれの方だ」

「それとて、十年分はない」

「あんた、あんまり怒っていないように見えるが、本当は違うようだな」

風間竜司はグラスを持ち上げ、まるで友人のように乾杯した。風間は小粋に飲み干し、甲斐はじっくりと味わいながら、飲みくだした。

3

近頃日野は、自分の心の中に微妙な変化が生じているのに気付いて、途方に暮れることがある。仕事に紛《まぎ》れているときはいいが、そうでないとき、例えば朝書類を読み始めたときとか、夜その日の予定をすべて消化したときなど、得体のしれない徒労感にとらわれる。体に力が入らず、気持がまるで乗っていかない。何もかも無駄ではないかという空しさ、おれは一体何をやっているんだろうかという懐疑、そんなものがいつしか胸の奥に住みついているのを発見して啞然とする。

一人で虎ノ門の料理屋に行くのが多くなった。奥の座敷には入らず、カウンターの端に座って一品料理を頼み、日本酒を飲む。そういえば、ウイスキーを飲むのも少なくなった。たまには女将が横についてくれるが、座敷の方が忙しくて長く構ってはくれない。そして一人酒は、どうしても暗くなる。

変化といえば、実力会長の本庄を避ける気持が、だんだん強くなっている。関連事業部長に就任して以来、初めてだった。これまでは、どんなに口汚なくののしられようが、あるいはどんなに過酷なノルマを課されようが、それによって動揺することはなかった。もちろん部下の前では、あの人につかえるのは大変だ、本当に嫌になると口癖のようにいい続けたが、それは彼らに仕事を振り分け、責任を転嫁する関係があったからで、内心では本庄と密着して仕事をするのを歓迎していた。権力の核心近くに存在しているということは、ただそれだけでぞくぞくするような満足感を日野に与えていたのだ。

それが一体どうしたのだろうと、日野は会長室への長い廊下を歩きながら自問した。

仕事が総じて手詰まりなせいに違いない、と思う。扶桑ファイナンス、扶桑開発の再建策がどうにも立たず、かといって潰すわけにもいかず、しばしば両社の経営陣と協議を重ねているのだが、もちろん妙案は出てこない。

そして、あの扶桑綜合リース。日野は越智のときの失敗を繰り返さぬようにと、慎重に選んで沢木を送りこんだのだが、どれほど実態を把握し、経営陣をリードしているものやら。あんがい口先だけの男かもしれない。

甲斐はといえば、会えば調子のいいことをいっておだててくれるが、なにぶん経営陣には入っておらず、あからさまに影響力を行使したり、あるいは当事者になったりはできない。早く役員にして、権限を持たせなければならないだろう。

気掛かりなのは、肝心の梶原の動きがまったく見えないことだ。果たしてどれだけ真剣に伍代リースに働きかけているのか。こんなこともあろうかと、伍代リースには直接のパイプを作ったが、このところ松永がつかまらない。こちらから、もうひと押ししなければならないと思いつつ、思うようにならない。

やらなければならない仕事は山ほどあるのに、心が少しも弾《はず》まない。それどころか、何もかも馬鹿らしく思われて、自分でもぞっとすることがある。これは果たして、懸案が何から何まで上手く運んでいないからなのだろうか？　なぜか、そういった具体的な懸案が原因ではないような気もするが、よくはわからない。そして人に——誰にも、会いたくない。すっかり人間嫌いになってしまった。とりわけ、いつももったいぶり、威張っている本庄の高慢な顔なんか、見たくもないのだ。だが、どうして？

本庄は椅子の背もたれに身を預けて、窓の外の皇居の濠や石垣をながめていた。どんよりした曇空で、景色までが寒々と見える。陽の光は差し込んでこず、部屋は暗い。

「その後、連絡はあったか」

執務机の前で直立している日野に、放り投げるように訊いた。

いつもこうだ、と日野は思う。前置きなしに、短く用件をいう。それに的確に答えなければならない。答も短く、かつ適切に、だ。おれがここまで来れたのは、本庄の思考回路と波長が合って、即答できたからだ。そう、ただ単にそれだけかもしれない。

「いえ、最近はとだえがちです」

「梶原は本気でまとめようとしていると思うか」

また、ずばり訊いてくる。かつての無二の腹心のことを尋ねてくれるのは、日野の自尊心を心地よく刺激するが、かといって本庄にすらわからない梶原の心理などわかろうはずがない。

それに、まことに答えにくい質問だった。梶原への猜疑心は、本庄だけの占有物ではなく、日野の中にもある。梶原は多分、自らの王国をつくろうとしているのだ。ノンバンク、代表者の謀反だ。

「梶原さんは、自力で再建できると思っていらっしゃるのでは……」

なるべく、当たりさわりないように答える。

「ばかいえ。あいつがそんな甘い男かよ。あいつは、死ぬまで社長をやりたいんだ。誰からも指図を受けずにな」

初めて、梶原に対する評価を見せた。

「まさか……。少なくとも会長への忠誠心は変わっていないと思いますが」

腹の中とは反対のことをいった。しかし、いまひとつ解せない。なんで本庄に対抗しようと思ったのか。そして、対抗できると思うに至ったのか。

「梶原は、少なくとも伍代リースとは接触を保っていないな。あいつにまとめる気はない。君の方は、どうだ？」

「伍代の役員と二度会いました」

「松永に会ったか」

「はい」

「どうだった？」

「興味を示しました」

「それで？」

それっきりだった。梨のつぶてだ。

「進展しておりません」

怒鳴られることを覚悟した。だが、何よりもこの権力者にやってはいけないことは、嘘をつくことだ。嘘は必ずばれ、そして例外なく罰せられる。本庄は無能は許すが、嘘は許さない。

「だろうな」

しかし、意外な反応を示した。

「おれも伍代リースの社長に、それとなく話してみた。いや、一般論だ、もちろん。なに、パーティーがあったのよ。だが、乗ってこない。社長の頭の中には、何かがインプットされている。それは、ひょっとすると松永が入れた。で、おれは詳しく話すのを止めた」

本庄は手を頭の後ろに組んで、眼をつむる。

本庄自身が動くとは意外だった。本庄は指図をするが、めったに動くということはない。動き、成果を貢ぎ、あるいは責任を取るのは部下の仕事だ。その本庄が動いたのはなぜか。

銀行はせっぱつまっているのか？

「伍代がだめなら、別のことを考えなければならない」

「他の合併先ですか」

「いや、伍代リースが乗ってこないのなら他は無理だ」

「とすると？」

「つぶせないか」

肝が冷える思いがした。

「扶桑綜合リースを、つぶすんですか。……それは、ちょっと」

「なぜ？」

「直系のリース会社ですよ、うちの。うちへの信用が揺らぎます」

じろりとにらまれた。

「そんなことをいってられる時代じゃない。銀行がつぶれる時代の幕が開いている。償却すべきものは償却し、バランスシートをよくしなけりゃならん。切り捨てるべきは切り捨てる。見栄えをよくし、身軽になる。緊急の課題だ。でないと、生き残れない。問題は、いつやるかだ」

「しかし、まだ伍代リースがだめだと決まったわけではありません」

そう抵抗するのが精一杯だった。伍代とうまく合併させられれば、それは日野の手柄にカウントされる。

「梶原は何期になった?」

全然別のことをきいてきた。

「四期目ですが……」

また眼をつむり、口をへの字に結び、何かを考えだした。

本庄は、人を立たせたまま、考えに沈む癖があった。その間中、部下は直立不動の姿勢を崩してはならない。

きっと、悪謀の限りを尽くそうとしているのだろうと、日野は思った。

本庄の傍らにいるというのに、気分が高揚するということはなかった。心が冷め、白けている。足が重く、体がだるい。

おれは、いつからこうなってしまったんだろうと、日野は呆然として、本庄が眼を開けるのを待ち続けた。

第十二章　送別

1

梶原の自宅は、多摩丘陵の急な坂道を車で十分ほどのぼって、南の斜面から遠くニュータウンの町並が見渡せる小高いこぶの上にあった。

この一帯はだいぶ前に電鉄会社か何かが大規模に造成した団地で、梶原が抜け目なくここを手に入れたのは、その第一期の売り出しの時だった。土地の高騰期にはご多分にもれずかなりいい値がついたが、ノンバンクの経営者で不動産取引には慣れているにもかかわらず、梶原がここを処分して都心のマンションに移ろうとしなかったのは、近くに名高いゴルフ場が幾つもあったためだと甲斐は聞いている。

梶原のゴルフ熱は相当なもので、六十代の後半になった今でも、地の利を生かして週に一度はゴルフ場通いである。そしてメンバーが猿渡や戸塚のときは、そのまま彼らを自宅に連れ込んで、真夜中まで麻雀を打つことがある。そのため梶原は家の改築のとき、隣近所の迷惑を考えて防音設備のしっかりした麻雀部屋を作った。ちなみに、梶原より二十歳も年下の後妻も大の麻雀好きで、メンバーがそろわない時は喜んで仲間に入る。彼女は若い頃向島の料亭に出ていたという噂がある。

梶原は自宅では着物を愛用しているらしく、十二畳ほどの応接間に現れたときも焦げ茶の大島の着流しで、それが長身によく似合った。首筋のあたりの着こなしがちょっと小粋な感じを与えるのは、奥方の指導のせいかもしれない。

「君はここは初めてだったかな。すぐにわかったかね」

梶原は黒い革張りのソファに腰をおろし、ショートホープに火をつけてから、いつもの三白眼で甲斐を見た。鷹揚《おうよう》に構えてはいるが、突然の来訪の意図を探る目付きだった。

「はい。初めてですが、ずいぶん閑静な住宅街ですね。お庭も広いですし……」

「なに百坪ちょっとしかないよ。ま、パットの練習くらいはできるがね」

隣家との境界には柘植《つげ》やら木犀《もくせい》が植えてあるが、本格的な造園というほどのものではなく、庭のかなり広い部分が芝生になっていて、パットだけでなく短いアプローチくらいならできなくもない。隅のほうで庭木が二本、淡い紅色の花をつけているのが目をひいた。

「なかなか可憐な花ですね。梅ではないし、桜は早すぎるし……」

「ああ、あれは彼岸桜だ。よく見ると、花が一重なんだな。桜が丘には桜をどうぞなんていう植木屋の口車に乗せられて、女房が買ったんだ」

女ってのは馬鹿で困ると梶原はいったが、どこかしら後添えの若やぎを自慢するような口ぶりだった。

「ときに、なんの話だったかな。おりいって、それもできるだけ早くというので、わざわざこんなところまで来てもらったが……」

すぐ経営者の顔に直っていった。

「いま手がけている機械に関する訴訟の件です。いよいよ大詰めの段階になってきました」

「ああ、あれな。小島君から聞いている。かなり有利に展開しているそうじゃないか。何か変化があったのか」

「日西商事が、非公式に和解を打診してきました。十二億円のうち八億円は日西が持つというのです」

「ほう、さてはなんとかいうクラブの女の証言で弱気になったたな。……それ見ろ。訴訟をするかどうかの会議のとき、猿渡や戸塚は反対だったが、私は提訴を指示した。君も覚えているだろう？　それが当たったたな。猿渡も戸塚も優秀だが、残念ながらいまひとつだ。読みが浅い」

愉快そうに笑った。そして、意外なことを口にした。

「今だからいうが、銀行も反対だったんだ、実はな。おれがその反対を押しきった。本庄会長も、いささか老いたな。麒麟《きりん》も老いればなんとやらだ」

自宅にいて寛《くつろ》いでいるせいか、このように本音を話す梶原を見るのは初めてだった。

「で、その和解、どうするつもりだ？」

「意見のわかれるところだと思います」

「それで、相談に来たというわけだな。なるほど、悩ましいところだわな」

梶原は勝手に誤解した。

煙草飲みの中には、いかにもうまそうに煙草を吸う人種がいて、梶原もそれに属していた。眼をつむったり、庭を眺めたりしながら、ゆっくり一本吸い、二本目を指先に挟んだ。

甲斐が相談に来たことに悪い気はしないらしく、顔が緩《ゆる》んでいる。

やがて、「和解する手もあるか」と、煙とともに吐き出した。一転して思慮深そうな顔になっている。もちろん演技である。

ほのめかしはする。だが、結論はなるべく人からいわせるという習性は崩さない。その方が、いざというとき逃げられる。

「徹底的に争うという姿勢を取る手もあります。弁護士はこのまま結審するなら、勝てるといってます」

「確かにそれもあるわな。それに日西は弱気になって、もっと譲歩してくるかもしれんしな。だが、見通しの問題だよ。法律論じゃない。これは大局観だな」

「判決をもらってみたいという意見も、社内にはけっこう根強くあるのです」

梶原は不可解な顔をした。

「元も子も無くしやせんか」

そうつぶやいて、口をぎゅっと曲げた。まばたきをせずに甲斐を凝視する。圧力をかけたのである。甲斐は返事をせず圧力に耐えた。昔はともかく、今ではその圧力を無視し、楽しむことすらできる。

しばらくして、梶原はまだ長い煙草を灰皿でもみつぶした。決断したのだ。もともと気の長いほうではない。そして何よりも、甲斐の中に潜んでいる危険な何かを察知したようだった。根は敏感な男である。敏感で、そして小心だ。

「和解した方がいいような気がするな。いや、和解に限る。それで社内の意見を統一しろ」

「なぜでしょうか。有利に展開しているのですよ」

「大局観だといったただろうが。……経営判断だ」

「怖いからですか」

「なに？」

梶原は長い顔を心持ち上向きにして甲斐を見た。眼の底が光り、好ましくない業務報告を聞くときに見せる不機嫌な表情が走った。

「風間竜司と会って来ました」

甲斐はいい放った。

一瞬、部屋の空気が収縮した。

「なんのために？」

ドスのきいた声だった。

「事件の真相を知るためにですよ」

「………」

「風間竜司には、いろいろなことを教えてもらいました。架空取引はすべて猿渡と組んでやったということ、それから八年前の赤松商会の事件の真相。おかげで扶桑綜合リースをめぐる架空取引の歴史的変遷については、かなりの事情通になりましたね」

説明をするにつれて、どうしても熱が入ってくる。それをなんとか抑え、冷静に話そうと努める。

しかし梶原は酷薄で、挑むような、さげすむような表情で聞いている。それが甲斐の神経をひりひりと刺激した。

「風間竜司は、もっと興味深いことも喋ってくれましたよ。梶原さんとは旧知の間柄だ、なんならさしで話をしてもいいってね。社長は、どこまで真相を知ってるんですか」

「下司《げす》の勘繰《かんぐ》りはやめろ。おれが知っていたのは、猿渡が風間と組んで商売を開拓しているらしいってことくらいだ。いくらか胡散《うさん》臭いのもまじってるかもしれんが、まさか架空取引をやってるなんて思いやしない。うしろに手が回りかねない商売をおれが認めるはずがない。おまえ、風間のたわごとを信じるのか」

「この際私の感想なんかは、どうでもいいでしょう。ただ、銀行はあなたを疑うかもしれない。いや疑わないまでも、これは扶桑綜合リース社長更迭の格好の理由になる。麒麟も老いればなんとやらというだけで済まさない」

梶原の眼が険しくなり、顔が悪相に一変した。甲斐が初めて見る顔だった。いくたびか修羅場を踏んだとき、梶原は夜叉になったに違いない。腹に力をこめたようだった。

「おまえの要求はなんだ?」

「まず、猿渡を特別背任罪で刑務所に入れること」

「復讐か」

「そう取ってもらって結構です」

会社への償いだ、とはいわなかった。

「おれの一存ではどうにもならんな。いや、無茶な注文というものだ。会社には会社の名誉がある。そのような形で表沙汰にするのには、役員全員が反対するぞ。これは請け合ってもいい。一人一人の顔を思い浮かべて見ろ。君だって会社の幹部じゃないか、理解できるはずだ」

梶原は背筋をのばし、余裕を取り戻そうとした。

「どうだ、こうしないか。猿渡は、次の総会で解任する。退職慰労金はなしだ。それで許してやれ」

「ほう、会社がこんなに寛大なところだとは初めて知りましたね」

「必ずしも寛大ではない。取締役を解任されて、会社から追放されれば、やつの人生はそれで終わりだ。最大の罰だ」

「たかだか会社に来れなくなるだけのことでしょうが……」

「それが大きいんだ。ばかでかく大きい。そうなれば、やつにはなにも残らない。君は会社というものを小さく考えすぎているんじゃないか」

「とんでもない」

「それならけっこうだ。君には役員になってもらおうじゃないか。もちろん平取《ひらとり》なんかじゃない。どうだ、いきなり常務ということで。問題案件山積のおりから、少しも不自然ではない。管理担当常務では不服か」

「それは小島常務のポストでしょう」

「いや、あいつはいいんだ。いつも辞めたいといっていたしな」

「あれは単なる口癖ですよ」

「本心からの辞意だと受け取っているやつはいっぱいいるぞ」

「わたしは役員人事の話をしにきたんじゃありませんよ」

「承知している。君の名誉を回復することを私は第一に考えているんだ。それが、君の事件の査問委員長なんぞをやらされた人間のせめてもの償いでもある。……会社として、君には相応の慰謝料を払おう。どうだ、それで収めろ」

「たかだか二、三千万円のことでしょう?」

「いや、そうじゃない。そうだ、君には従業員としての退職金のほかに、猿渡の退職慰労金に相当する額もいずれ回そう。億の単位は無理だができるだけ上積みする。それは約束する。それで我慢してくれ」

「なるほど、経営者とはそのように物事を考えるものですか」

甲斐は立ち上がって窓べに歩み寄ったが、背に梶原の炎のような視線を感じた。突然の部下の反逆に対する戸惑い、憎悪、苛立ち、そんなものがごっちゃになっている視線だった。塀の下に、数日前に降った季節外れの大雪の名残がある。そのすぐ横では、黄と白の水仙が咲いている。そして、彼岸桜。気候が不安定な季節の、ちぐはぐな景観だ。

そして桜といえば、神谷が死んで間もなく一年になる。もはや神谷の面影が胸によみがえるということもない。神谷と何かあったような橋口嬢も、いまやゴルフに首ったけで、しばしばいっしょにコースを回る男ができたという噂を耳にする。

「これだけじゃ不満か。わからんな、おれには君が何を考えているのか。あと何が欲しいのか見当もつかん。君の方からいってくれ」

甲斐は戻って、梶原にレポートの一覧表を手渡した。

梶原は老眼鏡をかけ、神経を集中してその表を読む。顔がみるみるうちに朱に染まってゆく。

「……よくまあ調べたもんだ。一年間、これをやっていたのか」

「私だけが調べたんじゃありませんよ。ふだんあなたがたが馬鹿にしている種類の人間が調べたんですよ。さて、この扶桑綜合リースの不良債権のうち、扶桑銀行が紹介してきたものや押しつけてきたものはどれですか。一覧表に丸印がついていますが、それで間違いないかどうかチェックしてくれませんか。この仕事はあなたが適任者だ。不良債権の全貌を知っているのはあなた以外にないのだから」

「何に使う気だ？」

「そうそう、それから銀行の本庄会長の紹介案件には、特別に二重丸をつけています。それが正しいかどうかも見て下さい。べつに構わんでしょう？　本庄会長はなにやら奇抜な案を考えていて、その構想によるとあなたの地位も微妙なようだ」

「合併のことだな」

「そして、その合併構想をめぐって、本庄会長と梶原さんの意見が食い違うらしい。どうなんです、あなたは本当は反対なんでしょう？」

「君にいう義理はないが、隠す必要もなさそうだな。ああ、おれは反対だね。扶桑総合リースは独力で再建できるさ。伍代リースなんぞに救済合併してもらわんでもな」

「珍しく社長と意見があったようですね。それならなおのこと、この作業に協力して貰えるでしょうね」

「断ればどうなる？」

「風間竜司は、警察の取り調べを受けることになれば、何もかも喋るといっている。猿渡やあなたと逐一示し合わせていたと証言するかもしれない」

　梶原が狼狽した。

「そりゃ濡れ衣というものだ」

「別に珍しい話じゃないでしょうよ。私だって、似たようなものだった。もっとも、それだけでは済みませんよ。もっと恐ろしいことだってある。扶桑総合リースを不良債権の塊《かたまり》にした責任を追及して、誰かがあなたの経営責任を追及する。株主代表訴訟という形でね。その訴訟が起こされると、あなたは会社の法務や審査のセクションの力を借りることができなくなる。それに借りようとしても、あなたはそのときすでに銀行によって社長を解任されている。誰一人として、あなたを助けない。あなたは、たった一人で、泥沼の戦いをする。死ぬまで、だ。それで、あなたの人生は終わりだ」

「そんな馬鹿な、……そんな訴訟を、誰が起こすものか」

「管理職の組織ができたのを知ってますか。彼らの中には株主もたくさんいて、もう株主代表訴訟の勉強を始めてますよ」

梶原が珍しくまばたきした。すぐに理解したようだった。やがて、体の芯が溶解した。震える指でショートホープをつまみ、卓上ライターで火をつけた。

甲斐はじっと待った。いくらでも待てる。待つことには慣れている。

放心して視線を漂わせる梶原の太い指に挟まれたショートホープが、見る見るうちに短くなっていき、灰がぽとりと着物の膝に落ちた。慌ててそれを払い、もう一本新しい煙草に火をつけた。せわしなく二口吸い、放置した。短くなり、また膝の上に灰が落ちた。

「そうか。……君の狙いは、そっちだったか」

絞りだすように言った。

部屋を出ようとする甲斐の前に、梶原がよろけつつも立ちはだかった。

「これを渡せば、本当に許してくれるんだな」

梶原の顔の筋肉が弛緩し、見たこともない老人の顔になっていた。

廊下に出て歩き出したとき、梶原のうめく声が応接室から漏れてきた。

悪党め。そうののしっていた。

2

日野はこの一週間、不機嫌な気分ですごした。

水曜日が特にいけなかった。本庄会長へのご進講の際に、問題先の業績をつかむのが遅すぎると注意された。いや、それだけなら毎度のことだが、もっと経営者の気持になって仕事をやるようにならないと、なかなか上は難しいぞと脅かされたのが効いている。日野が役員になるには、この一、二年が勝負である。

そのためには、なんとしても扶桑綜合リースの合併の目鼻をつけたい。合併を成功させ、一大リース会社を誕生させれば、日野の功績は誰もが否定しがたいものになる。

しかし、その気持とは裏腹に、伍代リースの松永専務との協議は、このところ進展しない。松永は多忙を理由に、ぬらりくらりと面会を避けている。今日も電話を入れたが、出張とかでつかまらない。

悪く勘ぐれば、松永は合併問題にはとうに見切りをつけている。さらには本庄会長が危惧したとおり、誰かが伍代リースの社長か松永に、何かをインプットしたのかもしれない。

そう、それに本庄会長はこのあいだ会長室でつぶやいたように、合併をあきらめて扶桑綜合リースをつぶすことまで腹をくっている可能性だってある。そう簡単に直系のリース会社をつぶせるわけがないが、方向性としてそちらを向いているとなると、おれは一体どうなるのだろう。扶桑綜合リースの清算の指揮をとらされたり、それどころか清算人として送り込まれたりするのだろうか。とんでもないことだ。

そんなさなか、甲斐から会いたいと連絡が入った。正直なところ、甲斐のために割く時間もゆとりもない。

いや、そもそも甲斐にはこの先期待する何かがあるだろうか。なるほど不良債権に関するレポートはもらった。だが、伍代リースのことは自分でやる。扶桑綜合リースをつぶすとなれば、力を借りなければならない局面もでてくるかもしれないが、それはまだ先だろう。つまり、甲斐はもう用済みなのだ。

「急ぎの用か?」

受話器を少し耳から離してきいた。

「だいじな用件だ」

そう答える甲斐の声に、いつもはない重みがあるように感じられて、日野はやむなくあの会館の二階の回廊を指定した。

甲斐とは身分が違うということを、今日こそはっきり認識させよう。さもなければ、あとあとキリがない。そう思って、日野はロッカーからカシミアのコートを出した。

甲斐は今日も早く来て、やはり回廊の壁にかけられた絵を見ていた。海とヨットの展示は終わっていて、バラやヒマワリの花を描いた油彩がずらりと並んでいた。

階段をあがり、その姿をみつけると、日野は無性に腹が立ってきた。この忙しいのに、人の気も知らないで、役立たずめ、と蔑《さげす》む気持が生じた。

喫茶コーナーへ行き、コートを乱暴に隣の椅子に放り投げ、ぐったりと椅子にもたれこむ。

「忙しいところすまなかったな」

と甲斐が声をかけたが、黙殺する。体の芯に疲労感がある。

エスプレッソを飲む。苦い。こんなとき煙草が吸えたら、どんなにいいだろうかと思う。

「まさか悪い話じゃないんだろうな」

声がとがっているのが自分でもわかる。

「長い間本部の仕事ばかりやっていると、ものごとを悪く悪く解釈する癖がつくんだ。そして最悪の場合には、対処方法をふくめて、どのように経営幹部に報告するのがいいか、反射的に考えている。経営企画と関連事業にいたこの七、八年というもの、そればかりだな」

銀行の中枢にいるんだぞということを強調したつもりだが、さて甲斐に通じたかどうか。

「たとえばあの厄介な訴訟だ。かねておれが心配したように、変な事実が出てきて、合併に障害が生じたんじゃあないだろうかなんて、ここにくるタクシーの中で考えてしまう。これは、被害妄想ではない。危機管理というものだ」

「そっちの方は問題ないよ」甲斐は慰める口調だった。「それどころか、日西商事は十二億円の損のうち、八億円を持つという和解案を提示してきた」

「ほう」

日野はやっと甲斐の顔を見た。どんなに疲弊していても、数字には敏感に反応する。これも悲しい習性だ。

「で、どんな魔法を使ったんだ？」

甲斐が訴訟の経過を説明した。

日野はクラブのママの証言には、腹をかかえて笑ってしまった。日西商事の栗山のところに集金に行った話は実に面白い。強欲な女は、なにかと体裁をとりつくろう男とちがって、率直だから好きだ。

だが、もっともっと面白かったのは、甲斐の昔の事件と関連があるという話だった。赤松商会の登記簿に坂東太一と風間なんとかの名前がのっていたというくだりを聞いていると、不機嫌な気分がやわらいできた。とっさには甲斐に同情するふりをしたが、いや、人の不幸というのは実に愉快なものだ。大口を開けて笑い、涙まで流してしまった。一週間のもやもやが、いっぺんにふっきれた。

「それじゃ、同じグループの犯行というわけか。扶桑綜合リースも悪いやつに魅入られたものだな」ブランド名の入ったハンカチで目尻をぬぐった。「しかし、だからといって、腹いせにその風間とやらを訴えるわけじゃないだろうな。スキャンダルが表沙汰になって、週刊誌あたりに面白おかしく書かれたんでは合併に響きかねん」

「もちろん、訴えたりはしないさ。梶原社長は私の名誉回復のために、特段の配慮をしてくれる」

「そりゃ、まあ当然だろうな。甲斐ともあろう男が、まったく妙な事件に巻き込まれたものだ。おう、金でも地位でも手に入れればいいさ」

今度はゆっくりエスプレッソを味わった。下のロビーやラウンジからは、ときおり人のざわめきが立ち上って来るが、この二階の回廊自体は夕方の三時すぎということもあって、油彩を見にくる人もなく、太い柱で区切られた喫茶コーナーの十二のテーブルも、離れたところのが二つふさがっているだけで、ひっそりとしていた。

「訴訟の件はともかく、忙しいところわざわざ来てもらったのは他でもない。実は日野の勘が当たっているんだ。あまりよくない知らせだが、折り入って相談したくてな」

甲斐は親しげな、しかし対等な口を利いた。やはり、分というものをわきまえていない。

一覧表をよこした。

ちょっともったいをつけて受け取り、読み出すうちに顔が変わっていくのが自分でもわかった。不機嫌そうに唇を突き出したまま硬直した。

「……どういうつもりだ」

と、眼は一覧表にくぎづけになったまま訊く。

「前に渡したメモに若干手を加えてみた。こちらにわかったのは、それが全部だ。まだまだ水面下に潜んでいる真相もあるかもしれない」

「質《たち》の悪い冗談だな。この銀行紹介の丸印と会長指示の二重丸とはなにごとだ。まるで銀行の指示で不良債権ができたといわんばかりじゃないか。こんなものが出回れば、世間のあらぬ誤解を招く」

「あらぬ誤解か……」

「なんだと」食い殺すような眼でにらんだ。「どこに、その証拠がある?」

「神谷はきっと、この全貌を追いかけていた。そして不慮の死を遂げたんだ」

「ほう。じゃあ墓の中から呼び戻して、しゃべらせるか」

「いや、まだ墓に入っていないやつもいるんだ」

「…………」

甲斐をにらみつつ、頭を回転させた。やがて、

「なに!」

わかった。

それと同時に、電気にでも撃たれたように背筋がピンと伸びた。顔から血の気がすうっと失せて、右の瞼が痙攣《けいれん》した。

「謀反か、これは……」

誰かがどこかで、謀反のことをいっていた。あれは誰だったか。何も思い出せない。

「銀行にはさんざん世話になっただろうが……。ちゃんと系列ノンバンクの社長にまでしてもらって、四千万円からの年収を取って、なんの不満がある？」

「もちろん、おれにはわからないね」

「見損なった。まったくばかなやつだ。銀行に逆らってすむとでも思っているのか。それで梶原としては、こんな丸印なんか付けてどうしてもらいたいんだ？……いや、待てよ、どうにかしようとしているのは梶原なのか、それとも甲斐、おまえか。なんだか、話がわからなくなってきたな。非常に不愉快だ」

「なあ日野、おまえは昔からものごとを合理的に処理できる力があった」

「なんのことだ？」

「提案がある」

「だからなんだ？」

「扶桑綜合リースを、元の姿に戻すのに手を貸してくれ」

まだわからない。

「銀行の紹介や指示で融資して、不良債権になった案件は銀行の方で償却してくれないか。それはもともと銀行の勘定だ。だが扶桑綜合リースが勝手にやった案件は、自分の責任と勘定で処理する。どれだけ血を流さなければならないか、またどれだけ時間がかかるかわからないが、歯を食いしばってでも再建する。どうだ、しごくすっきりした線引きじゃないだろうか」

全然すっきりしていない。しかし、ひとつの理屈ではある。もう一度一覧表に眼を落とす。

「銀行の償却額はいくらになるんだ?」

「たいしたことはない。一千億円ちょっとだろう」

「………」

「銀行が容易に償却できる金額だ」

「それですむとでも思うのかよ。責任問題の追及で、銀行の中は蜂の巣をつついたようになる。いまから眼に浮かぶ。案件が案件なだけに、なかなか厄介だ。本庄会長に反感を抱きつつも、頭を押さえられてきた連中が台頭してくる。久かたぶりの権力闘争の始まりだ」

「反本庄勢力なんて、存在するのか」

「そりゃあるさ。何年実権を握っていると思うんだ。不満分子だらけといった方が正しいかもしれん。頭取が会長に反旗をひるがえすことだって考えられる」

いってみて、それもありうることに気づいた。

冗談じゃない。こんな話を銀行に持ち帰れるわけがない。

「だめだ」

腹の底に力をこめた。顎を上げた。

「無茶をいうな。合併でいいだろうが。合併すれば、一躍リース業界のトップクラスだ。甲斐は、そこの役員。それでどうにかまとめろ」

「無理だな。まとめられない」

「なぜ？」

「生え抜きの管理職が組織化されている。彼らが徹底的に抗戦する。組合だって反対するだろう」

「踏みつぶせ。反抗するやつは指名解雇し、配置転換しろ。なんなら第二組合を作って対抗させろ。合併に賛成するやつだって、いっぱいいるはずだ。そうだろう？　なんとしても、合併に持ち込むんだ」

「合併って、どこと？」

伍代リース。

しかし、松永専務との連絡は途絶えている。なんで？　松永に誰かが、何かをインプットした？　何を？

足元の床が、すうっと揺らいだ。体が揺れる。吐き気がおそってきた。

「謀《はか》ったな、甲斐！」

叫んだつもりだったが、声にならなかった。

そうか、そうだったのか。しまった。

眼を見開き、テーブルをどんと叩いた。コーヒーカップが音を立てた。離れた席の客が、なにごとかとのぞいている。

最初から、そのつもりだったのか。銀行の手の内を聞き出し、合併の候補先を探り、その裏をかこうとおれに近づいたのか。謀られた。

体がいっぺんに熱くほてった。頭の中が、がんがん鳴る。

謀反のことをいったのが誰なのか思い出した。本庄会長だった。はっと我に返る。

「つぶされるぞ」といった。「合併が駄目なら、会長は扶桑綜合リースをつぶす。それでいいのか？」

甲斐は首を横に振った。

「つぶす気なら、この数字を公表する」

銀行の横暴を天下にさらすといっている。相討ちだ。

「頼む！」

日野は席を立ち、床に土下座した。

「何とか合併でまとめてくれ。伍代リースだ。伍代が駄目なら、別のところでいい。数字のことなぞ教えることはない。なんとしても合併だ。これがまとまらないと、おれは身の破滅だ。役員に登用されるどころじゃない。関連事業部長を馘《くび》になり、どこぞの小さな会社に飛ばされる。いや、単にお払い箱かもしれん。五十前でだ。なあ、おれを助けると思って協力してくれ。頼む、この通りだ」

「頼んでいるのはこっちなんだ。そんな格好はやめてくれ」

「うんといってくれ。協力しろ。……どうだ、それ次第では銀行に戻れるように取り計らってやる。約束しよう」

「銀行に戻る積もりはないんだよ。扶桑綜合リースに来たときから、骨は埋める覚悟だった。それは日野も知っているはずだ」

神谷や保坂、そしてこの甲斐とともに銀行で働いた日々を、日野は思い出そうとした。二、三年の短い期間だった。やがて甲斐たちは、銀行に見切りをつけ、別の希望を抱いて去って行った。おれは、野心を抱いて踏みとどまった。若者が銀行という職業に希望を持とうとした最後の時代だった。しかし、その頃の具体的なできごとは、何ひとつ頭に浮かんでこなかった。

日野は立ち上がり、コートを鷲づかみにしていった。

「こんなことをやって、あとあと後悔しないのか?」

甲斐は、しかしなにも答えなかった。

外に出ると、氷雨がぱらつき出した。日野はコートの襟を立て、足早に歩いて地下に潜った。ホームに人影はまばらだった。ベンチに座り、ずいぶん長い時間をすごした。

売店で煙草を買い、また階段をのぼって外に出た。暮れてゆく丸の内のビル街を眺めながら、何年ぶりかの煙草を吸った。この風景を見るのも、あとどのくらいだろうかと考えた。

3

昼から降り始めた雨が、間もなくみぞれになり、夕刻になると雪に変わった。

お濠の向こうの石垣や松の枝に積もりだし、この分だと夜半には大雪になるかもしれない。東京は三月になって馬鹿雪の降ることがあるが、今年はそれが何度か繰り返された。

車が雪の中をスピードを上げて走って行く。交通が渋滞する前に帰り着こうと、ドライバーがみな焦っているようだ。クラクションの音やブレーキのきしみが、厚い窓ガラスを通して聞こえてくる。赤いテールランプが雪の舞う夕闇に映えている。

八年前、いやもう九年前になるが、左遷されて行く甲斐を送るため、猿渡が席を取ってくれたのと同じ料理屋だった。皇居を見渡せるビルの五階にある。料理もほとんど同じものを注文した。ただし、今日料理を注文したのは甲斐であって、猿渡ではない。そこが違う。

あのとき、甲斐はオニオンのスープを半分飲み、帆立貝のグラタンとサラダを少々食べ、ヒレ肉は大部分残した。パンは断り、デザートのメロンは手付かずのままだったが、コーヒーだけはブラックでカップの底まで飲み干した。

スープを飲むとき、スプーンが震えて往生した。ナイフとフォークも思うように使えない。皿を取り替える役回りのボーイは、過度に沈痛な表情を浮かべ、小声でもうよろしいでしょうかと念を押してから、まだたっぷりと料理の残っている皿を片付けたものだった。

隣のテーブルに座った中年のカップルの女性の方が、窓の外を眺めている眼をその都度甲斐に向けたものだった。あきれたような、非難するようなまなざしで、それは甲斐がその数ヵ月の間、不本意ながら急速になじんできたのと同じ種類の刺すような視線だった。

針のむしろとは、周囲のそのような視線や、ものいいたげな目配せ、あるいは気になる小声のささやきによって実感されるものだと、初めて知る日々だった。そしてまたそれらによって、容易に認めることのできない罪の意識が、梅雨時のカビのように甲斐にしみついていたのだった。

猿渡は、料理が九年前と同じであることに気づいたかどうか。オニオンスープを飲み干し、帆立貝のグラタンを平らげた。ただし、ステーキは半分ほど残した。平素ほどではないにしろ、一応の食欲は維持していた。

甲斐がサラダまできれいに食べ、デザートに取りかかろうかというとき、猿渡がいった。

「まだ少しばかり早いかもしれないが、どうだ？」

もちろん断る理由はない。同じ料理屋のバーのコーナーに移って、猿渡と肩を並べてカウンターに座った。そこからだと濠と石垣が三十度ばかり違った角度で見える。松の木などの植え込みと芝生の上に降りしきる雪が、せわしない時間を忘れさせてくれる。

注文したコニャックがくると、甲斐は少し温めただけですぐ口をつけたが、猿渡はと見ると、入念に半円形のグラスを掌で包み込んで温めていた。手の甲は薄く毛でおおわれ、掌は肉厚であったが、その指は可愛らしいと形容していいほど短かった。だが、麻雀の牌を握らせれば機敏に動くと評判の指で、毎月の締めで猿渡が赤字に転落したということを甲斐は聞いたことがなかった。まれに負けがこんでくると、猿渡は有無をいわせずかけ率や握りを大きくするらしく、サラリーマンの気晴らしとはいささか次元が異なるようだった。そういえば、競馬でもしばしば大きくかけているという噂を何度か耳にしたことがある。

二人してしばらく窓の外の雪を眺めてから、猿渡がかすれた声でつぶやいた。

「あのときは、確か梅雨だったな。昼なのに陰気で、まるで夕方のようだった」

確かに梅雨時特有の、強くはないがしぶとい雨が降っていた。雨足は無数の細い鋼の糸となって、濃緑色の濠に間断なく吸い込まれ、濠の向こうの皇居前広場には、暗灰色の雲が低く垂れこめていて、まだ昼過ぎだというのに、まるで黄昏時のように暗かった。

猿渡が覚えているとは意外だった。甲斐がそのことをいうと、ふんと鼻を鳴らして、

「おれはこれでも記憶力がいいんだ。アバウトだと散々人にいわれたが、つまらんこともよく覚えているんだ。だから、どうでもいいようなことを気にしたりして、案外苦しむことがある」

まるっきりいいわけとばかりはいえないような口調だった。

「ところで、人伝《ひとづて》に聞くところじゃあ、あの訴訟はうまく収まるそうじゃないか。この期《ご》に及んでなんだが、あの事件のことは少々気になるんだ」

「ええ。日西商事がかなりの部分を負担してくれそうでしてね」

「それで、うちの損失はどのくらいになるんだ？」

風間竜司は、今回保坂が被った損失を補塡《ほてん》することには渋々同意したが、かつて甲斐が巻きこまれた事件については半分にまけろと迫ってきた。「べつに誰も困りゃしねえだろうが」と凄味を利かせて……。

その風間との合意を、片割れの猿渡に報告する義理はない。だが、ある程度は教えてやる

のが人情というものだろう。ただし、いささか割引いて。

「たぶん猿渡さんの想像している損失の半分以下になるでしょう」

「ほう、それはよかった」

演技かもしれないが、安心したように見えた。ようやく温まってきたブランデーを味わいつつ眼をつむった。だがそのようにすると、猿渡の風貌ははっとするほど年寄りじみていた。瞼《まぶた》には深い皺《しわ》が刻み込まれ、眼のまわりには隈ができていた。頬はげっそりと痩せ、口元はだらしなくゆるんで、よだれでも垂らしかねない顔つきだった。つい二、三週間前まで、この男の中にみなぎっていたエネルギーはどこかに消え去り、二回りも三回りも縮んで見えた。醜悪になった老人が、ブランデーグラス片手に、古きよき昔を回想している姿そのものだった。

「君は昔の送別会のお返しをしているつもりなんだろうな」半眼で甲斐を見ていったが、いうことはまだタフだった。「これも復讐のうちに入るのか」

そのつもりだった。九年前に甲斐が苦しみ、猿渡が平然とそれを見ていた同じ場所で、猿渡が髪をかきむしり、涙を流して苦しむさまを見たかった。この二人きりの送別会を設営するとき、胸のうちの悪魔がそうささやきかけた。しかし、今はどうだろう？

「十分に苦しませてもらったな。この二、三週間というもの、いても立ってもいられなかった。さすがに人前では装っていたけれどな。沢木ごとき若造に、背任罪で刑務所に入るのが嫌なら、取締役を辞任しろと迫られたあたりが最悪だったな。あいつは君より三つ四つ下だろう？　けっこう眼をかけてやっていたのに……。非情で利己的で嫌なやつだ」

「べつに彼だけじゃあないでしょうよ。むしろ、ああいうのが主流じゃないですか。しかも彼は、あなたのそのような評価を聞いたって、なんとも感じないでしょうね。むしろ、喜ぶかもしれない。私がつまずいたときも、彼らは似たようなものだった」

「あんなやつらが権力を握る時代になったんだな。もう、おれなんかお役御免になるはずだ。……実をいうと、このところ、不安で不安でたまらずに、朝から酒をあおってた。ほれ、このところ一流企業の経営者たちが収監される事件がつづいているもんだから、刑務所の様子がだいぶ報道されて、おれの想像力を刺激するんだな。入ったこともないのに、ぼんやりしている時間に独房なんかが鮮明に眼に浮かぶんだ。昼も蕎麦屋で一人、冷や酒を飲むのが習慣になった。いまの食事の間、指がふるえなかったのは、なぜだか知っているか。強い酒を入れていたためだ。出しなに焼酎を生《き》で引っかけてきたんだ。おれはよく誤解されるんだが、強靭な男じゃない。この先、酒の世話にならずにやっていけるんだろうか。どうだ、転落した経験者として教えてくれないか」

　いうべきかどうか、少しためらってから、甲斐はいった。

「行くところまで行くことになるでしょうよ」

「行くところって？」

「頭か内臓をやられるまで」

「吐血したんだったな、君は。まったく、この世の中にアルコールがなければ、どんなにか心穏やかに過ごせるのにな。……それで、こうなったおれを見て、感想はどうだ？　気分がすっきりしたか」

「いや、こんな食事をしたことを、あとあと後悔するでしょうね」

「そう、君はそういうタイプの人間なんだ」

コニャックを飲みながら猿渡は何ごとかを考え、そして急に思いついたようにいった。

「なあ、また昔話になるが、あの事件のとき君は赤松順造とおれの関係を、査問委員会でも警察でも、一切口にしなかったようだな。どうしてだ？　おれはビクビクしていたんだぞ」

「さあ、どうしてでしょうね。なんせ大昔のことだから……」

「全部、自分で引き受けようと思ったのかな」

「とんでもない。自分のことだけで動転していたんでしょうよ。それに、あやふやなことは私一人でたくさんだ、そう思っただけですよ」

ほう、という風に猿渡は口をすぼめ、まじまじと甲斐を見た。

雪が本降りになっていた。

その雪を見ながら、甲斐と猿渡はカウンターに肘をついて、ブランデーを飲みつづけた。きっと心を許しあった上司と部下に見えるだろうと甲斐は思った。遠い昔、そういう時期があった。ほんのひとときだが。

「なあ、ちょっと聞いて欲しいことがあるんだがな」と猿渡が穏やかな声でいった。「もうこれきり君と会うこともないだろう。我慢して聞いてくれないか」

「なんでしょう?」

「おれは背任罪で告訴されかねないほど、会社に損をかけたんだろうか。沢木の馬鹿のいうことなどどうでもいいが、おれは実は腑《ふ》に落ちないんだ。……たしかに、会社に損をかけたさ。だが、その何倍もの利益もあげたんだ。皆、それを知っているくせに、なにもいわない。でな、おれとしては、おれが新宿支店長時代にあげた利益、営業第三部長となってからの利益を、君にいっぺん集計してもらいたいんだ。全部が面倒なら、そう、風間がらみの仕事だけでいい。そうすれば、おれが如何に会社に貢献してきたか、もう少しはっきりする」

「リース会社の利益率はうんざりするほど薄いってことを忘れてはいませんかね。十億円という単位の損を取り返すことなど不可能なんですよ」

「いや、そうじゃない。風間との取引の利は大きいんだ。なんだったら、風間以外の新宿のときの利益、営業第三部の利益、そうそう、営業本部長としての貢献度も評価して欲しいな。なあ、これでもおれの計算能力は高いんだ。少なくとも君よりははるかにな。ひかれものの小唄と思わずに、暇なときでいい、集計してみてくれよ」

「それをすべて考慮した上で、会社は告訴せず、そしてあなたは円満に退職する。そういうことだったんじゃありませんか」

「冗談じゃない」猿渡は不思議そうな眼で甲斐を見て、グラスの底に残ったブランデーを干した。「会社はただ単に、事件が公表されるのを嫌がっただけさ。知っているくせに……」

そして、渋るボーイにボトルで持って来させた。荒《すさ》んだ顔に、怒りが浮いている。

「こんなことをいってても理解してもらえないだろうが……」自分でグラスに注いだ。「おれは実はあまり悪事を仂いたという意識を持っていないんだな」

「……………」

甲斐の心にさざ波が立った。さっきまで、なんとか鎮まっていた暗い海の上を、さっと一吹き、風が吹き渡ったみたいだった。

「まあ、怒らずに聞いてくれ。君以上に、この話を聞く適任者はいないんだからな」

猿渡は、もう一度考えをまとめようと時間を置いた。

「おれは確かに風間竜司と組んで、いろんな仕掛けを作り上げた。そう、でっち上げた仕掛けも一杯あるさ。それは否定できるものじゃない。だがな、リースだとか金融業は、もともと偽りの仕掛けに満ち満ちているものなんだ。虚実、まざりあっている。よく知っているだろう？　……おれは、その仕掛けによって、風間にもうけさせた。だが、忘れてもらっちゃ困るんだが、会社もそれなりにもうかったんだ。この十年近く会社のあげてきた利益の何分の一かは、おれがあげたものなんだ。そこのところを検証してくれと、さっきから頼んでいるんだ。だがそれはそれとして、なあ甲斐、人は何のために働くのか、君は知っているか」

すぐには答えられなかった。

「夢を実現するため、でしょう」

「冗談がうまくなったな。どさまわりをしてきた効果はあったようだ。……人はみな、欲しいものを手に入れるために働くんだ。自明のことだ。なるほど、風間竜司はもうかったさ。

だが、会社も利益をあげた。おれがご相伴に与かるのは当然のことだ。みんなで稼いで、みんなで分ける。ノンバンクや銀行で働いているやつは、腹の底ではみなそう考えている。いや、この国じゃどの世界の人間だって、そうなんだ。汚職政治家をはじめ、役人だって例外じゃない。一番程度がひどいかもしれんな。おれは風間から酒と女の世話になり、外車やゴルフの会員権をもらい、バックリベートを受け取り、風間の建てた都心のマンションを買った。ただみたいな値段でな。君が調べたりしたとおりさ。ほめてやる。おれがもらったのは、そう、日本人がみな欲しがっているものだ。欲しくて欲しくてたまらず、そのくせなかなか手の出ないものだ」

猿渡は二、三度肩で息をつき、甲斐の頭越しに白く光る眼で遠くを見ながら続けた。

「これらが欲しいから、みんな勉強して大学へ行って、そしていい会社に入って、自分の生活を犠牲にして働くんだろ。そして、ここが肝心なところだが、なんのために出世しようとするかというと、欲しい物を手に入れやすくするためだ。出世したやつが、機会に恵まれ、メリットを受け、欲しい物を得る。これが、おれたちが作り上げた資本主義の了解事項ってやつだ。時折捕まる不運なやつもいるが、誰一人悪いことをしたなんて思っちゃいないんだ」

「それを背任とか詐欺とか呼ぶんですよ、この国の法律では……」

「そんなことはどうでもいいんだ。大昔にできた法律が、実情に合わなくなっているだけのことさ。その法律を、どうにもメリットを得られない、嫉妬深いやつらが復讐心を持って執行しているだけのことだ。この国のすべての組織は、機会に恵まれたもの、有能なもの、実力を得たものが、見返りを受けとるために存在するんだ。戦後、それがきっちりと確立した。ノンバンクという存在はな甲斐、その体制の結晶と呼ぶべきものだったんだ。無尽蔵に金を生み出す美しい結晶だ。だが、その社会的役割も終わったようだ。これからは別の組織や別の業種が、この十何年かノンバンクがになってきた役割をになうことだろうよ。……君には気の毒なことをしたと思っている。だがな、それは君がこのシステムを理解し、仲間に入ろうとしなかった当然の結果なんだ。君はどこでどう間違ったのかな。君がそういう人間だということは、我々のグループにはすぐわかった。そして、そういうやつは、いかに可愛い部下であろうと追放される。それだけのことだったんだ。わかったか？」

雪は歩道や石垣や植え込みを隠す勢いで積もっていった。

たぶん今年最後の大雪になるだろう。そして、また春がやってくる。去年の春には神谷が死んだ。今年の春には、何が起きるだろうか。

「それにしても、おれは少々油断していたんだろうな。この会社じゃ、誰も商品というか現物には触らない。書類の上だけで商売する。だから、空荷だとか架空リースなど定期的に起きて何の不思議もないし、現にリース会社じゃどこでも起きてることだ。いや、リース会社だけじゃない。商社、問屋、それにデパートでさえ起きている。だから、これはよくある不祥事のひとつとして淡々と処理されるものだと考えた。それが、どうやら甘かった」

「しかし、前回と同じように、風間竜司と組んでやることはないでしょうが……」

「ばかいえ。空荷を仕組む格好の相手が、そうそう見つかると思うか？　それに、風間も資金繰りが大変になってきて、せっぱつまっていたのさ。甘い汁ってやつは、いっぺん吸うと病みつきになってな。なんせ貸し事務所を借りて、子分をそこの役員に仕立て上げ、偽の経歴書をでっち上げ、欲の皮の突っ張った奴にバックリベートを渡しさえすれば、紙切れ一枚で何億円にもなるのだからな。実際甲斐が戻ってこなければ、誰も気づきはしなかったさ。そこが誤算だったな。小島が神谷の後任に君を推してきたとき、もっと反対すればよかった。今にして思うとな」

「反対したんでしょう。だが、こんなバブルの崩壊期、審査部長を引き受けようってもの好きはいなかった」

「そうか、そうだな、これもバブルの崩壊の影響だったんだな。だがな、地方でのんびりしてきたやつが、五十近くなって、こんなにギシギシ調べるとは予想外だったな。風間竜司には、何度も忠告されていたんだがな。あいつ、会ったこともない君の危険さを、どうして見抜いたんだろう？」

猿渡はドクドクとコニャックを注いだ。

「飲み過ぎですよ」

効果は無いと知りつついった。

「なに、構わん。このような店で、このような高級な酒を飲むことはもうないんだからな。明日からは安酒だ」

酒が回るにつれて、ぶつぶつと何かを自分にいい聞かせはじめた。ボトルを手にするピッチも早くなった。

「そうだ、やっぱり、そうだ。おまえを戻したのが失敗だった」

あのまま九州にいれば、もっと別の人生があったろう。甲斐もそう思う。しかし、選択はできなかった。

「そうそう、例の合併の件はどうした」

猿渡は思い出したようにきいた。

「誰だったかな、戸塚あたりかな、合併は白紙に戻ったような話をしていたが、そんなばかなことはないよな。合併は起死回生の妙手なんだ。扶桑綜合リース復活の道はあれしかない。おれは大賛成だった。白紙になんかならないよな」

「さあ、どうでしょうね」

「あの合併が実現すれば、おれは一躍トップ企業の常務だったんだ。上場会社の常務だぞ。まったく惜しかったな。それが今は……単なる失業者だ。誰もおれをかばってはくれなかった。梶原も戸塚も、誰もかも。みな仲間だったのになあ。あいつらは、どうなるんだ。甲斐、知らないか？　おれはまだ、六十だ。なったばかりだ。これから一体どうやって時間を過ごせばいいんだ？　外車はあっても、行くところがない。ゴルフをしようにも相手がいない。なあ甲斐、君はゴルフをやらないんだったな？　死ぬまでは、まだまだ間があるぞ。……十年じゃきかないな。二十年かな」

「あなたは、繰り返し、繰り返し思い出すんでしょうね」

「う？　なにをだ？」

「有能で、権力を持ち、機会に恵まれていた日々、つまり栄光の日々を……」

レストランには、結局二時間以上いた。

猿渡はろれつが回らなくなったが、最後まで、失敗だった、惜しかったと繰り返していた。やがて何をいっているのか聞き取ることができなくなったかと思うと、突然わめきだし、グラスを床に投げつけた。グラスは音を立てて割れ、コニャックが散った。猿渡がボトルを振りかざしたとき、甲斐は猿渡の腕の逆を取った。客とボーイが、冷たい視線を甲斐たちに浴びせた。

猿渡の腕をひねったまま、レストランを出た。猿渡は足元がふらつき、ビルの外に出た途端、雪に滑ってしりもちをついた。そのときやっとコニャックのボトルが手から離れて落ちた。走りかかる車が、容赦なく雪水をはねあげ、猿渡の胸元と甲斐の足を汚した。

甲斐はなんとか三台目のタクシーを止め、猿渡を押し込んだ。

「いやあ、助かった。ご苦労」

猿渡は胸を反らし、喉を見せて、威厳をもっていった。そして、つけくわえた。

「明日の会議は、八時からだからな、八時。甲斐、忘れるんじゃないぞ」

猿渡の眼には力がこもり、言語は明瞭だった。それが、猿渡を見た最後だった。

エピローグ

甲斐はこの一年というものは、休日の夕刻には家の二階のリビングのコーナーでソファに身をゆだねて、その窓から景色を眺めて過ごすことが多かった。

雑木林にいく筋もの光の束をまき散らしながらゆっくりと沈んでゆく夕陽や、刻々と移り変わる空の色を眺めたり、林の梢《こずえ》を渡る風の音や、木の葉を打つ雨の音を聴きながら、早くからウイスキーを飲むのが習慣になった。そして、二、三時間というものは、あっという間に過ぎ去るのが常だった。

なにしろ、思い出すこと、考えることは山ほどあった。その結果、酒量は高いレベルで張りついて、夕刻だけでボトルの三分の一から半分はすぐになくなるのだった。

そもそも二階から隣の雑木林をのぞける位置に大きな窓をとることを主張したのは律子だった。

建築士は部屋のくぎりかたに構造上問題があるとして難色を示したが、律子は枝が複雑にからみあう雑木林と、そのただなかに落ちてゆく夕陽とは、このさき何回もデザインする必要があるのだと譲らなかった。

実際その頃律子は、森とか湖とか太陽を好んでモチーフにしていた。建築士は甲斐の方を盗み見て、肩をすくめて同意した。なにしろ芸術家というのは、頑固で気まぐれと相場が決まっている。しかも相手は、百戦錬磨の主婦をも兼ねている。抵抗するのが無駄というものだ。そんな経緯もあって、二階はまことに使い勝手のいい多目的のワンルームになったのだった。

律子は、午後には三時間ほど仕事をしてから夕餉《ゆうげ》のしたくをする。息子はアパートからめったに帰らず、食事は二人だけなものだから、だんだん簡単なものが多くなった。今日は肉を焼いてから、律子は自分の作った白鳥の図柄の入ったグラスで赤ワインを飲みだした。甲斐の酒に文句をいわない代わり、律子のワインの消費量も確実に増えていた。この時刻、朝に新聞を読まない埋め合わせに、律子はテレビでニュースを見る。

ビーフをナイフで切り分けながら、律子が「あら」と声を出した。

「扶桑銀行って、昔あなたのいた銀行でしょう。なんだか馬鹿でかい金額のことをいってるわよ」

律子より二回りは若くて、二回りはスリムな女性アナウンサーが、大きな眼をさらに大きく見開いて、扶桑銀行は子会社のノンバンクらの救済のため、約一千五百億円を債権放棄すると告げた。

そして、この処理に合わせて、本庄会長は相談役に退き、当分の間桂頭取が会長を兼任すると付け加えた。

「責任を会長が取ったってわけ？」

と、律子が怪訝《けげん》そうに訊いた。

「うん。まあ、ひとつの権力闘争が終わったってことだな」

ほう、と律子は眼を輝かした。二年ほど前、銀行家とホテル王の確執を扱った翻訳小説を読んで以来、この手の話題に興味を示すようになってきていた。

「で、どうして会長だけが責任を取るのよ。頭取は関係ないの？」

「関係ないとはいえないけれど、子会社のノンバンクは会長の直轄のようなものだったんだ。その社長は、会長の腹心だったしね」

「あれ、どうしてそんなことまで知っているのよ？」

「なに、おれはその子会社の人間だからさ」

「へえ、そうだったんだ。渦中の人ってわけね。で、その子会社、扶桑相互リースだったかしらね、それはこの処理によってどうなるの？」

「社名は扶桑綜合リースっていうんだけどね、まあ、どっちでもいいけれど……。昔のまっとうな会社に戻るチャンスを与えられたってことだろうな。なにせ一千億円からの借金を、銀行に棒引きしてもらえるんだから」

「平たくいうと、一千億円からの損がでるところを、銀行が肩代わりするから損を出さずにすむってこと？」

「そう、さすがは元銀行のＯＬだ」

「それで、あなたは会長や頭取を知ってるの？」

「知らないよ。残念でした。でも向こうは、多分おれのことを知っている」

「またまた……」

律子は笑い声を上げて、ワイングラスで乾杯のまねごとをした。目尻を下げ、くっくっと喉を震わせて楽しそうに笑うとき、だいぶ肉厚になった体から、娘のころの可愛い仕草が辛うじて見てとれる。

「まあ信じてもらえないだろうけど、この債権処理にはちょっとばかりからんでいて、銀行ににらまれているはずなんだ。何か仕掛けてくるだろうな。ただじゃ済まない」

「ほう、そうこなくっちゃあ。で、仕掛けてくるって、例えば？」

「差し当たり、左遷だな。いや、部長を解任されて窓際かな」

「なんだ、その程度のことなら慣れてるじゃない」

今日の経済紙の夕刊は、銀行のこの措置について好意的な書きぶりであり、同時に扶桑銀行の役員人事を載せていたが、新任取締役の中に日野関連事業部長の名前は見当たらなかった。

そして、銀行の記事の側に記載された扶桑綜合リースの人事では、梶原社長は退任し、永井専務が社長に昇格した。その他に猿渡常務、戸塚取締役は退任、小島が専務に、江頭が常務にワンランクずつ昇格した。傷を負うことを免れた保坂は取締役に選ばれたが、もちろん経営陣の中に甲斐の名前はない。銀行は甲斐を許そうとはしなかったようだ。復讐の第一歩が始まったのだ。

「ところで、仕事が一段落したんだ。いや、会社でやるべきことは終わったような気さえするな。どこかに旅行にでも行きたいんだが、どうだろう？」

「じゃあ、卒業旅行かしらね。いいわよ、つきあってやっても」

「前に、ガラスを見に行きたいっていってたな。ノルウェーだっけ？」

「スウェーデンよ。あそこはガラスの王国っていわれているの。そう、ニブロとかコスタという田舎の村なら行ってもいいな」

「ガラスの工場があるんだな」

「そう。オレホスとかコスタ・ボダといった会社の工場が、森の中に点在しているらしいのね。そのガラスは、ヴェネチアガラスと違って、実用的で分厚かったり、使って楽しむデザインだったり、ナチュラルな感じがしたりして、親しみが持てるのね。ちょっと陶器と相通じるものがあるような気がするのよね。それで見てみたい。ああ、それに、どこかの国と違って、工芸作家は大事にされているようよ」

「うん、じゃあ、スウェーデンに行こう」

「話してたら、なんだかとても行きたくなったわね。でも、どういう風の吹き回しかしら。……あるいは、罪滅ぼしってわけ？」

律子は中年女性特有の粘っこい眼で見た。

「めっそうもない」

「どうかしらね。それに行こうったって、あなた安くないわよ。それに私、どうせ行くんなら、ゆっくりしたいな」

「いいじゃないか、そうすりゃ」

「だから、お金はどうするの。私、へそくり無いわよ。私の仕事は全然もうからないんだから」

「金は手当てするよ」

「え？　どうしたのよ、また」

甲斐はグラスにウイスキーを注ぎ、その琥珀色を灯にかざしながら、律子にいうべき台詞を考えた。少しばかり時間がかかった。

「いずれもらう退職金を前借りするさ。それくらいなら、会社は出してくれるだろうよ」

いつの間にか日はすっかり暮れ、林は黒々と静まり返っていた。中天に、刃《やいば》のような月が昇っていた。

この一年間、窓の外を眺めていた途方もなく長い時間、積み重ねてみればあの月にも届こうかという時間を、甲斐はもっぱら記憶を蘇らせ、作戦を練るために費やしたのだった。かつて何気なくやり過ごしてきた場面を思い浮かべたり、記憶の断片をつなぎ合わせたり、あるいはこれからのプロットを創造したりしたものだった。

はっと思いついて、うかつであった自分に腹を立てたり、憎悪の炎で身を焦がしたり、復讐心にとらわれたりしたこともあったが、一年という時間の経過とともに、それらもやがては薄らいでゆき、いまではめったに心がかき乱されることもなくなっていた。自分でも不思議なほどだった。

明日からは、昨日と同じような気持で窓の外を眺める日々は、もう永遠にやって来ないのかと思うと、少しばかり寂しい気もしないではなかった。

解説

浦田憲治

『架空取引』が「大型新人の書き下ろしビジネス・サスペンス」と銘打って講談社から出版されたのは一九九七年十一月である。

この月には、北海道拓殖銀行がつぶれ、三洋証券と山一証券が経営破綻し、日本の金融界に激震が走っていた。だれしもが先行きに不安を感じ、落ちつかない様子だった。

そんな物情騒然たる中で、私は『架空取引』を読んだ。そして大変勇気づけられた。一度は敗れ、自己再生をはたす中年の主人公、甲斐の生き方に共鳴した。不遇であっても闘い続ける男のドラマに魅了された。よくわからない銀行系ノンバンクの内幕をリアルに描いていると思った。架空取引をめぐって争う法廷シーンは緊迫感があり、感心した。

こんな魅力的な小説を書く高任という作家はどんな人だろう? 経歴を見ると総合商社に勤めていたという。あれこれと興味がわいてきて、早速私は、高任さんにインタビュー取材を申し出た。

会ったのは、千葉県の柏駅近くにあるホテルのロビーだった。「浦田さんですか?」と声をかけてきた高任さんは想像とは違っていた。商社マンらしくないのである。もの静かで繊細、優しいまなざしが印象的だった。ポツリポツリ言葉を選びながらゆっくりと話す。年齢が近く、馬が合ったのだろう。もう一軒、居酒屋に移動して、あわせて三時間あまり、じっくりと話を伺った。

　高任さんは東北大学法学部を出て三井物産に入社。九六年十二月、五十歳を機に二十七年余りの商社マン生活に終止符を打ったという。在社中は四年ほど広島にいたほかは、ずっと東京本社勤務。しかも審査部の仕事が長かった。

　審査部は営業部門と比べ、地味な裏方の仕事である。取引先の与信管理、いざという時の債権回収、担保物件の保全、訴訟など。民法や刑法に精通したプロの仕事といえる。実際に高任さんは在社中、会社の仕事で三百回近く法廷に足を運んだという。

　その一方で小説好きの高任さんは、在社中から土日を利用して小説を書いていた。三十七歳で発表し、ビジネス街で話題となった『商社審査部25時』や『銀行検査部25時』などの小説、エッセー集『四十代は男の峠』などは商社マン時代の作品である。

　商社マンと作家という二足のワラジ生活をやめたのは、バブル崩壊で猛烈に仕事が忙しくなり、執筆に時間がさけなくなったからという。会社に早期退職優遇制度ができ、息子も自立し始めたので作家として独立することにしたのだという。会社を離れ自由な立場になったほうが、あれこれ気を遣わずに、のびのびと小説が書けるという思いもあったに違いない。

　『架空取引』は、高任さんが独立して初めての作品である。商社の審査部で見聞した様々な経験をフィクションというかたちで反映させたといえるだろう。甲斐の直接のモデルはないが、甲斐の内面だけをとらえれば高任さんの分身に近いはずである。法廷という場を借りて、現物には触れずに書類の上で商売していく取引の実態をわかりやすく描いているが、この描写には、商社在社中に法廷に通いつめた高任さんの体験が十分生かされている。

小説の舞台は、膨大な不良債権と放漫経営で屋台骨が揺らいでいる銀行系ノンバンクの扶桑綜合リース。本業のリースをおろそかにして、怪しげな会社に湯水のように金を注いでしまったこの会社は、バブルの狂乱をつくり出した日本の金融界のミニチュア版といえるだろう。

物語は、九州に左遷されていた甲斐が審査部長として東京本社に呼び戻されたところから始まる。甲斐は八年前に架空取引の詐欺事件に引っ掛かり、会社に大きな損害を与えていた。九州で定年を迎えるはずだった甲斐がカムバックできたのは、甲斐の同期で前の審査部長だった神谷が原因もわからずに突然、死んだからである。

なぜ神谷は死んだのか？　なぜ自分が呼び戻されたのか？　よくわからないままに審査の仕事を始めた甲斐は、会社には公表された数字以外の実態のつかめない膨大な不良債権があることに気づく。さらに昔とまったく同じ手口の架空取引に、同期で営業第一部長の保坂がはまったことを知らされる。やがて架空取引事件は法廷に持ち込まれる。その過程で会社の上層部や暴力団がからんだどす黒い影の正体が少しずつ暴かれていく。

興味深いのは、「メーカー→商社A→リース会社→商社B→ユーザー」というこの小説で問題となった工作機械の取引販売。メーカーが直接ユーザーに売るのではなく、途中に金融が入る。つまりリース会社は商社Aに代金をすぐに支払い、商社Bには四十八回分割払いなどの割賦を認めるが、ここで機械がユーザーに納入されずに、商社Aの経営者が代金をうけとったのちに雲隠れした場合には、リース会社には商社Bへの不良債権だけが残ってしまう。書類の上だけで行われる取引の盲点をついた知能犯罪である。架空取引は時々、新聞記事でも見かけるように、ビジネスの世界ではそれほど珍しいものではないらしい。

高任さんはこうした空荷事件、架空取引を題材にしながら、金融という虚業の世界が人間を毒し、歪めていく姿をリアルに描いている。『架空取引』には主人公の甲斐とは対照的なキャラクターとして、営業本部長の猿渡常務が登場するが、バブルはこうした人物によってふくらんだともいえるだろう。

高任さんは『架空取引』のあとも、『密命』、そして最新作の『告発倒産』など、中高年男性やその家族に焦点をあてて、この不況、リストラ、就職難の時代を懸命に闘っている人物を描いている。また、転職した人たちや起業家を実際に取材して『転職　会社を辞めて気づくこと』や『リストラ・転職・起業』などの本を出してきた。一連の著作を通じてビジネスマンに、これからの時代は会社を頼るのではなく、広く社外に目を向けて、しっかりと自分の足で生きていくように勧めているようにみえる。不況、リストラの時代とあって、ビジネスマンはとかく元気を失いがちだ。「あきらめずに明日を信じて生きていこう」。高任さんはこのように熱いエールを送っているのである。

（日本経済新聞社文化部編集委員）

|著者|高任和夫　1946年宮城県生まれ。東北大学法学部卒業。三井物産に入社し、主に審査部に勤めるかたわら、作家として作品を発表し続ける。'96年、三井物産を依願退職し、作家活動に専念する。著書に『商社審査部25時』『過労病棟』『密命』『転職』『告発倒産』など。

架空取引《かくうとりひき》

高任和夫《たかとうかずお》

2000年12月15日第1刷発行

発行者――野間佐和子

発行所――株式会社　講談社

東京都文京区音羽2-12-21　〒112-8001

電話　出版部　(03)　5395-3510
　　　販売部　(03)　5395-3626
　　　製作部　(03)　5395-3615

Printed in Japan

落丁本・乱丁本は小社書籍製作部あてにお送りください。送料は小社負担にてお取替えします。なお、この本の内容についてのお問い合わせは文庫出版部あてにお願いいたします。（庫）

ISBN4-06-273040-5

講談社文庫

定価はカバーに表示してあります

デザイン―菊地信義

製版――株式会社廣済堂

印刷――東洋印刷株式会社

製本――加藤製本株式会社

講談社文庫刊行の辞

二十一世紀の到来を目睫に望みながら、われわれはいま、人類史上かつて例を見ない巨大な転換期をむかえようとしている。

世界も、日本も、激動の予兆に対する期待とおののきを内に蔵して、未知の時代に歩み入ろうとしている。このときにあたり、創業の人野間清治の「ナショナル・エデュケイター」への志を現代に甦らせようと意図して、われわれはここに古今の文芸作品はいうまでもなく、ひろく人文・社会・自然の諸科学から東西の名著を網羅する、新しい綜合文庫の発刊を決意した。

激動の転換期はまた断絶の時代である。われわれは戦後二十五年間の出版文化のありかたへの深い反省をこめて、この断絶の時代にあえて人間的な持続を求めようとする。いたずらに浮薄な商業主義のあだ花を追い求めることなく、長期にわたって良書に生命をあたえようとつとめるところにしか、今後の出版文化の真の繁栄はあり得ないと信じるからである。

同時にわれわれはこの綜合文庫の刊行を通じて、人文・社会・自然の諸科学が、結局人間の学にほかならないことを立証しようと願っている。かつて知識とは、「汝自身を知る」ことにつきていた。現代社会の瑣末な情報の氾濫のなかから、力強い知識の源泉を掘り起し、技術文明のただなかに、生きた人間の姿を復活させること。それこそわれわれの切なる希求である。

われわれは権威に盲従せず、俗流に媚びることなく、渾然一体となって日本の「草の根」をかたちづくる若く新しい世代の人々に、心をこめてこの新しい綜合文庫をおくり届けたい。それは知識の泉であるとともに感受性のふるさとであり、もっとも有機的に組織され、社会に開かれた万人のための大学をめざしている。大方の支援と協力を衷心より切望してやまない。

一九七一年七月

野間省一

田中芳樹 創竜伝9〈妖世紀のドラゴン〉
田中芳樹 創竜伝10〈大英帝国最後の日〉
田中芳樹 創竜伝11〈銀月王伝奇〉
田中芳樹 「創竜伝」公式ガイドブック
田中芳樹 魔天楼〈薬師寺涼子の怪奇事件簿〉
田中芳樹 夢幻都市
田中芳樹 「田中芳樹」公式ガイドブック
田中芳樹ほか文 皇名月 画・文 中国帝王図
滝谷節雄 鯨のなんでも博物誌
高田文夫 楽屋の王様
高田文夫 寄せ鍋人物図鑑
玉木英治 クレジット破産
玉木英治 現場レポート 不良債権〈クレジット社会の闇〉
高任和夫 過労病棟
高任和夫 架空取引
竹田真砂子 鏡花幻想
立石泰則 堤清二とセゾングループ
立石泰則 女性を創造する〈ワコール物語〉
立石泰則 覇者の誤算〈日米コンピュータ戦争の40年〉

谷村志穂 十四歳のエンゲージ
谷村志穂 少女よ、大志を抱け
谷村志穂 眠らない瞳
谷村志穂 十六歳たちの夜
竹河聖 神宝聖堂の王国I〈鉄剣の戦士〉
竹河聖 海竜神の使者
田山力哉 小説 浦山桐郎〈夏草の道〉
瀧井康勝 366日誕生花・幸運花の本
田村洋三 沖縄県民斯ク戦ヘリ〈大田實海軍中将一家の昭和史〉
竹西寛子 「百人一首」を旅しよう〈古典を歩く8〉
田中澄江 「枕草子」を旅しよう〈古典を歩く3〉
田中澄江 夫の始末
多和田葉子 犬婿入り
武光誠 編 古代史歴史散歩〈日本人の原点を訪ねて〉
高村薫 李歐《りおう》
岳宏一郎 天正十年夏ノ記
武豊 この馬に聞いた!
武田圭南 海楽園〈タヒチ、バリ、モルジブ……サーフィン旅〉
高橋直樹 若獅子家康

陳舜臣 阿片戦争 全三冊
陳舜臣 新西遊記 (上)(下)
陳舜臣 旋風に告げよ (上)(下)
陳舜臣 風よ雲よ (上)(下)
陳舜臣 英雄ありて
陳舜臣 妖のある話
陳舜臣 太平天国 全四冊
陳舜臣 中国五千年 (上)(下)
陳舜臣 相思青花 (上)(下)
陳舜臣 中国の歴史 全七冊
陳舜臣 敦煌の旅
陳舜臣 シルクロードの旅
陳舜臣 北京の旅
陳舜臣 長安の夢
陳舜臣 景徳鎮の旅〈中国やきもの紀行〉
陳舜臣 東眺西望〈歴史エッセイ〉
陳舜臣 中国発掘物語
陳舜臣 続・中国発掘物語
陳舜臣 小説十八史略 全六冊

講談社文庫 目録

霍見芳浩 日本の再興 〈生き残りのためのヒント〉
司凍季 からくり人形は五度笑う
司凍季 さかさ髑髏は三度《たび》唄う
綱島理友 全日本お瑣末探偵団 〈トホホ…コラム100連発!〉
綱島理友 全日本なんでか大疑問調査団
綱島理友 街のイマイチ君
角田實 サブリミナル英会話
津島佑子 「伊勢物語」「土佐日記」を旅しよう 〈古典を歩く2〉
弦本將裕 12動物60分類 完全版 マスコット占い
出久根達郎 無明の蝶
出久根達郎 本のお口よごしですが
出久根達郎 佃島ふたり書房
出久根達郎 人さまの迷惑
出久根達郎 踊るひと
出久根達郎 面一本
出久根達郎 たとえばの楽しみ
伴野朗 五十万年の死角
伴野朗 南海の風雲児・鄭成功
伴野朗 元寇

豊田有恒 古代史を彩った人々
豊田有恒 大友の皇子《みこ》東下《あずまくだ》り
豊田有恒 長屋王横死事件
戸川幸夫 ヒトはなぜ助平になったか
豊田穣 日本交響楽 全七冊
豊田穣 革命家・北一輝 〈「日本改造法案大綱」と昭和維新〉
土居良一 過去からの追跡者
常盤新平 遠いアメリカ
常盤新平 ニューヨーク紳士録
常盤新平 聖ルカ街、六月の雨
常盤新平 彼女の夕暮れの街
常盤新平 ファーザーズ・イメージ
ドウス昌代 水爆搭載機水没事件 〈トップ・ガンの死〉
童門冬二 坂本龍馬の人間学
童門冬二 武田信玄の人間学
童門冬二 織田信長の人間学
童門冬二 小説 蜂須賀重喜 〈阿波藩財政改革〉
童門冬二 小説 海舟独言
童門冬二 人を育て、人を活かす 〈江戸に学ぶ〉

童門冬二 江戸管理社会反骨者列伝
童門冬二 冬の火花 〈上田秋成とその妻〉
童門冬二 水戸黄門異聞
鳥井加南子 天女の末《まつ》裔《えい》
藤堂志津子 マドンナのごとく
藤堂志津子 あの日、あなたは
藤堂志津子 さりげなく、私
藤堂志津子 きららの指輪たち
藤堂志津子 蛍姫
藤堂志津子 プワゾン
藤堂志津子 目《め》醒《ざ》め
藤堂志津子 彼のこと
藤堂志津子 絹のまなざし
藤堂志津子 せつない時間
藤堂志津子 さようなら、婚約者
藤堂志津子 白い屋根の家
藤堂志津子 海の時計 (上)(下)
藤堂志津子 ふたつの季節
藤堂志津子 われら冷たき闇に

2000年12月15日現在